바틀리 선생님의 아주 특별한 과제

THE ASSIGNMENT

라이자 위머 Liza Wiemer | 최영열 옮김

글루온

바틀리 선생님의 아주 특별한 과제

지 은 이 | 라이자 위머(Liza Wiemer)
옮 긴 이 | 최영열
펴 낸 이 | 박동성

펴 낸 곳 | **사일런스북** | 경기도 수원시 장안구 송정로 76번길 36
전   화 | 070-4823-8399   팩   스 | 031-248-8399
홈페이지 | www.silencebook.co.kr

2023년 7월 25일 초판 1쇄 발행
I S B N | 979-11-89437-42-8 (03840)
가   격 | 16,800원

두려움과 비난을 감수하고, 심지어 자신이 존경하는 사람과
대립해야 하는 상황에도 용기를 내어 불의에 맞서는
전 세계 청소년들에게.

당신은 어둠 속의 불빛입니다.
세상은 당신을 필요로 합니다.

_____

나에게 영감을 준 아처와 조던에게

_____

나의 등불에 불을 붙여 주는 저스틴, 애너벨라,
에즈라, 브라하에게.

이 책에서 다루는 내용은 뉴욕주의 어느 고등학교에서
실제로 학생들에게 내준 과제를 바탕으로
재구성한 이야기입니다.
어느 곳에서든 이런 과제를 접할 수 있습니다.
여러분이 속한 국가, 동네, 학교에서도
일어날 수 있는 이야기입니다.

1

조건

지금 우리보고 나치 역할을 하라는 얘기야? 바틀리 선생님이 칠판을 향해 돌아서자마자 난 나와 가장 친한 남자애인 케이드에게 조그만 소리로 묻는다. "어떻게 생각해?" 책상에 놓인 과제 용지를 손으로 톡톡 치며 내가 묻는다.

케이드는 자기도 모르겠다며 양쪽 어깨를 으쓱인다. "그치, 이상하지?" 그 애의 목소리가 필요 이상으로 컸는지 바틀리 선생님이 우리 쪽을 쳐다본다.

난 고개를 끄덕이고는 다시 앞에 있는 과제를 바라본다. 내가 잘못 이해했으면 하는 마음에 다시 한번 읽어 본다.

일급 기밀

수신자: 나치당 고위 당원

발신자: 친위대 소속 라인하르트 하이드리히 국가안보실장

논제: 유대인 문제의 최종 해결책: 중요한 사안이니만큼, 1942년 1월 20일, 독일 베를린시 반제 빌라에서 열릴 회의에 반드시 참여하기 바람.

목적: 히틀러 총통이 이끄시는 나치당 지도층의 일원으로, 유대인 문제의 최종 해결책에 대해 논의하고, 나아가 유럽의 천백만에 달하는 유대인

인구를 어떻게 처리해야 할지에 대한 의견 공유.

진영:

찬성: 박멸

반대: 불임 수술, 유대인 거주 지역 형성, 노동 투입

준비할 사항: 나치당의 일원으로서 유대인 문제의 최종 해결책에 관련된 조사와 분석을 통해 자신의 진영에 맞게 다섯 개의 이유를 준비할 것.

조사할 사항:

a. 뉘른베르크 법

b. 종교와 인종에 관한 다양한 태도

c. 우리의 교육 정책—초중등 학교부터 대학교까지 교육의 대상과 교육자의 자격 요건을 포함할 것.

d. 경제적 시각—기업과 재산을 소유하고 운영할 권리는 누구에게 있는지에 대한 우리의 관점을 포함할 것.

e. 다윈과 적자생존 법칙에 대한 우리 지도자의 입장

f. 우월한 우리 아리아인의 인구를 어떻게 늘릴 수 있을지에 대한 고찰—유덴라인(유대인들이 청소된 상태)을 달성하기 위한 이민, 추방, 소개 명령, 박멸 등 핵심 아이디어를 탐구할 것.

바틀리 선생님의 전달 사항:

반제 회의는 20세기의 중요한 전환점이 된 사건으로, 역사적으로 인류의 파괴력을 드러낸 예로 볼 수 있으며, 오늘날의 사회에도 큰 흔적을 남겼습니다. 이 과제에 관련된 조사를 하는 목적은 나치의 관점을 통해 지지나 동

정심을 끌어내기 위함이 아닙니다. 과제를 하면서 불편한 감정을 느끼거나, 평소 본인의 도덕적, 윤리적, 철학적 관념에 어긋난다고 해도 나치의 사고 방식을 이해하는 데에 주안점을 두기를 바랍니다. 이 역사적인 회의에 대해 알아보고, 또 자신이 속한 진영을 대변해 토론을 준비하며 개개인의 관점을 넓히고 사고력을 키우기를 바랍니다.

종이를 뒤집어 뒷면에 적힌 과제 수행 시 주의 사항을 읽어 본다. 과제 양식과 토론 채점 방식이 적혀 있다. 속이 울렁거린다. 어떻게 하면 A 학점을 받을 수 있을지 생각해 본다. '유대인들을 가스실에 넣어서 죽입시다.'라고 하든 '고문하고, 굶기고, 죽을 때까지 노예로 부려서 생산성을 높입시다.'라고 하든 결론은 하나다. 바틀리 선생님은 우리가 살인을 옹호하길 원하고 있다.

내 몸의 모든 부분이 비명을 지른다. *이건 잘못됐어!* 선생님께 얘기해야 하나? 고개를 돌려 교실에 있는 열여섯 명의 고3 학생들을 둘러본다. 이 과제에 불편한 기색을 보이는 건 케이드뿐이다.

"질문은 일 분 후에 받을게." 바틀리 선생님이 말씀하신다.

질문이 떠오른다. *혹시 지금 장난치시는 건가요?* 하지만 소리 내어 말할 수는 없다. 바틀리 선생님은 *여느* 선생님과는 다르다. 훌륭한 선생님이고, 내가 *가장 좋아하는* 선생님이다.

우리가 스스로 나치라고 가정하길 원하는 데에는 분명 이유가 있을 것이다. 하지만 선생님의 글을 다시 읽어 봐도 마음만 불편해질 뿐이다. 수업 도중에 화장실이나 보건실에 가고 싶은 충동을 느껴 보긴 처음이다. 망치로 맞은 것처럼 머리가 아프다고 말하면 되겠네. 과제 얘기를 듣고 실제로 그렇게 느꼈으니 거짓말은 아니잖아.

교탁에 기대어 서 있던 바틀리 선생님이 내 시선을 감지한다. 선생님의 얼굴에서 미소가 사라진다. 난 펜을 들어 과제 용지 맨 위에 적힌 '일급 기밀'이라는 빨간 글자 위에 그대로 따라 써 본다. 이해가 안 된다. 바틀리 선생님은 왜 우리가 이걸 비밀로 하길 원하는 걸까? 세계 정치사는 내가 네 번째로 듣는 선생님의 수업이다. 그런데 *이런* 과제를 받은 건 처음 있는 일이다.

바틀리 선생님은 내가 2학년 때 리비에르 고등학교로 부임해 오셨는데, 오자마자 인기 최고의 선생님이 됐다. 선생님은 학생과 눈이 마주치면 미소를 지어 보인다. 지금 너를 보고 있다, 넌 중요한 존재다, 라고 말해 주는 듯한 미소다. 수업이 없는 시간이나 점심시간이 되면, 선생님의 교실은 늘 학생들로 바글댄다. 선생님은 종종 초대 연사를 수업에 초청하기도 하고, 견학을 추진하고, 영화를 보여 주고, 벽에 붙은 큰 종이에 인용문이나 상식, 사진 같은 것들을 붙이게 해 준다. 난 그 모든 점이 참 좋았다. 특히 인용문을 붙이는 게 좋았다. 선생님 덕분에 역사는 재미있고, 공부하고 싶은 과목이 됐다.

열일곱 번째 생일에 내 사촌인 블레어가 선물로 준 은색 팔찌를 엄지손가락으로 문지르며 생각에 잠긴다. 블레어는 이 과제를 어떻게 생각할까? 사진을 찍어서 메시지를 보내고 싶지만, 핸드폰을 쓰다가 걸려서 압수당하긴 싫다.

케이드가 다리를 떠는 게 눈에 들어온다. 공책에 무언가를 적어서 나에게 보여 준다. '나치'라는 단어 위에 X 표시가 그어져 있고, 그 옆에 '말도 안 돼!'라고 적혀 있다.

2
케이드

제2차 세계 대전 당시 연합군은 나치 독일군을 물리쳤다. 그런데 대체 왜 내가 나치라고 가정해야 하는 걸까? 바틀리 선생님은 우리의 시야가 넓어지길 바란다고 하셨다. 그런다고 진짜로 시야가 넓어지나? 어떻게 수백만 명을 죽이는 게 괜찮다고 생각할 수 있지? 대답은 간단하다. 살인은 잘못됐다. 토론 끝. 이건 진짜 말도 안 돼.

*경멸*이라는 말로는 이 수업에 대한 내 감정을 다 표현할 수 없다. 그런데 한편으론 나 자신을 탓할 수밖에 없다. 나는 로건의 바람대로 고급 웹 디자인 수업 대신 이 수업을 선택했다. 졸업 전에 둘이 더 많은 추억을 쌓고 싶어서였다. 나와 제일 친한 친구를 보면 그럴 가치가 있었다고 느껴진다. 분명 그럴 가치가 있는 친구다.

하지만 이 과제는 뭐지?

끔찍한 기분이다. 폴란드에서 자란 나의 할아버지, 할머니는 2차 대전을 직접 겪으셨다. 전쟁이 끝날 무렵 할아버지는 열다섯 살이었다. 할머니는 열네 살이었고. 두 분은 1960년대 말에 미국에 이민 오셨다. 한번은 할머니한테 가족 이야기를 들려달라고 했다. "가족? 우리 이쁜 손주가 여기 있네." 그렇게 말씀하시며 할머니는 나를 꼭 끌어안으셨다.

문득 어떤 기억이 떠올랐다. 내가 열두 살 때의 일이다. 할머니와 부모님은 성당에 갔고, 난 할아버지와 함께 할아버지의 작업실에 있었다. 아마유

냄새와 톱밥 냄새가 작업실 전체에 은은하게 퍼졌다. 우리는 산타의 요정들처럼 성탄절에 나눠 줄 퍼즐 조각을 만들고 있었다. 낡은 서랍장을 작은 조각으로 잘라서 사포로 다듬는 식이었는데, 함께 작업하던 도중에 난 할아버지께 내 나이였을 때 이야기를 들려달라고 말했다. 할아버지는 당시 폴란드에서 안 좋은 일들이 많이 일어났다며, 별로 얘기하고 싶지 않다고 하셨던 것 같다. 표정은 굳어 있었고 목소리는 건조했다. "약속해 다오. 할머니한테도 어릴 적 이야기 들려달라고 하지 않겠다고. 할머니 기분이 안 좋을 거야." 할아버지께서 말씀하셨다.

난 고개를 끄덕였다.

우린 말없이 목공 일을 계속했다. 어느 정도 시간이 지난 후에야 할아버지가 다시 입을 여셨다. "할머니 외에 그 누구에게도 폴란드에서 있었던 일을 얘기한 적은 없다. 네 엄마한테도 안 했어. 하지만 넌 이해할 수 있는 나이라고 생각한다. 난 계속해서 늙어 가고 있고." 할아버지는 잠시 침묵 뒤에 말을 이으셨다. "그런데 이 얘길 해 주면 네가 겁먹을지도 몰라."

난 상관없다고 말했다.

잘 기억 나진 않지만, 유대인 이웃이 나치군에 체포되는 것을 목격했던 얘기였다. 두 달 후, 할아버지를 땅에 묻을 때 난 그 이야기들을 함께 묻었다.

바틀리 선생님은 로건이 앉아 있는 가운뎃줄 앞에 서 있다. 선생님이 침묵의 마법을 풀기라도 한 듯 교실 여기저기서 수군대는 소리가 들린다. 선생님이 교통 정리하는 사람처럼 손바닥을 앞으로 내밀자 다시 조용해진다. "질문 있는 사람?" 선생님이 묻는다.

로건이 손을 든다. 하지만 바틀리 선생님이 전자 칠판을 향해 리모컨을 눌러 과제를 열자 슬그머니 손을 내린다.

선생님이 케리앤 넬슨을 지목한다. "유대인 문제의 최종 해결책이 뭔지 잘 모르겠어요. 혹시 홀로코스트를 말하는 거예요?"

선생님이 대답한다. "그래. 최종 해결책은 홀로코스트의 실행을 말한다."

"아, 네. 그런 거 같았어요." 케리앤은 자기의 남자친구인 메이슨 헤이스를 보고 씩 웃지만, 메이슨은 아이스하키 유니폼에 튀어나온 실밥을 잡아뜯느라 여념이 없다. 케리앤은 내가 쳐다보고 있는 걸 알고는 인상을 찌푸린다. 우리 학교에 있는 애들 대부분과 마찬가지로 케리앤도 유치원 때부터 나랑 알던 사이다. 우린 친하게 지냈었는데, 어째선지 로건이 리비에르 중학교로 전학 온 2학년 때부터 케리앤은 우리랑 점심을 같이 먹지 않고 아이스하키부 아이들과 어울리기 시작했다.

"질문 있는 사람? 그래, 스펜서." 의외다. 스펜서 데이비스도 나처럼 수업 시간에 질문 같은 건 안 하는 성격이다. 스펜서가 말을 하는 경우는 딱 두 가지뿐이다. 아이스하키부 팀원들에게 말하거나 자기 수준에 어울린다고 생각하는 여자애들한테 말 걸 때. 자기 말로는 최소 열두 명은 꼬셔 봤다고 한다. 정말 다행인 건, 로건은 그 부류에 들지 않는다는 거다.

"옷을 차려입고 토론하면 점수를 더 받나요?"

진지하게 묻는 건가? 궁금해서 뒤돌아본다. 이런. 정말로 진지하게 묻는 거다.

바틀리 선생님이 대답한다. "이 과제에 대한 너의 진심은 높이 평가하지만, 옷을 어떻게 입느냐는 점수에 반영되지 않아. 이 토론에서 나치 제복은 입지 않아도 되니 참고하도록."

누군가가 속삭인다. "아, 놔." 주위를 둘러보지만 누가 낸 소리인지는 알 수 없다.

"저, 선생님." 로건이 손을 들지만 바틀리 선생님은 다른 사람을 지목한다.

어떤 자료들을 참조하면 되는지에 관한 설명이 이어진다. 이어서 선생님은 토론 당일 제출하는 보고서를 어떤 양식으로 작성해야 하는지도 설명한다. 바틀리 선생님은 자기 책상으로 돌아가 종이봉투를 집어 들고 흔든다. "다들 숫자를 하나씩 뽑을 거야. 종이에는 1, 아니면 2가 적혀 있을 거고. 번호를 뽑은 사람은 소리 내서 숫자를 말하면 돼. 메이슨, 너부터 해 봐."

내 차례가 왔다. "1이요." 내가 중얼거린다. 로건은 "2요."라고 말한다.

"1이 나온 사람은 찬성, 2가 나온 사람은 반대 진영이야." 바틀리 선생님이 말한다. "토론은 여럿이서 함께 준비해도 좋지만 보고서는 각자 제출해야 한다. 너희가 하는 토론은 1942년 1월 20일에 열린 반제 회의에 기반을 둬야 해. 돌아오는 월요일부터 일주일 동안, 이 교실은 반제 빌라가 되는 거야. 우리는 우리의 일급 기밀에 해당하는 나치 회의, 즉 아리아인의 가장 큰 위협인 유대인들을 어떻게 할 것인가를 놓고 토론을 열 거야."

유대인. 선생님의 발음에 소름이 돋는다.

바틀리 선생님이 파워포인트를 다음 페이지로 넘긴다. "이 열다섯 명의 나치당원들은 유럽에 있는 천백만 명 유대인들을 어떻게 해야 할지를 논의하기 위해 모였어. 아돌프 아이히만이 가운데에 있는 이유는, 이 사람이 최종 해결책의 실행에 있어 중책을 맡았기 때문이지. 아이히만은 유대인의 이송, 즉, 개개인의 집에서 유대인 거주 지역과 죽음의 수용소로 강제 송환하는 걸 총감독했어. 내일은 〈컨스피러시〉라는 영화를 볼 거야. 바로 이 사람들이 참여했던 회의를 재연한 영화지."

사람들? 저건 사람이 아니라 *괴물*에 더 가깝다.

"영화가 좋은 자료인 건 사실이지만, 당장 오늘 저녁부터 토론을 뒷받침할 자료 조사를 시작하기를 강력하게 추천한다."

"하지만 저 사람들은… *나치*잖아요." 로건이 손도 들지 않은 채 더듬거리며 말한다.

바틀리 선생님은 손을 들지 않고 발언한 것에 대해 엄격한 시선을 보낸다. "그래. 그들의 사고방식을 이해하는 게 바로 너희들의 과제야. 이 논쟁을 재연하는 게 쉽지 않은 건 사실이야. 하지만 역사는 끔찍한 일들로 가득하지. 이런 식의 수업은 매우 효과적인 학습 방법이야. 경험만큼 훌륭한 선생님은 없으니까." 바틀리 선생님이 미소를 보인다. "물론 내가 학교 다닐 때 역사 수업에서 했던 것처럼 날짜와 사건을 암기하고, 객관식 문제를 푸는 재미없는 방법도 있긴 하지."

교실은 순식간에 야유하는 소리로 가득해진다. 여기저기서 한숨 소리와 "됐거든요." 같은 말들이 난무한다.

바틀리 선생님은 다시 한번 손을 내밀어 아이들을 조용히 시킨다. "좋아. 그럼 반제 회의로 돌아가 보자." 선생님이 파워포인트를 몇 페이지 더 넘긴다. 로건은 나와 시선을 마주치더니 곧이어 내 어깨너머를 바라본다.

로건이 짧은 숨을 토한다. 왜 그러는지 궁금해서 뒤돌아본 나는 입을 다물 수 없다.

3

호건

제시 엘턴이 자리에서 일어나 다리를 모은다. 그러더니 오른팔을 들어 나치처럼 경례하며 외친다. "*하일, 히틀러!*"

몇 명이 소리 내서 웃자 제시가 흐뭇하다는 듯 씩 웃으며 그 애들을 쳐다본다. 케이드는 나처럼 황당하다는 표정을 짓고 있다. 우리 외에 다른 애들은 지금 저게 재밌다고 생각하는 건가? 난 주위를 둘러본다. 대니얼 리그스는 살짝 역겹다는 표정을 짓지만 내가 잘못 봤나 싶을 정도로 재빨리 아무렇지도 않다는 듯한 표정으로 돌아온다.

스펜서는 제시에게 주먹을 쥐어 보이더니 그 경례법을 흉내 낸다. "*지크하일. 총통 만세!*"

이건 현실이 아니야. 내가 제일 좋아하는 선생님의 수업에서 이런 일이 벌어지고 있다니.

바틀리 선생님이 저걸 가만둘까 생각하는 순간, 선생님은 스펜서와 제시가 있는 쪽으로 걸어간다. 선생님의 말투는 쇠를 자르듯 날카롭다. "그런 행동은 부적절해. 이건 농담거리가 아니야. 나치식 경례와 그것이 나타내는 증오를 절대로 가볍게 여겨서는 안 된다. 난 너희들이 이 과제에 진지하게 임했으면 좋겠어."

제시가 시선을 내리지만, 웃음기는 그대로 남아 있다. 스펜서는 어깨를 으쓱거리며 메이슨을 쳐다본다. 메이슨은 리비에르 고등학교 아이스하키

팀 주장이자, 나와 졸업생 대표 자리를 다투는 강력한 라이벌이다. 제시와 스펜서는 메이슨과 팀 동료들이다. 어쩌면 메이슨이 주장으로서 저 애들에게 한마디 할지도 모른다는 희망이 내 뇌리에 스친다. 행동을 취해도 좋고, 하다못해 못마땅한 표정이라도 지었으면 좋겠다. 하지만 메이슨은 저 애들을 쳐다보고 있지 않다. 아니, 누구도 바라보고 있지 않다. 그저 유니폼에 튀어나온 실밥을 떼는 데 정신이 팔려 있다.

그런데 또 다른 아이스하키부 멤버인 레지 애시퍼드가 교실 반대편에서 스펜서와 제시를 쏘아본다. 레지의 턱 근육이 씰룩인다. 화가 난 것 같다. *그래, 바람직해.* 메이슨과 레지는 늘 경쟁하는 사이였다. 난 레지가 아닌 아이스하키팀 감독의 아들이 주장이 됐다는 사실이 늘 못마땅했다. 그런 생각을 안 하려야 안 할 수가 없다.

저 스펜서라는 놈, 내가 쏘아보는 걸 알아채고는 어깨를 으쓱인다. 재수 없다. 난 고개를 돌린다. 저놈들은 선생님한테 핀잔 들은 거 신경도 안 쓴다. 과제 내용을 보고 나치 흉내를 내도 된다는 뜻으로 이해한 거겠지. 사실 난 스펜서와 제시보다 바틀리 선생님한테 더 실망했다. 비도덕적인 토론을 함으로써 파시즘을 선전하는 게 왜 좋은 수업 방식이라고 생각하는지 모르겠다.

"확실히 짚고 넘어갈게. 난 너희에게 나치를 지지하라고 하는 게 *아니야.* 그 반대지. 이건 역사적 사건을 진지하게 검토해 보자는 취지야. 역사를 통해 배우고 존중하는 마음을 갖도록 하자." 말을 마친 선생님이 제시와 스펜서를 쏘아본다.

"이들의 관점을 공부함으로써 너희는 편하지만은 않은 주제를 놓고 토론하고 발표할 기회를 얻게 될 거야. 이게 왜 중요할까? 인생을 살다 보면 너희와 반대되는 생각을 실존적으로, 철학적으로 표현하는 사람들을 만나는 상황이 종종 생길 거야. 인터넷에서는 그런 일이 매일 일어나고 있지. 대학교에 가면 그런 상황들이 생길 거고." 바틀리 선생님이 나를 쳐다본다. "핵심은 양쪽 입장을 모두 이해하고 토론할 준비를 하는 거야. 이 과제를 열심히 수행한 사람은 설득력 있는 토론을 익히게 될 거라고 확신한다."

"하지만 선생님…"

선생님의 냉정한 표정에 난 입을 꾹 다문다. "마저 이야기할게, 로건."

케리앤이 숨죽여 웃는다. 가운뎃손가락을 들어 보이며 바깥 계단에 있는 괴물 같은 석상들 옆에 앉아서 사이좋게 쉬다 오라고 말해 주고 싶다. 작년에 메이슨은 나에게 프롬 파티에 같이 가자고 청했었다. 내가 거절하자 메이슨은 그다음으로 케리앤에게 청했다. 자기가 차선책이 된 걸 왜 나한테 화풀이하는 건지. 그 후 케리앤은 나에게 못되게 군다. 둘이 열한 달이나 사귀었으면 이제 극복할 때도 되지 않았나?

난 바틀리 선생님에게로 시선을 돌린다.

"수단과 미얀마를 예로 들어 볼까? 이 두 나라만 봐도 집단 학살이 단지 역사책에나 나오는 옛날얘기가 아니라는 걸 알 수 있어. 집단 학살은 현대 사회의 일부와도 같아. 중국은 어떤가? 위구르족 수용소에 수백만 명의 이슬람교도가 구금돼 있다는 보고들을 접할 수 있어. 이러한 비도덕적 행위들이 일어나는 이유는 뭘까? 그게 바로 권력이고 정치이기 때문이야!

난 여러분이 이 과제를 하는 동안만큼은 나치의 발자취를 따라가 보고 최종 해결책에 대해, 나아가 집단 학살을 정당화한 것에 대해 통찰력을 키웠으면 해. 자신의 진영을 대변하는 너희들 개개인의 관점과 홀로코스트를 바라보는 관점을 서술한 보고서를 읽어 보길 희망한다."

아빠와 밀워키에 살 때 우리 동네에는 유대인 이웃이 있었다. 사이먼 부부는 나를 손녀처럼 대해 주셨다. 아빠의 누나인 에이바 고모가 바쁠 땐 두 분이 나를 돌봐 주셨다. 책도 읽어 주셨고 생일 선물도 챙겨 주셨다. 아파트 건물에서 마주칠 때마다 사이먼 할아버지는 "아이구, 우리 층에서 가장 이쁜 아이잖아! 오늘은 기분이 어떻니?"라며 반갑게 인사하셨다.

두 분에겐 게일이라는 내 또래의 손녀가 있었다. 게일이 방문할 때마다 난 그 집에 초대받았다. 유대교 축제인 하누카 때 게일은 내 사촌인 블레어와 나에게 네모난 팽이를 돌려서 하는 드레이델이라는 놀이를 가르쳐 줬다. 사이먼 부부가 게일이 사는 캘리포니아로 이사 가던 날, 나는 엉엉 울었다. 지금까지도 그 가족이 그립다. 유대인이고 아니고를 떠나서 그토록 선량한 사이먼 가족을 누군가가 괴롭히려고 하는 건 상상조차 하기 어렵다.

내가 알기로 우리 학교에 유대인은 없다. 아마 우리 마을을 통틀어 한 명도 없을 것이다. 그런데 만약 있었다면?

손가락으로 박자를 맞춰 두들기는 소리가 들려와 생각에서 빠져나온다. 메이슨이 나를 보고 있다. 갑자기 공책을 두들기던 손을 멈춘다. 다른 손은 주먹을 쥔 채 허벅지 위에 놓여 있다. 아주 잠시, 메이슨도 이 과제 때문에 충격을 받았나 하는 생각이 스친다. 하지만 아니다. 그 애의 시선은 시계로 향하더니 이번엔 케리앤을 향한다. 그럼 그렇지. 여자 친구한테 애정 표현을 하고 싶어서 빨리 시간이 가기만을 기다리고 있구나.

케리앤은 공책에 낙서하고 있다. 헐. 바틀리 선생님이 집단 학살을 얘기하고 있는데 하트와 별이나 그리고 앉았다니.

내 시선은 자기 공책을 흔들고 있는 케이드에게 향한다. 공책에 '괜찮아?'라고 적혀 있다.

　몸이 아프다. 기운이 없다. 케이드가 걱정해 줘서 그나마 견딜 만하다. 난 고개를 끄덕여 케이드에게 대답한다.

4
메이슨 헤이스

 메이슨은 로건이 자리에 앉은 채 안절부절못하며 미간을 찌푸리고 있다는 걸 알아챈다. 특히 자신의 아이스하키팀 동료인 제시와 스펜서가 나치식 경례를 한 이후에 더 심해진다. 두 사람의 행동은 타인을 비난하거나 무시하는 행동을 삼가라는 팀의 행동 수칙에 위배된다. 메이슨은 그래서 기분이 언짢다. 바틀리 선생님이 두 학생을 꾸짖어서 그런 행동을 중단하게 했으니 그나마 다행이다.

 메이슨은 주장으로서 받는 스트레스가 이만저만이 아니다.

 지난주 금요일 저녁, 아이스하키 경기가 끝나고 있었던 일을 떠올리며 메이슨은 주먹으로 자신의 허벅지를 내리친다. 한 골 차이로 이겼음에도 메이슨의 아버지인 헤이스 감독은 선수들의 실수를 지적하며 심하게 나무랐다. "각자 자기가 잘못한 걸 되짚어 보도록 해라. 경기에는 이겼지만, 이걸로는 부족해. 다음 지역 예선 경기에선 반드시 상대를 박살 낼 수 있도록."

 메이슨의 아버지가 탈의실에서 나가자 제시와 스펜서를 포함한 몇몇 팀원들은 상대편의 흑인 선수에 대한 인종 차별적 발언을 했다. 그 선수는 제시와 스펜서를 합친 것보다 기량이 뛰어났다. 메이슨이 끼어들어 그런 식의 험담을 해서는 안 된다고 말했다. 그래도 욕을 멈추지 않자 메이슨은 당장 닥치라고 한 뒤, '너희들은 단지 그 선수가 부러울 뿐이다, 너희들이 경기에서 무엇을 할 건지에만 신경 써!'라고 말했다.

제시가 비꼬듯 메이슨에게 경례하며 말했다. "네, 네, 주장님." 그 말에 다른 아이들은 깔깔대며 웃었다. 스펜서가 그 말을 따라 하며 자신의 어깨로 메이슨의 어깨를 툭 쳤다. 그때부터 상황이 심각해졌다. 그 아이들은 메이슨을 놀리고 조롱했다. '너도 대니얼 리그스처럼 게이냐?'라며 조롱하기도 했다.

그때를 떠올리니 메이슨은 지금도 화가 난다. 팀원들이 자기한테 뭐라 하든 말든 그건 상관없다. 충분히 털어 낼 수 있는 문제다. 하지만 인종 차별적인 말과 대니얼이 동성애자인 걸 비하하는 건 짜증이 난다. 그건 너무 가혹하다. 왜 그런 식으로 남을 비하하는 거지?

메이슨은 대니얼을 흘긋 쳐다본다. 대니얼은 등을 잔뜩 구부리고 책상 아래로 핸드폰을 만지작거리고 있다. 화면에 뭐가 있는지는 모르지만, 거기에 모든 신경을 집중하고 있다. 대니얼은 내성적이고, 다른 아이들에게 피해 주지 않는 성격이다.

유치원 때부터 줄곧 같은 학교에 다녔지만 두 사람은 친하게 지낸 적이 없다. 가장 큰 이유는 대니얼이 아이스하키에 관심이 없기 때문이다. 메이슨은 두 살 때 처음으로 스케이트를 신었고, 네 살에 어린이 아이스하키팀에 들어갔다. 스펜서, 제시, 레지는 그때부터 같은 팀에 있던 친구들이다. 메이슨은 빙판을 떠난 삶을 상상해 본 적이 없다. 늘 남에게 모범이 됐기에, 팀원들이 메이슨을 주장으로 뽑은 건 어찌 보면 당연했다.

그런데 제시와 스펜서를 비롯한 몇몇 팀원들은 메이슨을 힘들게 한다. 지난주 금요일엔 도가 지나쳤다. 메이슨은 자제력을 잃고 제시를 사물함에 밀쳤다. 팀원들이 두 사람을 뜯어 놓지 않았다면 큰 싸움이 될 뻔했다.

메이슨은 아버지가 했던 말을 떠올리며 이를 악문다. 헤이스 감독은 아들을 자신의 사무실로 불렀다. 메이슨이 들어오자 문을 닫으라고 한 뒤 차가운 철제 의자를 가리켰다. 메이슨이 앉자마자 헤이스 감독은 맹렬하게 쏘아붙였다. "팀원들에게 사과해라. 누가 됐든 그런 행동은 용납 못 해. 주장이 그러면 되겠어? 내 *아들*은 더더욱 그러면 안 돼."

메이슨은 아버지에게 말대꾸해서는 안 된다는 걸 알면서도 말하지 않고는 참을 수가 없었다. "그러면 왜 지금 여기에 저만 와 있어요, *아버지*? 그애들은 인종 차별을 했어요. 누가 녹화라도 했다면…"

헤이스 감독이 메이슨의 말을 끊었다. "넌 모범이 돼야 해. 그런데 해서는 안 될 행동을 했어."

"걔네들은 거의 매일 해서는 안 될 행동을 해요. 우리 모두가 서약했던 운동선수의 윤리 규범을 어기는데도 아버지는 아무것도 안 하고 계세요." 메이슨은 속이 부글부글 끓었다. "한마디만 하시면 애들이 안 그럴 거예요. *저*는 옳은 행동을 했고 다음에도 또 그렇게 할 거예요. 사과하지 않을 거라고요."

"그럼 널 후보로 뺄 거야."

"좋아요." 메이슨이 자리에서 일어섰다.

"앉아!" 아버지가 소리쳤다.

메이슨은 돌아서기 전에 얼굴에서 쓴웃음을 지웠다. 헤이스 감독이 자신을 후보로 두지 않을 거라는 걸 메이슨은 잘 알고 있었다. 지역 예선에서 이기고 주(州) 선수권 대회에 나갈 기회를 날릴 위험을 감수할 리 없기 때문이다.

포개어져 있던 감독의 양손에 잔뜩 힘이 들어갔다. "그 애들은 분을 삭였던 거야, 메이슨. 그런 건 내버려 둘 줄도 알아야지. 안 그러면 팀이 정작 해야 할 일을 못 할 수 있어. 애들이 경기에 집중할 수 있게 해 줘라. 그거면 돼. 애초에 네가 잘했으면 이런 일이 없었을 거야. 네가 그때 골을 넣기만 했으면…” 감독은 주저리주저리 핀잔을 늘어놓았다. 메이슨은 집에서 엄마가 그러듯 의자에 쭈그려 앉고 싶었다. 엄마는 집에서 늘 비난의 대상이 되곤 한다. 그렇게 욕과 협박이 난무할 때면, 메이슨은 자리를 박차고 일어나 밖으로 나간다. 아버지가 어떤 식으로 분을 삭이는지 메이슨은 아주 잘 알고 있다.

제시에게 주먹을 날리고 나니 기분이 좋았다. *너무 좋았다.* 그런 생각이 드는 순간 메이슨은 겁이 났다. *난 아버지처럼 되진 않을 거야.* 그렇게 속으로 다짐했다. *난 그렇게 폭력적이고 끔찍한 인간이 되진 않을 거야.*

그날 밤, 메이슨은 케리앤과 자신의 방에 있었다. 혹시 무슨 문제가 있냐고 케리앤이 물었다. 메이슨은 제시와 스펜서가 인종 비하적인 말을 했던 걸 얘기했다. “걔넨 네가 부러워서 그래.” 케리앤이 말했다. “그렇게 하면 네가 짜증 낼 걸 아니까 그러는 거라고. 신경 쓰지 마. 내가 너처럼 그렇게 사사건건 다 신경 쓰고 살았다면, 난 어디에 구멍 파고 들어가서 죽어 버렸을지도 몰라. 이리 와. 뽀뽀해 줘. 걔넨 이제 잊어버려.”

지금 메이슨은 교실에서 케리앤을 바라보며, 자신이 이 여자애를 사랑하지 않음을 속으로 인정한다. 작년에 로건에게 프롬에 같이 가자고 했다가 거절당한 메이슨은, 쉽고 간단하게 수락해 줄 케리앤에게 함께 가길 청했다. 둘은 그 전부터 친구였다. 케리앤은 1학년 1학기 때 하키부 애들 몇몇과 썸 타는 관계였던 적은 있지만, 누군가와 사귄 적은 없었다. 케리앤은 술 마시는 것도, 재미로 남자애들을 만나는 것도 그만뒀지만, 아이스하키부 애들과는 계속해서 어울렸다. 메이슨도 술을 안 마시기 때문에 둘은 플라스틱 컵에 무알코올 음료를 받아 마시며 아이스하키와 컨트리 음악에 관해 얘기했다. 프롬 이후 두 사람은 사귀는 사이가 됐다.

　메이슨은 이따금 '만약 케리앤이 로건이었다면 어땠을까?' 상상하곤 하는데, 그럴 때마다 죄책감이 들어서 여자친구와 헤어져야겠다고 생각한다. 특히 케리앤이 둘의 앞날에 관해 이야기하기 시작하면서 그 결심은 더욱 굳어졌다. 메이슨은 둘의 관계가 끝났음을 몇 주 전부터 말하고 싶었지만, 쉽게 말을 꺼내지 못했다. 스노우 볼 댄스 위원회에 가입돼 있는 케리앤은 지난 두 달 동안 내일 있을 행사를 준비해 왔다. 어제 케리앤은 어깨가 드러나는 암청색의 드레스를 산 뒤, 문자 메시지로 드레스에 가장 잘 어울린다며 손목 코르사주 사진을 보냈다. 메이슨은 그렇게 들떠 있는 케리앤에게 도저히 헤어지자는 말을 꺼낼 수 없다.

　메이슨은 바틀리 선생님에게 집중하기로 한다. 선생님은 전자 칠판 앞에 있다. 화면에는 히틀러의 사진이 있다. 역겹다. 메이슨은 악랄한 독재자인 아버지 겸 아이스하키팀 감독과 한집에 살고 있다. 수업에서까지 독재자와 한편이 되고 싶은 생각은 추호도 없다.

　메이슨은 곁눈질로 로건을 본다. 고르지 못하게 자란 단발머리를 손가락으로 쓸어내리고 있는 게, 누가 보면 머리를 쥐어뜯는 줄 알겠다. 바틀리 선생님이 말한다. "자신의 진영에서 내는 주장이 정당한지 검토하도록." 로건은 선생님을 목 조르고 싶어 하는 표정이다.

　메이슨도 로건과 같은 생각이다. 그에게 주어지는 과제의 절반은 시간 낭비에 불과하다. 이 토론 수업도 예외는 아니다. 하지만 대학에 가려면 어쩔 수 없다. 메이슨은 아이스하키로 대학에 가지 못할 경우를 대비해 성적 관리도 잘해야 한다고 늘 생각했다. 결국 두 개 다 잘해야 한다. 게다가 메이슨은 로건과 졸업생 대표 자리를 놓고 경쟁하는 걸 즐기고 있다.

메이슨은 한 번 더 로건을 곁눈질로 본 뒤, 콧수염을 기른 사악한 독재자에게로 다시 시선을 옮긴다. 바틀리 선생님이 말한다. "역사야말로 최고의 선생님이라 할 수 있다. 애석하게도 이 과제는 사회가 역사로부터 많이 배우지 못했다는 걸 보여 줄 거야."

저 말에 누가 동의하지 않겠는가?

5
케이드

바틀리 선생님이 계속해서 나치에 대해 떠드는 걸 듣고 있자니 할아버지가 작업실에서 들려주신 옛날이야기가 드문드문 떠오른다. 우리가 만들었던 직소 퍼즐처럼 이야기의 조각들을 맞춰 본다. 할아버지는 밀밭과 사과밭이 있는 폴란드의 농장에서 자랐다고 하셨다. 외양간은 소, 말, 염소, 양으로 꽉 차 있었고, 농가를 가로지르는 강이 있었다고 한다. 강둑을 따라 걸어가면 옆 동네가 나왔다고 하셨던 것도 생각난다. 마을 이름을 얘기해 주신 것도 같은데, 폴란드에 있다는 것 말고는 기억이 안 난다.

창밖을 보니 커다란 눈송이들이 대각선으로 떨어진다. 눈은 바람을 타고 소용돌이친다. 안 그래도 우울했던 기분이 더 우울해진다. 눈이 오면 우리 가족이 운영하는 여관의 일만 많아진다. 머릿속으로 해야 할 일 목록에 '주차장과 인도에 눈 치우고 소금 뿌리기'를 추가한다. 내일 오전에는 결혼식 하객들이 들어오니까 밤에도 할 일이 많을 거다. 바틀리 선생님의 말을 듣고 있는 것보다 집에 가서 할 일들을 하나하나 짚어 보는 게 낫겠다. 샴페인과 잔을 준비하고, 신랑 신부에게 줄 할머니의 수제 초콜릿을 준비해야지.

바틀리 선생님이 내 책상 앞에 서더니 아무것도 적혀 있지 않은 내 공책을 보고 미간을 찌푸린다. "실망이야." 그렇게 중얼거리더니 지나간다. 난 펜을 집어 들고, 혹시 로건이 들은 건 아닌지 쳐다본다. 그 애는 히틀러 사진을 노려보고 있다. 공책에는 글씨가 빽빽이 적혀 있다. 내 오른편에 앉는 스펜서의 공책을 보니 항목을 표시하는 가운뎃점 대신 스와스티카(*만(卍)자 문양)를 그려 놨고, '유대인'이라는 글씨 위엔 빨간 줄을 그어 놨다. 그 옆에는 교수대도 그려 놨다. 유대인의 별을 단 막대 인간들의 목이 밧줄에 매달려 있다. 난 혐오감이 들어 고개를 저으며 혼잣말로 중얼거린다. "재수 없는 새끼."

바틀리 선생님이 최종 해결책에 대해 뭐라고 하는지 귀 기울여 보지만, 스펜서가 그린 교수대 때문에 문득 뇌리를 스치는 기억이 있다. 할아버지가 했던 이야기에 교수대가 등장했었다. 난 눈을 감고 할아버지와 작업실에 앉아 있던 때를 떠올린다. 주위엔 톱밥이 널려 있었고, 우린 크리스마스 선물로 나눠 줄 장식물들을 사포질하고 있었다.

할아버지는 나치군이 유대인들을 체포하던 상황을 설명해 주셨다. 대략 이런 내용이었다. 할아버지네 농가에 트럭이 멈추더니 한 명 한 명을 붙잡고 신분 증명서를 확인했다. 친위대는 식량을 빼앗은 뒤, 할아버지 가족에게 밖에서 어슬렁거리지 말라고 경고했다. 하지만 할아버지는 유대인 친구가 걱정됐고, 그 친구를 찾고 싶었다. 집 밖에 나가지 말라는 부모님의 만류에도 할아버지는 모두 잠든 늦은 밤에 몰래 빠져나갔다. 마을 광장에는 나치군에게 강제로 끌려 나온 수백, 어쩌면 수천 명의 유대인이 소리 없이 서 있었다. 군인들은 아무 이유 없이 남자아이 여섯 명을 골라 교수대에 매달았다. 그 뒤의 이야기가 해일처럼 내 뇌리에 밀려온다. 난 할아버지의 친구가 어떻게 됐는지 안다. 마을 사람들에게 어떤 일이 생겼는지도 안다.

되살아난 기억에 온몸이 떨려오는 가운데, 바틀리 선생님의 목소리가 들린다.

"예를 들어 줄게. 금발 머리에 눈이 파란 친구들은 일어나서 책상 옆에서 볼까?"

아이들 대부분은 앉은 채로 두리번거리며 다른 아이들을 살펴본다. 제시 엘턴과 앨리 피츠패트릭은 선생님의 말이 끝나기가 무섭게 일어선다. 앨리는 정말 예쁜 눈을 가졌다. 저 터키석처럼 깊고 푸른 눈을 보면 구름한 점 없는 날, 온타리오 호수의 잔잔한 물결이 떠오른다. 제일 앞줄 맨 왼쪽에 앉은 헤더 제이미슨은 망설이고 있다. 하지만 모두의 시선이 집중되자 자리에서 일어나 책상 옆에 선다. 헤더는 뒤로 묶은 긴 머리에서 삐져나온 가닥들을 쓸어내리더니 팔짱을 끼고 선다. 케리앤과 마찬가지로 헤더도 나와 유치원 때부터 알던 사이다. 헤더는 150센티 정도의 작은 키 때문에 고3이 아니라 초등학교 6학년처럼 보인다. 저 애도 로건처럼 책 읽는 걸 좋아한다. 교실에서도 늘 소설책을 펼쳐 놓고 있을 정도다. 헤더에게 책은 사람들을 피하기 위한 수단인 것 같다. 일종의 갑옷 같은 거랄까. 특히나 언니가 리비에르 고등학교 역사상 가장 큰 규모의 마약 단속 때 걸려서 체포된 이후에 더 심해진 것 같다. 그 일은 우리가 고1 때 일어났다. 헤더의 언니는 소년원에 갔다. 로건이 노래를 하면 개들이 미친 듯이 짖어대는데, 그와는 반대로 헤더는 천사들도 내려와 눈물 흘리게 할 만한 목소리를 지녔다.

지금은 아이들 모두의 주목을 받고 있어서 헤더가 눈물을 흘릴 것 같다.

바틀리 선생님은 다시 한번 교실을 빠르게 훑어보고는 제시, 헤더, 앨리를 지명한다. "다시 말하지만 이건 어디까지나 예를 드는 거에 불과해. 불편한 사람은 굳이 서 있지 않아도 돼."

이어서 반 아이들 전체에게 말한다. "나치 독일에서는 금발 머리에 눈이 파란 사람들은 우월한 아리아 인종의 이상적인 모델로 여겼다. 그러니까 제시, 네가 히틀러 법치하에 살았다면, 외모만 놓고 봤을 때 넌 친위대 후보로 제격이었을 거야." 선생님은 반 전체에게로 시선을 옮긴다. "그 외에 키가 155센티를 넘겨야 하고, 몸이 다부져야 하고, 아주 건강해야 했지. 그런데 후보들은 지난 백오십 년 동안 자신의 조상 중에 유대인이 없음을 증명해야 했어."

"전 순수 혈통이라고요." 제시가 씨익 웃으며 근육에 잔뜩 힘을 주자 아이들이 한바탕 웃어 댄다. 바틀리 선생님은 그 말에 아무런 반응도 하지 않는다. 로건은 나와 마찬가지로 혐오에 찬 표정을 짓고 있다.

'하인리히 힘러. 친위대 사령관. 딸과 함께'라고 적힌 사진이 전자 칠판을 가득 채운다. 딸은 볼 것도 없이 금발 머리에 눈은 파란색이다.

"하인리히 힘러는 우월한 종을 증식할 목적으로 *레벤스보른*이라는 프로그램을 설립했어. '생명의 샘'이라는 뜻이지. 이 프로그램을 통해 십이 년 동안 최대 이만 명의 아이가 태어난 것으로 알려져 있어. 점령당한 나라에 있는 부모들에게서 떨어져 독일 가정에서 자란 금발 머리, 파란 눈의 아이들이 이십만 명에 달했는데, 그 아이들은 제외한 숫자야. 화면을 잘 봐 봐. 1943년 10월 4일에 힘러가 친위대 장교들 앞에서 한 연설의 일부인데, 소리 내서 읽어 볼 사람?" 몇 명이 손을 든다. 바틀리 선생님은 케리앤을 지목한다.

"친위대원은 다음 원칙을 절대적인 규칙으로 받아들여야 한다. 우리는 오로지 우리와 같은 혈통에만 정직하고 예의 바르며 충실하고 동지애를 가진다.

러시아인이나 체코인에게 무슨 일이 일어났는지는 나와 무관하다. 우리와 같은 혈통을 다른 국가에서 구할 수 있는 경우, 필요하다면 아이를 납치해서 우리가 키울 수도 있다." 케리앤의 목소리가 갈라진다. 다시 이어서 읽는데, 이번엔 훨씬 부드러운 목소리가 나온다. "또한, 우리의 문화를 위한 노예로서 필요한 경우가 아니라면, 다른 민족들이 부유하게 살든 굶어 죽든 나는 아무런 관심이 없다."

바틀리 선생님이 이어서 말한다. "*레벤스보른*에서 힘러는 정예 친위대 장교들에게 인종적으로 순수한 독신 여성들과 아이를 가질 것을 강력히 권장했어. 이 프로그램에 참여한 여자들은 히틀러의 원칙에 대한 깊은 믿음이 있어야 했고, 나치당에 충성을 맹세해야 했지. 그들 또한 유대인의 피가 섞이지 않았음을 증명해야 했어."

헤더는 자신의 몸을 끌어안은 채 바닥을 내려다보고 있다.

난 앨리를 바라본다. 부끄러워하는지 볼과 목이 온통 벌게졌다. 유전학에 대해 깊이 생각해 본 적은 없지만, 난 나의 불그스름한 갈색 머리와 담갈색 눈동자에 감사한다.

"멋지네!" 제시가 히죽대고 웃는다.

"조용히 해." 바틀리 선생님이 호통치며 제시를 쏘아본다. "전혀 멋지지 않아, 제시. 하지만 네가 이 부분에 대해 추가로 조사를 해 온다면 가산점을 줄 의향이 있다. 조사하고 나면 힘러가 존경할 만한 사람이라고 생각하진 않게 될 거야. 같은 연설문에 나오는 그다음 인용문을 읽어 봐라, 제시."

웃음기가 사라진 얼굴로 제시가 읽기 시작한다. "우리는 이러한 이야기를 터놓고 나눌 수 있어야 한다. 그러나 대중 앞에서는 입을 다물어야 한다. 이러한 이야기란 유대인 수용과 박멸에 관한 것이다.

말로는 쉽다. 모든 당원이 '우리는 유대 인종을 박멸할 것입니다'라고 말한다. '당연히 그렇게 하겠습니다. 유대인 제거는 우리 계획의 일부니까요. 맞아요. 우리는 유대인을 박멸할 것입니다.'

그런데 이 착한 팔천만 독일인들 중에는 돌아서는 순간, 자신의 주변엔 괜찮은 유대인 친구도 있다고 말하는 자들이 있다. 물론 다른 유대인들은 모두 돼지나 다름없지만, 이 친구만은 훌륭한 유대인이라는 것이다. 우리가 줄곧 보아 왔듯이, 이런 식으로 말하는 자들은 우리의 계획을 심도 있게 지켜보지도, 분연히 일어나 동참하지도 않는다.

여러분은 100구나 500구, 혹은 1,000구의 시체가 나란히 누워 있는 것을 보는 게 어떤 느낌인지 알 것이다. 인간의 나약함을 불러일으키는 몇몇 예외를 초월하여 이 임무를 수행하는 것이, 그러면서도 동시에 좋은 인간으로 남는다는 것이 얼마나 어려운 일인지를 잘 알고 있다. 그러나 이것은 이제까지 한 번도 없었고 앞으로도 없을, 우리 역사의 영광스러운 한 페이지다." 제시가 화면을 보며 눈을 깜빡인다.

헤더가 자리에 앉자, 앨리도 얼굴이 창백해진 채 앉는다. 제시는 계속 서 있다.

"이해가 안 되는데요." 헤더가 작은 소리로 말한다. "우린 다른 사람들보다 더 똑똑하거나 낫지 않잖아요. 힘러가 한 연설은, 나치가 인간을 대하는 방식은 너무 끔찍해요."

바틀리 선생님이 교탁에 기댄다. "관찰력이 뛰어나구나, 헤더. 우리의 계몽된 시각으로 본다면 나도 너의 의견에 전적으로 동의해. 왜 끔찍하다고 느꼈는지 과제에 써 주면 좋겠다. 기대할게. 그런데 반제 회의를 재연하는 데 있어서 우리의 목적은 자신들이 우월하다고 주장하는 나치의 관점을 이해하고, 그것이 어떻게 그들의 비인도적 행위에 기름을 끼얹은 격이 됐는지를 이해하는 거야."

로건이 손을 번쩍 든다. 바틀리 선생님이 호명하자 로건이 말한다. "문제
는 아직도 우월한 인종이 있다고 믿는 사람들이 있다는 거예요. 그 사람들
은 나치가 한 짓이 괜찮다고 생각해요." 로건이 제시를 쏘아본다. "그건 명
백히 잘못됐어요. 여기에 토론할 거리가 있나요?"

마지막 수업이 끝났음을 알리는 종이 울린다. 교실에는 의자 끄는 소리,
핸드폰 켜는 소리, 가방 지퍼 잠그는 소리가 한데 뒤섞인다.

바틀리 선생님이 큰 소리로 말한다. "바로 그 점 때문에 우리가 이걸 공
부해야 하는 거야, 로건. 네가 나중에 조지타운 대학에 다닐 때쯤 이 과제
를 했던 걸 떠올리며, 힘든 도전을 했던 걸 흐뭇해할 거야."

로건이 말하려는 찰나에 스펜서가 바틀리 선생님에게 다가간다. 선생님
은 스펜서에게 고개를 돌린다.

제시가 헤더에게 다가간다. 헤더는 철저히 외면한 채 요즘 읽고 있는 소
설책을 가방에 넣는다. 제시가 헤더에게 어깨동무를 한다. "우리 같이 아리
아인 모임을 결성해야겠어." 옅은 비소를 띤 채 제시가 말한다. "너, 나, 앨
리. 거기에 리비에르 고등학교에 다니는 파란 눈에 금발인 미남 미녀들을
가입시키는 거야."

헤더는 제시의 팔을 떨쳐내더니, 돌아서서 성큼성큼 교실 밖으로 나간
다. 로건과 내가 따라가 보지만 아이들이 복도에 쏟아져 나오는 바람에 헤
더를 놓치고 만다.

로건이 내 손을 잡고 자기 옆으로 끌어당긴다. "나는 이 과제가 마음에
들지 않아. 아까 내가 손들고 얘기한 것도 그 이유 때문이야. 아직도 백인
우월주의를 믿는 사람들이 있어. 버지니아주 샬러츠빌에서 일어난 폭동을

생각해 봐. 백인 우월주의자들이 집회를 열었잖아. 어떤 여자는 살해당하기까지 했어."

팔에 소름이 돋는다. 난 로건에게 가까이 다가가 작은 소리로 말한다. "난 이 과제 못해. 우리 할아버지가 유대인 남자애를 살려 주신 적이 있어. 지금 바틀리 선생님은 우리더러 살인자의 입장으로 논쟁하라는 거잖아. 도저히⋯." 난 말하던 걸 멈춘다.

"잠깐. 너희 할아버지가 *어쩌셨다고*?"

"말하지 말았어야 했는데."

"왜?"

할아버지의 비밀을 얘기하니 마음이 무겁다. 난 로건을 믿는다. 할아버지의 이야기를 들려주면 무덤까지 가져갈 아이다. 하지만 난 할아버지와 약속했다. 엄마도 모르는 일을 로건에게 말할 수는 없다.

"안돼. 약속했거든."

"너희 할아버지랑?"

난 고개를 끄덕인다. "돌아가시기 전에. 나한테 실제 있었던 일들을 얘기해 주셨어. 정말 끔찍한 이야기야, 로건. 최근까지 잊고 지냈어. 나치가 유대인 마을에 한 짓은, 정말⋯." 난 침을 꿀꺽 삼킨다.

바틀리 선생님이 복도로 나온다. 노트북 가방을 마치 정보 기밀문서가 담긴 가방처럼 들고 간다. 로건은 자세를 꼿꼿이 세운 채 벽에 등이 닿을 때까지 뒤로 물러선다. 선생님이 고개를 들어 우리를 본다. "잘 가라, 너희 둘."

"선생님도요." 우리 앞을 지나치는 선생님에게 내가 말한다.

우린 선생님을 뒤따라간다. 선생님이 일 층으로 내려가 우리의 시야에서 사라지자 로건이 입을 연다. "이 과제의 목적이 뭔지 모르겠어. 바틀리 선생님이 설명하긴 했지만, 어쨌든 이건 옳지 않아. 역할극이고 역사 수업인 건 알겠는데, 나치를 옹호하라고 하는 과제는 잘못된 거야. 왜 우리가 그런 행동을 하길 원하시는 걸까?"

나치. 그 단어를 입에 담을 때 파르르 떨리던 할아버지의 목소리가 아직도 생생하다. 유대인 친구를 구출한 이야기를 할 때 이를 악무셨던 것과 미간을 찌푸리시던 게 기억난다. 한차례 감정이 격해지시더니, 할아버지는 말을 멈추셨다. 평정심을 잃지 않으려고 안간힘을 쓰며, 사포를 붙인 나무 토막을 세게 움켜쥐셨다.

난 그런 모습으로 할아버지를 기억하고 싶지 않다. 우리 여관 접수처 뒤에 서서 손님을 반겨 주시던 모습을 떠올려 본다. 할머니와 밀가루가 잔뜩 묻은 손을 맞잡고 춤추시던 모습, 함께 호숫가 백사장에 걸어가서 해가 뜨는 걸 보던 때를 떠올려 본다. 하지만 그 모습들은 하나하나 내 뇌리에서 사라진다. 로건을 보며 내가 말한다. "이 과제, 우리가 뭔가를 해야 할 거 같아."

로건의 두 눈이 저항심으로 충만해진다. "당연하지. 어떻게 하는 게 좋을 것 같아?"

6

로건, 블레어

화상 채팅:

블레어: (자신이 점원으로 아르바이트를 하는 작은 할인매장 주차장에서 본인 소유의 고물 차에 앉아 스마트폰으로 화상 채팅하는 중) 말도 안 돼. 여기 글렌슬로프에서는 절대 그런 과제를 내줄 수 없을 텐데.

로건: (바자회에서 구매해 직접 파란색으로 칠한 중고 책상에 노트북을 펼쳐 놓고 화상 채팅하는 중) 정말? 이건 역사 수업인데….

블레어: 역사 수업이고 아니고 간에 절대 못 내줘. 우리 학교에 유대인 학생이 정확히 몇 명 있는지는 모르겠는데, 로시 하샤나(*유대인들의 새해)와 욤 키푸르(*유대교의 속죄일)를 공휴일로 지정할 정도로 많이 있어. 우리 학교 학생의 절반은 백인이 아니야. 우리 학교에서 선생님이 그런 과제를 내줬다면, 분명 학생들 절반 이상이랑 게네 부모님들이 단합해서 인종 차별 하는 선생이 잘리도록 시위했을 거야.

로건: 바틀리 선생님이 잘리는 건 싫은데.

블레어: (놀라며) 왜?

로건: 우린 그냥 토론 수업이 취소됐으면 좋겠어. 바틀리 선생님은 백인 우월주의자가 아니야. 평소에는 정말 좋은 선생님이라고.

블레어: 좋은 선생님이라면 그런 과제를 내줄 리가 없지. 왜 그 선생님

36

편을 드는지 모르겠네. 실제로 어떤 사람인지 네가 어떻게 알아?

로건: (불만스러워하며) 선생님을 편들거나 그 과제를 옹호하는 게 아니야. 좋은 사람들도 실수는 해. 선생님과 대화를 해서 설득해 보고 싶어. 우리 이야기를 들어주실 거야. 그럴 거라는 걸 알아.

블레어: 네가 그렇다면 뭐. 그런데 다른 학생이랑 같이 찾아가는 건 어때? 학교에 유대인 학생 있어? 동족을 살해한 사람들을 정당화하라는 과제를 받아들일 수는 없을 거 아냐?

로건: (고개를 저으며) 아니. 없는 것 같아. 잠깐만. (책꽂이에서 작년 졸업 앨범을 꺼내 훑어본다) 유대인 학생이 있었어도 내가 몰랐을 거야. 작년에 학생이 600명 있었는데, 그중에 백인이 아닌 학생은 일본에서 온 2학년 교환학생 둘밖에 없었어. 우리 학교는 거의 흰 빵(*백인들만 모여 있음)이야. (동호회가 있는 페이지를 연다) 우리 학교에는 성 소수자 클럽도 없어. 네가 있는 밀워키와 달리 여기는 다양성과는 거리가 멀어. 케이드와 나를 제외하고 이 과제 때문에 교장실에 따지러 갈 학생이나 학부모는 없을 거야. (잠시 침묵) 혹시 너희 동네에 남부 연합기 걸어 놓은 집 있어?

블레어: 농담하는 거지?

로건: 아니야. 학교 가는 길에 보면 그 깃발을 걸어 놓은 집이 적어도 네 군데는 있어. 저번에 중심가에 있는 중고품 가게에서도 봤어.

블레어: 정말 농담하는 거 아니야? 너무 황당해서 무슨 말을 해야 할지 모르겠다. 그렇게 증오에 찬 사람들이 주위에 있으면 어떤 기분일까? 우리 학교에는 히잡을 쓴 이슬람교 학생도 있고, 키파를 쓴 유대인 학생도 있어. 그러고 다녀도 아무도 신경 안 써. 학교 복도를 걸어가면

서로 인종이 다른 커플들이 손잡고 있는 모습을 매일 봐. 여자끼리, 혹은 남자끼리 그러고 있는 때도 있어. 적어도 내 친구들은 그런 걸 봐도 이상하게 생각하지 않아. 우리 학교에도 문제는 있지. 그런데 너희 학교 같은 그런 문제는 아니야. 네가 걱정돼. 케이드랑 같이 그 선생님에게 가서 얘기를 꺼낼 거면, 계획을 세워야 할 것 같아.

로건: 그래야겠어. 첫 수업이 시작되기 전에 바틀리 선생님을 찾아가서 이 과제를 취소해야 하는 이유를 적은 목록을 제출할 거야.

블레어: (자동차 시동을 걸어 차를 예열시킨다) 그런데 전에 케이드가 자주 지각한다고 하지 않았어?

로건: 그게 뭐?

블레어: 대안은 있어?

로건: 대안이 왜 필요해. 케이드가 시간 맞춰 오겠다고 약속했어. 케이드가 약속 같은 거 안 하는 거 알잖아. 왜냐하면….

블레어: 왜냐하면 걔한텐 여관 일이 최우선이니까. 그래서 대안이 있냐고 물은 거야. 약속은 했지만 무슨 일이 생길지는 모르는 거잖아. 네가 혼자 선생님한테 가서 얘기하는 건 안 좋아 보여. 아빠랑 같이 가는 건 어때?

로건: 아빠한테 과제 얘기 안 꺼냈어. 그리고 너 같으면 너희 엄마가 학교 찾아가서 선생님이랑 얘기하는 게 좋겠어?

블레어: 무슨 말인지 알겠어. 하지만 네가 나한테 얘기한 걸 종합해 봤을 때 걱정이 돼서 그래. 네가 선생님을 좋아하고 싫어하고를 떠나서, 너 혼자 하는 얘기를 그 선생님이 뭐하러 들어주겠니?

로건: (한숨) 맞는 말이야. 방법을 찾아내야겠어.

블레어: 그래야지. 나 이제 가 봐야 해. 엄마가 컬버스 레스토랑에 가서 음식 찾아오랬어.

로건: 위스콘신에서 제일 그리운 것 중에 하나다.

블레어: (웃으며) 치즈 커드가 올라간 감자튀김, 버터 버거, 버펄로 치킨 텐더, 입에서 녹는 초콜릿 커스터드, 으으음.

로건: 고맙다. 지금 당장 컬버스에 안 가면 현기증 올 거 같아. 진짜 못 됐다.

블레어: 나 못된 거 이제 알았냐? 버틀리 선생님이랑 대화 끝나자마자 나한테 문자 보내. 알았지?

로건: 바틀리야.

블레어: (웃으며) 사랑해.

로건: 나도 사랑해.

7

케이드

"케이드, 화장실은 두 번씩 확인해. 흠잡을 데 없이 깨끗해야 해." 내가 응접실 먼지 털기를 끝내자마자 엄마가 말한다. 엄마는 접수 데스크에 기댄 채, 내가 청소를 제대로 했는지 눈으로 살핀다. 저렇게 멀리서도 먼지 하나하나까지 다 보이나 보다.

"알아서 할게요." 내가 답한다. 이미 열 시간 전에 객실 하나하나를 확인했고, 모든 게 완벽했다.

"애를 너무 닦달하지 마, 미카일라." 우리 식구가 사는 내실 문을 열고 나오며 할머니가 말씀하신다. 할머니는 안쓰러운 눈길로 나에게 미소를 보이시고는 다시 엄마를 쳐다보신다. "간식 먹게 몇 분 쉬게 해 줘. 집에 오자마자 일만 했잖니. 아직 시간은 충분해. 정 해야 한다면 내가 변기를 닦을게." 폴란드 억양이 강한 할머니의 말투에 짜증이 섞여 있다. "내가 일도 못 할 정도로 아픈 사람은 아니잖니."

"당연히 아니죠, 엄마. 하지만 엄마가 아니면 누가 그렇게 맛있는 파이를 만들어요. 다른 건 걱정하지 마세요."

"에휴. 내가 하고 싶은 말이 그거야. 넌 너무 걱정이 많아서 탈이야."

할머니 말씀이 백번 옳다. 하지만 난 아무 말도 하지 않는다.

저렇게 언쟁이 오갈 때야말로 내가 탈출할 수 있는 절호의 기회다. 내가 내실 문을 열려는 순간, 할머니가 가로막으시더니 내 손을 잡고 뒤집어 보신다. "손힘이 세 보이네. 반죽 치대기에 제격이야. 너한테 베이킹 비법을 전수할 때가 된 것 같구나." 할머니가 엄마를 쏘아보신다. "내가 더 늙어서 아무 도움도 안 되는 사람이 되기 전에."

할머니 손을 꼭 쥐며 내가 말한다. "할머니 하나도 안 늙었어요. 그리고 우린 할머니가 필요해요. 우리 여관 후기에 할머니 요리 칭찬이 꼭 나온단 말이에요."

"거, 참." 할머니의 목소리는 작지만, 엄마가 듣기엔 충분하다. "우리만 아는 자리에 로갈리키(*폴란드식 쿠키) 몇 개 숨겨 났다. 안 그러면 네 아빠가 다 먹어 치우잖아. 할머니한테 뽀뽀해 주고 가서 맛있게 먹어."

"고마워요, 할머니."

난 작은 부엌에 들어가 찬장에서 파스타 상자를 꺼내 들고 내 방으로 향한다. 방에서 들어오자마자 발로 문을 닫고 상자를 침대 옆에 있는 작은 탁자에 올려놓는다. 나무 상자들을 재활용해 할아버지와 함께 만든 탁자다.

슈가 파우더와 딸기 잼 냄새가 방안에 은은하게 퍼진다. 배에서 꼬르륵 소리가 나고 입에는 군침이 돈다. 파스타 상자에 손을 넣고 한 조각을 꺼낸다. 작은 초승달 모양의 페이스트리가 입안에서 녹는다. 한 개 두 개 먹다 보니 어느새 상자가 비어 있다. 상자를 옆에 치워 놓고 《와일드펠 홀의 소작인》을 집어 든다. 꼭 읽겠다고 로건에게 약속한 책이다. 언젠가는 다 읽을 날이 오겠지.

책을 집어 들자 로건을 처음 봤을 때가 생각난다. 여관 바깥문이 양쪽으로 활짝 열리며 그 애가 비에 쫄딱 젖은 채 들어왔다. 로건의 아빠인 마치 교수님은 딸과 함께 접수 데스크를 향해 걸어오다가 물웅덩이를 보며 인상을 찌푸렸다. 난 미소 지으며 두 사람을 맞이했다. 로건이 미소로 답하며 말했다. "저희 때문에 바닥이 다 젖었네요. 정말 미안해요. 걸레를 주시면 제가 닦을게요." 난 로건에게 아무 문제 없다고 말했다.

다음 날, 내가 침대를 정리하려 하자 로건이 못 하게 막았다. 새 수건을 주려는 것도, 진공청소기로 카펫을 청소하려는 것도 못 하게 했다. 내가 다음 방으로 넘어가려 하자, 나를 따라다녀도 괜찮겠냐고 로건이 물었다. 얘기를 들어보니 아버지는 뉴욕 주립 대학교 레이크사이드 캠퍼스 수학과 학과장 자리에 면접을 보러 가셨다고 했다. 내가 객실을 치우는 동안 로건은 우리 여관, 리비에르에서의 생활, 우리 가족 등에 관해 물었다. 그 애와의 대화는 재밌었다. 아버지가 여러 군데 면접을 보러 다니셔서 우린 다음 날에도 많은 대화를 나눌 수 있었다. 삼 일째 되던 날, 로건은 욕실과 소형 냉장고에 비품을 채워 넣고 휴지통 비우는 걸 도왔다.

그날 오후, 접수 데스크에 찾아온 로건은 내실 문에 기대어 또 나와 대화를 나눴다. 이번에는 자기가 역사 공부하는 걸 좋아하며, 그중에서도 영국 역사를 좋아한다고 얘기했다. 또 화제를 바꿔 제인 오스틴, 브론테 자매, J. K. 롤링 같은 자기가 좋아하는 영국 작가들을 열거했다. 난 놀랐다. 나랑 동갑인 열세 살짜리 여자애들 중에 그렇게 똑똑하고, 열의에 차 있고, 배짱 있고, 재미있고, 세상 물정에 밝은 애는 본 적이 없었다. 로건이 한 얘기 중 절반은 내가 처음 들어보는 것들이었다. 그 애의 이야기를 듣는 건 재밌었지만, 한편으로는 카운터 안쪽에 들어와서는 안 된다는 얘기를 언제 꺼내야 할지 몰라서 내내 눈치만 보고 있었다.

로건이 잠시 숨을 돌릴 때, 그 애의 눈이 휘둥그레지는 걸 보고 난 드디어 얘가 투숙객과 여관 관리자 사이의 보이지 않는 벽을 넘었음을 알아챈 줄 알았다. 하지만 아니었다. 로건은 그런 애가 아니다.

로건은 주위를 둘러보며 감탄했다. "여기에 살아서 좋겠다. 너무 예뻐."

"정확히 말하면 여기에 사는 건 아니야. 우리 가족은 오래된 내실에서 살아." 난 내실 현관문을 가리키며 말한 뒤, 팔로 여관 전체를 가리켰다. "나머지는 다 손님들을 위한 공간이고." 내가 말하는 의도를 그 애가 눈치챘길 바랐지만, 아니었다. 로건은 자리에서 폴짝 뛰어올라 카운터에 걸터앉았다!

잠시 후, 로건은 나를 따라 응접실로 갔다. 내가 잡지를 정리하는 동안 그 애는 보는 것만으로는 성에 안 차는지 손끝으로 가죽 소파, 돌로 된 벽난로, 나무 탁자, 스테인드글라스 전등 갓을 차례로 만졌다. 로건은 책장에 가서 책들을 손가락 끝으로 훑으며 제목들을 살펴봤다. 그러다가 앤 브론테의 《와일드펠 홀의 소작인》을 꺼내 들었다.

"이거 읽어 봤어?" 기대에 찬 목소리로 물어봐서 나도 모르게 읽어 봤다고 거짓말을 할 뻔했지만, 난 고개를 저었다. "이건 무조건 읽어야 해!" 로건은 책을 겨드랑이에 꼈다. "브론테 자매의 소설 중에서 난 이게 제일 좋아."

그날 난 로건에 대해 중요한 걸 깨달았다. 중얼거리듯 그래, 라고 말하는 게 그 애의 귀엔 "응, 로건. 난 《와일드펠 홀의 소작인》이 너무 읽고 싶어." 라고 들린다는 것. 그 뒤로 로건은 일 년에 두 번씩 달력 앱에 알림 기능을 걸어 놓고 내가 어디까지 읽었는지를 확인한다.

솔직히 말하면 일 년 전에, BBC에서 제작한 미니시리즈를 보고 때우려 한 적이 있었다. 하지만 로건은 속지 않았다. "어디서 잔꾀를 부려. 드라마에서는 헬렌의 캐릭터를 너무 간략하게 보여 줬어. 그러는 바람에 앤 브론테의 혁명적인 페미니즘 소설이 갖는 힘을 보여 주는 데에는 실패했지."

그러면서 내 눈앞에 책을 흔들어 보였다. "읽어. 그런 다음 다시 얘기하자."

난 펜을 집어 들고 책갈피를 끼워 놓은 장을 펼친 뒤 읽기 시작한다.

2분 후, 내 폴더 폰이 울린다. 문자가 왔다. 난 문자 보내는 게 너무 싫다. 귀찮기 짝이 없지만, 우리 집 형편으로는 더 좋은 폰을 쓸 수가 없다.

로건: 엄마가 뭐라셔?

나: 안 물어봤어.

로건: 중요한 거야.

나: 알아. 지금 바빠.

여관에 마지막으로 손님이 묵었던 게 한 달도 더 됐다. 겨울에 뉴욕주 변두리의 마을을 찾는 여행객은 거의 없다. 이번 결혼식 피로연은 우리 가족에겐 큰 건이다. 내일 아침 일찍 바틀리 선생님을 찾아가 이야기하자고 로건과 약속을 해서는 안 됐다. 하지만 어쩔 수 없다. 유대인 학살을 옹호하는 토론을 할 수는 없다. 선생님한테 얘기했는데도 과제를 바꿔 주지 않으면, 난 그냥 F 학점을 받을 거다.

서랍장 위에 놓인 할아버지가 만드신 액자를 바라본다. 액자 안에는 여관 밖에서 할아버지와 찍은 사진이 있다. 할아버지는 나에게 어깨동무를 하고 카메라를 향해 웃고 계신다. 난 할아버지를 올려다보고 있다.

할머니는 늘 내가 할아버지를 쏙 빼닮았다고 하신다. 나도 열두 살의 나이에 용기를 내서 유대인 아이를 숨겨 주고 탈출하는 걸 도와줄 수 있었을까?

문을 세게 두드리는 소리에 난 소스라치게 놀란다.

"케이드?"

"잠깐만요, 엄마." 난 셔츠에 묻은 가루를 털고 재빨리 문을 연다.

엄마는 끌어안고 있던 빨래 바구니를 내 쪽으로 내민다. "이것 좀 개 줄래? 스토크 씨 결혼식 전 신부 축하 파티에 쓸 물건들을 다시 주문해야 하거든. 스토크 부인이 요구 사항을 자꾸 바꿔서 미칠 지경이다."

난 빨래 바구니를 받아 내 침대 위에 올려놓는다.

"고마워." 엄마가 안도의 한숨을 내쉰다. "하나만 더 부탁할게. 내가 일기 예보를 확인했거든. 밤에 폭설이 내릴 거라는데, 오전 여섯 시엔 멈춘다고 했어. 결혼식 손님들이 늦어지지 않길 바라야지." 엄마의 목소리에 근심이 가득하다. "내일 학교 가기 전에 주차 공간이랑 인도를 치워 놔."

난 속으로 신음을 토한다. "아빠가 하면 안 돼요? 아침 일찍 로건이랑 만나기로 했어요. 과제 때문에 바틀리 선생님을 만나서 얘기해야 하거든요."

엄마가 문설주에 맥없이 기댄다. "아빠가 오늘 일하다가 허리를 삐끗했어. 눈 치우다 무리해서 벽 공사를 마무리하지 못하면 큰일이야. 네 아빠가 그 일자리를 구해서 얼마나 다행인데. 그럼 내가 하지 뭐. 그러면 헤이거 부인이 맡긴 거실용 커튼 꿰매는 건 밤을 꼬박 새워서 해야겠구나."

난 하는 수 없이 모범 답안을 내놓는다. "제가 할게요." 난 알람 시계를 오전 네 시에 맞춘다. 손님이 없는 날보다 두 시간 빠른 기상 시간이다. 로건과 약속한 시간까지 학교에 가려면 일분일초를 아껴야 한다. "다른 건 없어요?" 엄마에게 묻는다.

엄마가 잠시 주저하다가 입을 떼려는 순간, 접수 데스크 종이 *땡* 하고 울린다. 엄마는 영업용 미소를 장착하고 로비로 향한다. 잠시 후, 엄마의 영업용 목소리가 들려온다. "어서 오세요! 반갑습니다! 무엇을 도와드릴까요?"

"비행기가 취소됐어요. 쓸데없이 운전하는 것보다 푹 쉬는 게 나을 거 같아서요. 킹사이즈 침대방 두 개 있나요?"

"물론이죠. 어디에서 오셨어요?"

안 들어봐도 *텍사스*지.

"텍사스, 휴스턴이요."

내 입꼬리가 씨익 올라간다. *할아버지가 자랑스러워하셨겠다*, 그렇게 생각하니 갑자기 가슴이 아려온다. 억양을 듣고 어디에서 왔는지를 맞히는 건 할아버지와 함께 즐겨 하던 놀이였다. 할아버지는 고수였다. 난 여덟 살 때까지 할아버지의 적중률에 감탄했다. 그러다 문득 예약 장부에 적혀 있는 손님들의 주소가 생각이 났다. 난 그걸 보면서 할아버지한테 맞춰 보라고 했다. 할아버지는 거의 한 달 동안 한 번도 틀리지 않고 손님들의 출신지를 맞추셨다. 할아버지는 배우들이나 대통령, 만화 캐릭터 성대모사를 해서 손님들을 재밌게 해 주시기도 했다. 할머니와 달리 할아버지의 말투에서는 폴란드 억양이 거의 느껴지지 않았다. 폴란드어를 하거나 어린 시절에 있었던 얘기를 할 때만 강한 억양이 묻어나왔다.

난 접수 데스크에서 오가는 대화에 다시 귀 기울인다. "편하게 묵으실 수 있도록 최선을 다하겠습니다." 엄마가 말한다. "몇 시쯤 체크아웃하실 예정인가요?"

"비행기를 타려면 여섯 시에는 나가야 할 것 같네요."

한순간에 나의 아침 계획이 틀어진다. 엄마는 내일 아침에 할머니가 만드신 시나몬 롤을 준비해 드리겠다고 말한다. 엎친 데 덮친 격으로 손님들은 벽난로와 욕조가 있는 최고급 객실 두 개를 고른다. 열 시에 외지에서 오는 결혼식 하객들을 맞이하려면 오전 여섯 시 오 분에 방 정리를 시작해야 한다.

난 전화를 집어 들고 로건에게 문자를 보낸다. '미안. 수업 전에 학교에서 못 볼 듯.'

난 답을 기다리지 않고 휴대전화 전원을 끄고는 손님들 짐을 방까지 옮겨 주러 로비로 향한다. 그런 다음에는 벽난로에 불을 지펴야 한다.

8
호건

내가 지금 뭐 하는 거지?

새벽 네 시에 눈을 뜬 이후 나 자신에게 이 질문을 백 번도 넘게 했다. 난 침대에서 기어 나와 옷을 입고 온타리오 호수 여관으로 차를 몰고 왔다. 케이드의 일에 끼어들 것이냐 말 것이냐를 두고 내 안에서 벌어지는 토론 내용을 종이에 옮겨 적으면 아마 수십 장이 넘어갈 것이다. 무릎까지 쌓인 눈길을 힘겹게 걸으며 불이 켜져 있는 일 층 케이드 방 창문을 향해 가면서도, 이 대화의 승자가 누가 될지는 전혀 예측이 안 된다.

케이드네 집에 이렇게 이른 시간에 가는 건 처음이다. 그래서 케이드네 가족이 사는 내실 문에는 노크하지 않았다. 발걸음을 멈추고 어깨너머로 입구에서부터 주차장까지 내가 걸어온 길을 본다. 지금이라도 도망갈 수는 있다. 케이드는 내가 왔던 걸 영원히 알지 못할 것이다.

등 뒤에서 불어오는 매서운 바람에 떠밀려 앞으로 몇 걸음 나아가니, 자의 반 타의 반으로 망설이던 마음이 사라진다. *그래, 가 보자.* 난 장갑을 벗고 코트 주머니에서 전화기를 꺼내 케이드에게 문자를 보낸다. '블라인드 좀 올려 봐. 나 지금 밖에 있어.'

불이 켜지길, 움직임이 포착되길 기다려 보지만, 아무 일도 일어나지 않는다. 어젯밤에 보낸 문자도 다 씹힌 데다, 그렇게 전화를 해도 바로 음성 사서함으로 넘어갔으니 놀랄 일은 아니다. 난 한 걸음 다가가 유리창을 두

드린다. 심장이 쿵쿵대서 갈빗대가 흔들릴 지경이다. 난 계속해서 케이드를 기다린다. 웅크리고 창 가까이에 얼굴을 들이대니 입김 때문에 유리 표면에 얼음 결정이 형성된다. 구부러진 블라인드 틈 사이로 토끼장만 한 케이드의 방이 보인다. 침대 발치와 서랍장 맨 아래 칸에 튀어나온 서랍이 거의 닿을 듯하다. 트윈 침대 위에는 홑이불들이 엉망으로 꼬여 있다. 나처럼 잠을 설쳤을까? 간밤에 나는 과제에 대해 걱정하느라, 바틀리 선생님한테 어떻게 말해야 할지를 고민하느라 제대로 잠을 자지 못했다.

케이드가 자기 방으로 돌아오지 않으면 어쩌지? 괜히 헛걸음한 거면 어쩌지? 갑자기 걱정이 밀려온다. 그냥 가? 더 기다려? 머릿속으로 각 선택의 장단점을 따지고 있는데, 갑자기 문이 열리며 케이드가 허리에 수건만 두른 채 방 안으로 들어온다.

난 그대로 얼어붙는다. 케이드가 멈춰 서서 방을 훑어본다. 내가 창문을 두드리는 소리를 들었을까? 케이드가 눈을 비빈다. 잠을 설친 게 분명하다.

케이드의 넓은 어깨가 축 늘어진다. 두 걸음 만에 서랍장 앞으로 가서는 사각팬티, 청바지, 운동복 상의를 꺼낸다. 허리에 수건을 두른 모습은 비현실적으로 멋지다. *뭐하냐. 딴 데 봐라.* 관음증이 있는 나 자신에게 말한다. 내가 돌아서려는 찰나에 툭, 하고 수건이 떨어지며 케이드의 튼실한 엉덩이가 보인다. 난 허둥지둥 뒷걸음질 치다 눈밭에 나자빠진다.

몇 초 후, 블라인드가 올라가며 침대에 무릎 꿇고 앉은 케이드가 나타난다. 케이드는 양손을 모아 망원경처럼 창문에 대고 나를 보더니 이마를 창에 밀착한다. 윗옷은 입지 않았지만, 아래에는 청바지를 입고 있다.

"케이드!"

"로건?"

"나야, 나." 일어서며 내가 말한다.

케이드가 빗장을 끄르고 창을 위로 밀어 올린다. "놀랐잖아. 여기서 뭐 해?"

"누워서 잠시 사색 중이었어. 이런. 엉덩이가 얼 것 같네."

케이드가 소리 내서 웃는 걸 보니 머리부터 발끝까지 온기가 도는 것 같다.

"후문에서 만나자." 내 발자취를 가리키며 케이드가 말한다.

난 내가 걸어온 길을 거꾸로 걸어간다. 아까 온몸이 떨렸던 건 케이드가 수건만 걸치고 있는 걸 본 것과는 아무 상관 없다고 나 자신에게 되뇐다. 갑자기 겨울 코트가 너무 덥게 느껴진다. 지금 무슨 생각을 하는 거야? 가장 친한 친구와의 새로운 국면 같은 건가? 친구에서 연인으로? 그건 너무 상투적이잖아. 상투적인 건 질색이다. 정신 차려야지. 게다가 케이드는 나에게 친구 이상의 감정을 못 느낄 것이 분명하다. 그 이상의 감정이 있었다면 벌써 몇 년 전에 고백했어야 정상이잖아?

마음을 가다듬으려고 심호흡을 한 뒤, 입김이 사라지는 걸 바라본다. 현관문 앞에 서자 케이드가 문을 열어 준다. 이제 옷을 다 입고 있다. 덤으로 보조개 파인 미소까지. 난 이대로 녹아 버릴 것 같다.

"아침 먹으러 온 거야?"

놀리는 거다. 언제든 와도 좋다는 얘긴 들었지만, 초대받지 않고 식사를 하러 온 적은 한 번도 없었다. 모자와 장갑을 벗으며 내가 말한다. "어젯밤에 네 문자 받고 답했잖아. 전화기를 켜 놨으면 내가 왜 왔는지 알 텐데." 난 양팔을 옆으로 뻗으며 내 주장을 확실히 전달한다. 그런 다음 코트를 벗어 벽에 걸려는데, 갑자기 천국의 냄새가 밀려온다. "헐. 할머니가 시나몬 롤 만드셨어?"

"방금 오븐에서 나왔어." 케이드의 눈길이 내 머리에 머물렀다가 다시 내 얼굴로 돌아온다. 그러고는 웃음을 참으려고 입술을 꾹 깨문다. 난 손으로 삐져나온 머리카락을 쓸어내린다. 정전기가 일어 손바닥이 찌릿하다. 케이드는 후드 티 앞주머니에 양손을 넣고 벽에 기대선다. "뭐라고 문자 보냈는데?"

난 짐짓 과장된 한숨을 쉰다. "바틀리 선생님한테 이메일 보냈다고. 첫 수업 전에 만나서 과제에 관해서 얘기 좀 하자고 보냈어." 난 코트 주머니에서 핸드폰을 꺼내 다시 한번 메일함을 확인한다. 아직 선생님에게서 온 답장은 없다.

"너한테 아침에 해야 할 일이 있으면 그게 뭐든 간에 내가 돕겠다고 문자에 썼어. 너랑 나랑은 한배를 탄 거야. 우린 팀이라고. 너 없이는 바틀리 선생님이랑 과제 얘기 안 할 거야." 난 잠시 숨을 돌리고 이어서 말한다. "그러니까 뭐부터 하면 되지?"

케이드는 아무 말 없이 나를 쳐다본다.

"뭘 봐?"

"지금 새벽 네 시 반인 거 알지?"

"그래? 전혀 몰랐는데." 난 날카롭게 받아친다.

"커피를 몇 잔이나 마신 거야?" 아까처럼 또 그 미소를 보인다. 케이드는 나를 너무 잘 안다.

난 장난스럽게 케이드를 밀치고 부엌으로 간다. 시나몬 롤에다, 오늘 아침 벌써 석 잔째인 커피를 곁들여 먹어야지.

9

케이드

문이 잠긴 바틀리 선생님의 교실 앞 벽에 기대서서 기다린 지 십 분이 지났다. 로건은 우리에 갇힌 암사자처럼 원을 그리며 맴돌고 있다. 우린 함께 여기에 오기 위해 힘을 합쳐 여관 일을 마무리했다. 로건은 이메일을 확인하고, 한숨을 쉬고, 서성거리기를 반복한다.

바틀리 선생님에게서 답장은 오지 않았다. 난 머릿속으로 선생님이 오지 않은 이유를 나열해 본다. (1) 간밤의 폭설 때문에 선생님 집 인터넷이 끊겼다. (2) 이메일을 확인하지 않았다. (3) 메일을 읽었지만 학교에 일찍 올 수 없었다(그렇다면 왜 답장을 하지 않았을까?). (4) 세계 정치사 선생님을 필요로 하는 외계인들에게 납치당했다(그랬으면 참 좋을 텐데). 로건은 방향을 바꿔서 맴돈다. 자신의 귀에만 들리는 음악에 박자를 맞추듯 손가락으로 허벅지를 두드리고 있다. 몇 바퀴를 더 돌더니 오늘 저녁에 있을 스노우 볼 댄스 포스터 앞에 멈춰 서서는 나에게 오라고 손짓한다.

"너희 부모님이 처음 사귀신 게 스노우 볼 댄스에서였다고 그랬지?"

"몇백 년 전에."

어색한 침묵이 돈다. 평소에는 로건의 생각을 잘 읽을 수 있는데 지금은 조금 헷갈린다. 눈 덮인 겨울 왕국에서 춤추는 커플 그림을 보고 있는 모습이, 자기도 참여하고 싶어 하는 눈치다. 그런데 우리 둘 다 학교에서 여는 무도회에는 간 적이 없다. 작년 프롬 때, 로건이 메이슨의 청을 거절해서 난 안심했다. 학교에 도는 소문이 어떻든, 로건과 나는 가장 친한 친구 이상의 관계는 되지 않을 게 분명하다. 우리가 중학생이 되기 직전 로건이 리비에르에 이사 온 그날부터 로건은 이곳을 떠날 운명이었다. 반면 나는 평생 여기에 매여 있어야 한다.

로건은 포스터 앞에 한동안 서 있더니 다시 서성이기 시작한다.

"혹시 가고 싶어?" 나도 모르게 불쑥 물어봐 놓고는 바로 말을 주워 담고 싶어진다.

로건이 멈춰 선다. 놀란 건지 겁에 질린 건지 알 수 없는 표정을 짓고 있다. "어디? 스노우 볼 댄스에?"

"응. 아, 아니." 난 고개를 젓는다. "당연히 난 안 가고 싶어. 그게 아니고…. 별일 아냐. 오늘 아침에 집에서 나오기 전에 아빠가 오늘 밤에 나 일 쉬어도 된다고 하셨거든." 난 어깨를 들썩거린다. "그냥, 저런 데나 한번 가 보면 어떨까 했지."

로건이 미간을 찌푸린다. "너 춤 추는 거 엄청 싫어하잖아."

"그렇지. 움직이는 건 질색이지." 난 로봇처럼 움직여 보인다. "그냥 못 들은 거로 해." 지금 이 순간, 땅이 갈라져 나를 집어삼켜 준다면 얼마나 좋을까. 고1 때 로건에게 춤추는 걸 싫어한다고 말했었다. 근데 그건 1학년 홈커밍 파티에 케리앤이 나랑 같이 가고 싶어 한다고 로건이 지레짐작했기 때문이다. 케리앤하고는 죽어도 같이 안 가지. 내가 같이 춤추고 싶다고 생각한 여자애는 딱 한 명, 로건뿐이다. "그런데 나 그냥 집에 가는 게 좋을 것 같아. 결혼식 하객들이 묵으면 여관에 할 일이 많아지거든."

"아니야. 절대 그럴 순 없어. 오늘은 쉬어. 나랑 같이. 토 달기 없기. 같이 재밌는 시간을 보내야 하니까 일단 춤은 안 추는 거로."

"춤은 안 추는 거로. 알겠어. 그럼 영화 어때?"

"영화는 지루하고 평범해."

"리비에르에서 할 수 있는 게 또 뭐가 있지?"

"나한테 맡겨." 로건이 내 양어깨를 붙잡고 앞뒤로 흔든다. "이게 말이 돼? 네가 금요일 밤에 일을 안 한다니! 왜 나한테 얘기 안 했어? 파티를 열까? 근데 난 사람 많은 파티는 싫어. 뭐 하지? 케이드 크로퍼드가 오늘 밤 비번이라는데. 어떻게 이런 일이 일어났을까? 자세하게 얘기해 봐. 너희 아빠가 뭐라고 하셨어?"

아빠가 실제로 한 말을 로건에게 들려줄 수는 없다. 아빠는 나보고 로건이랑 댄스파티에 같이 가라고 하셨다. "우린 그냥 친구예요." 내가 대답했더니 아빠가 이렇게 말했다. "친구랑 가서 안 될 건 없지. 네 엄마와 나도 친구였는데."

난 속으로 짧은 신음을 토한다. 그러고는 대답을 기다리는 로건을 바라본다. "별 얘기 아냐. 그동안 열심히 일했으니까 하루쯤 여관 일을 쉬라고 하셨어."

로건은 춤추는 커플 그림에 한 손을, 자기 가슴에 다른 한 손을 얹는다. "나, 로건 마치는 춤을 추지 않으면서도 모험으로 가득 찬, 잊지 못할, 놀라운 밤을 보낼 것을 맹세합니다. 지금으로부터 수년 후에도 기억에 남을 밤이 될 것이며, 나이 들어서도 고등학교 시절을 회상하며 얘기할 법한, 두고두고 회자될 추억거리를 만들겠습니다." 선서를 마친 로건이 나를 쏘아본다.

난 한쪽 눈썹을 치켜세운다. "내가 생각하는 '재미'에 경찰에 체포당하는 건 안 들어간다는 거 얘기했었나?"

"참고할게." 로건이 윙크한다. 그 애의 시선은 벽시계로 향했다가 일 층으로 내려가는 외부 계단으로 옮겨간다. 그리곤 화를 내며 말한다. "바틀리 선생님은 왜 안 오는 거야?"

"눈 때문에 늦는 걸 수도 있지. 점심시간에 다시 와 볼래?"

"그땐 선생님 사무실이 애들로 꽉 차 있을 거야." 로건은 다시 서성이기 시작한다.

사물함에 머리를 박고 싶은 심정이다. 왜 춤추는 게 질색이라고 말해서는. 애초에 아빠가 그런 제안을 했다는 게 믿기지 않는다. 더 믿기지 않는 건 내가 기회를 걷어차고는 실망하고 있다는 사실이다. 오늘 같은 날 다른 뭔가를 같이 하는 건 좋은 생각이 아니다. 친구 사이에 머무는 것은 이제 지긋지긋하다. 로건과 그 이상을 원하지 않는 척 연기하는 거에 신물이 난다. 취소할 방법을 생각해 내야 한다. 여관에 급한 일이 생겼다고 할까? 그러면 로건이 도와준다고 찾아올 텐데. 감기 걸렸다고 거짓말할까? 아니면….

로건이 중얼거리는 소리에 다시 그녀를 응시한다. "…도대체 왜… 불합리해… 바틀리 선생님… 가짜로 … 도전을 …시험, 숙제, 토론…." 무슨 말을 하는지 하나도 모르겠다.

그러다 갑자기 자리에 멈춰 선다. 환희의 기운이 저 애를 감싸고 있다. 로건의 어깨에 걸려 있던 가방이 쿵, 하고 바닥에 떨어진다. "이제 알겠어!" 처음엔 오늘 밤에 우리 둘이 뭘 할지 알겠다는 얘기인 줄 알았다. "왜 바틀리 선생님이 그런 과제를 내줬는지 그 이유를 알아냈어." 로건은 나를 장난스럽게 툭 밀치더니 계속해서 얘기한다. "정답은 '없다'야. 타당한 논쟁이 성립되지 않으니까 과제 또한 없는 거라고. 선생님은 누군가가 그걸 증명하길 기다리고 계셔. 윤리적인 결정을 내린다는 것, 그리고 그 결정이 인류에게 어떤 영향을 주는지를 깨닫게 하는 일종의 시험 같은 거지."

"시험 같은 거라고?"

나의 회의적인 반응에 로건의 확신이 한풀 꺾인다. 그러더니 갑자기 가방을 열어 과제를 꺼낸다. "왜 아주 잘 짜인 수수께끼 같은 느낌 있잖아. 그 복잡함 때문에 꼬아서 생각하다가 정작 쉬운 해결책을 못 보는 거지."

난 고개를 끄덕인다. 로건은 수수께끼를 좋아한다. 예를 들면 이런 거다. 승객 283명을 태운 비행기가 지금 막 미국 국경을 넘어 캐나다로 가고 있다. 이 복잡한 수수께끼는 마지막에 이런 질문을 던진다. 승객 283명과 승무원 5명이 모두 죽었다면, 캐나다 영토에서 죽은 생존자의 수는?

답은 0명이다. 생존자는 산 사람이란 뜻이니까.

로건이 과제 용지를 들고 흔든다. "바틀리 선생님이 이 과제를 낸 이유가 그거 같아. 합당해 보이게 해서 우리를 고민하게 만드는 거지. 이게 도덕적으로 문제가 있다는 걸 누군가가 지적하길 기다리고 있는 거야."

로건이 손가락으로 과제를 짚으며 이어서 말한다. "이제 사실관계를 파악해 보자. 첫째, 이것과 조금이라도 비슷한 과제를 내준 적이 없었어. 그러니까 일단 차별성이 있지. 둘째, 바틀리 선생님은 훌륭하고 공정한 선생님이야. 셋째, 가짜 과제를 내주는 건 왠지 선생님이랑 너무 잘 어울려. 가끔 정말 독특한 방식으로 수업하잖아. 넷째, 내년에도 똑같은 수업을 하려고 철저히 비밀리에 진행하는 거야."

로건의 이론은 깊이 생각한 흔적이 보이기는 하지만, 적어도 내가 듣기엔 개연성이 떨어진다. 만약 얘의 말이 사실이라면 바틀리 선생님은 도덕적인 교훈을 주려고 참 고생 많이 하시는 거다. 인종 청소는 사악한 발상이다. 수용소를 짓는 건 사악한 짓이다. 집단 학살은 사악한 짓이다. 그걸 생각해 내는 게 어렵나? 하지만 로건이 왜 저러는지는 알겠다. 쟨 답이 필요한 거지.

나에게도 나만의 이론이 있다. 어젯밤 손님 맞을 준비를 하는 내내 한 가지 질문이 머릿속에 맴돌았다. *바틀리 선생님은 비밀리에 백인 우월주의 집단에서 활동하는 게 아닐까?* 나의 결론: 가능하지만 그럴 확률은 매우 낮다. 그래도 도덕적 교훈을 주려고 엄청 공을 들여 학생들을 '시험한다'는 것보다는 타당한 설명처럼 보인다. 그런데 너무 끔찍한 생각이라 로건에게 말하진 않았다.

"넌 어떻게 생각해?"

"네 생각이 맞았으면 좋겠어."

"당연히 맞지." 하지만 확신에 찬 목소리는 아니다. 게다가 평소에 빛나던 눈빛은 오간 데 없고 배터리가 다 된 손전등처럼 흐릿하다. 나 때문에 그런 것 같아서 말을 꺼내 보려 하지만, 무슨 말로 안심시켜 줘야 할지 모르겠다.

종이 울린다. 내가 가려 하자 로건이 내 손을 잡는다. 절실한 눈빛이다. 이번에도 얘의 마음을 알겠다. 바틀리 선생님은 나타나지 않았다. 이메일도 답하지 않았다. 다른 사람 같으면 털고 일어나겠지만 로건은 그런 사람이 아니다. 이런 일에 상처받는다.

"나치의 최종 해결책이 두둔할 만한 논쟁거리라고 선생님이 생각할 리 없어."

"글쎄," 난 로건의 가방을 집어 내 어깨에 멘다. "네 이론이 맞았으면 좋겠다. 그럼 정말 손쉽게 A 학점을 받을 수 있을 테니까."

10
초건

1교시가 시작된 지 두 시간이 지나서야 바틀리 선생님은 내 이메일에 답했다. "답이 늦어서 미안하구나. 지금에야 확인했어. 수업 끝나고 이야기하자." 케이드한테 전달해 주고 싶지만 걘 스마트폰이 없으니까 집에 가서 컴퓨터를 켤 때까지 확인하지 못한다. 그래서 세계 정치사 수업 전에 남자 탈의실 앞에서 케이드를 만났다. 바틀리 선생님의 말을 전하자 케이드는 고개를 끄덕였다. 그 애는 깊은 생각에 잠긴 표정을 지었고, 교실에 가는 내내 아무 말도 하지 않았다.

난 지금 내 자리에서 케이드를 바라본다. 등을 구부린 채 다리를 앞으로 쭉 뻗고 앉아서 공책에 낙서하고 있다.

내가 망쳤어. 망쳤어. 망쳤어. 망쳤다고. 그냥 춤추러 가자고 할걸. 아직 바틀리 선생님은 안 왔다. 난 핸드폰을 꺼내 블레어에게 백 개째 문자를 보낸다.

> **나:** 오늘 한 말 다 합쳐서 여섯 마디도 안 돼. 내가 다 망친 거 아냐?
>
> **블레어:** 아냐. 걘 원래 말수 적잖아. 집착하지 마.
>
> **나:** 안 해. 네가 걔 얼굴을 못 봐서 그래. 내가 자기 개를 발로 찬 거 같은
> 표정을 짓고 있다니까.
>
> **블레어:** 걔 개 키워?

나: 아니!

블레어: 잘 될 거야. 바플리 선생한테 얘기 잘 하고! 나중에 얘기해. 우리
선생님이 나 째려봐.

나: 바틀리라고!

핸드폰을 가방 앞주머니에 넣고 시계를 본다. 수업 시작한 지 오 분이 지
났는데 바틀리 선생님은 아직 안 나타났다. 다른 애들은 대부분 이어폰을
꽂고 핸드폰으로 음악을 듣거나 유튜브를 보고 있다. 헤더는 책을 읽고, 메
이슨은 케리앤과 얘기한다. 대니얼은 고개를 숙이고 있는 게 자는 것 같고,
케이드는 계속 낙서하고 있다. 난 공책 모서리를 조금 찢어서 손가락으로
굴려 동그랗게 만든 다음, 손가락으로 튕겨 그 애 공책을 향해 날린다. 작
은 종이 탄환은 케이드의 귀에 맞고 바닥에 떨어진다. 케이드가 고개를 돌
려 호기심 가득한 눈으로 나를 본다. 난 미안해하는 눈빛을 지으며 손으로
하트를 만들어 보이고는, 혀를 내밀어 U자 모양을 만든다.

케이드가 고개를 젓는다. 괜한 짓을 했구나, 생각하는 순간, 그 애의 입
술이 씰룩거린다.

케이드는 책상 아래에서 손으로 전혀 예상하지 못한 행동을 한다. 주먹
쥔 손에서 검지, 새끼, 엄지를 편다. 수화로 '나는 너를 사랑해'라는 뜻이다.

와우.

그러고는 눈을 가운데로 모아 사팔뜨기를 하며 혀를 내민다.

난 웃음이 터진다.

그 애가 미소 짓는다. 나의 세계는 다시 원래의 축으로 돌아온다. 그래.
이게 우리의 자리지. 제일 친한 친구.

바틀리 선생님이 교실에 들어와 불을 켠다. 창문으로 겨울 오후의 햇살이 들어온다. "미안해요, 여러분. 자, 수업을 시작합시다." 선생님은 리모컨으로 〈컨스피러시〉라는 영화 앞부분을 빨리 감기 하더니, 나치 당원들이 저택 앞에 도착하는 장면에서 일시 정지를 누른다.

바틀리 선생님이 말한다. "과제 준비 단계로 반제 회의를 재연한 장면을 볼 거야. 장소는 베를린 교외의 반제라는 곳에 있는 저택이었지. 히틀러의 부하 중 가장 서열이 높고 영향력이 셌던 라인하르트 하이드리히는 극비 회의를 주선했어.

장면에서 알 수 있듯이 회의는 점점 치열해져. 찬성 진영, 반대 진영 맡은 학생들 모두 나치당원들이 유대인 문제에 대해 어떤 제안을 하는지 주목해 봐. 이건 1942년이라는 걸 기억하자. 현대 사회의 관점이 아니라 그들의 관점으로 바라봐야 해."

난 반박하려고 입을 열지만, 아무 말도 나오지 않는다. 일어서서 나의 이론을 이야기해야 하나?

바틀리 선생님의 말이 이어진다. "배경에 대해 간단히 설명하지. 1942년이면 유대인들은 이미 뉘른베르크 법으로 고통받고 있을 때야. 1935년 9월 15일에 제정된 법률이니까. 이때부터 유대인이 독일인과 결혼하거나 성관계를 갖는 것은 법으로 금지됐어. 그전에 했던 두 민족 간의 결혼도 무효 처리됐지. 이 법으로 유대인들은 독일 시민권을 박탈당했어. 대학교를 포함한 독일의 모든 학교에서 가르치거나 배우는 행위가 금지됐어. 의대, 법대도 금지됐고, 관직도 박탈당했지. 독일인이 유대인과 사업을 하는 게 금지됐기 때문에 수많은 유대인 사업자들이 폐업하거나 헐값에 물건들을 처분했지. 처음에는 유대인만 대상으로 했지만, 나중에는 롬인(*집시), 범죄자, 신체적·인지적 장애가 있는 사람뿐만 아니라 나치들이 보기에 바람직하지 않은 모든 이들이 포함됐지. 나치가 왜 이런 행동을 했는지 혹시 얘기해 볼 사람 있니?"

질문에 대한 대답뿐만 아니라 나의 이론을 펼칠 준비가 돼 있기에, 나는 주저하지 않고 손을 든다. 그런데 바틀리 선생님은 레지를 지목한다.

"아리아인이 아닌 사람이 열등하다고 생각했으니까요. 뉘른베르크 법은 인종적 순수성을 지향하고, 독일 국민을 보호한다는 명분으로 만들어졌습니다."

"정답. 그 법 때문에 일부 유대계 독일인은 떠나는 쪽을 택했어. 하지만 벗어나고 싶어도 재정적 수단이 없는 이들이 많았지. 다른 유럽 국가로 달아난다 해도 안전은 보장되지 않았어. 1942년에 나치는 자신들이 점령한 유럽 국가들에 거주하는 유대인들을 일제히 검거해 유대인 지역이나 강제 수용소에 몰아넣었어. 집단 학살은 이미 자행되고 있었지만, 이때까지는 유대인 문제의 최종 해결책이라고 하기엔 미미한 수준이었지. 유대 민족 학살에 박차를 가하기 위해, 반제 회의에는 나치 정부 각 부처의 책임자가 소집됐어.

우리의 토론은 이 역사적 사건을 재연하는 거지만, 자신이 속한 진영에 합당한 선에서 자신만의 의견을 제시해도 좋아. 뉘른베르크 법에 대해서 자료를 찾아봐. 나치의 행동은 혐오감을 자아내지. 지금 난 의도적으로 혐오라는 단어를 썼어. 하지만 그들의 주장을 자세히 들여다보는 건 매우 중요해."

난 이 과제가 우리의 도덕성을 시험하는 거라고 확신했었다. 하지만 바틀리 선생님의 얘기를 듣고, 이제 〈컨스피러시〉라는 영화를 틀려고 하는 걸 보니까 막상 손들고 말할 용기가 사라져 버렸다. 난 선생님이 한 얘기에서 논리를 찾아보려고 이리저리 머리를 굴린다. 문득 사회학 세미나에서 배운 내용이 떠오른다.

어쩌면 이 토론은 우리가 명령을 따르도록 설득하기가 얼마나 쉬운지를 보여 주려는 장치인지도 모른다.

이건 1961년에 예일 대학교의 밀그램 실험에서 나온 이론에 따른 해석이다. 밀그램은 권위 있는 인물에 대한 복종과 관련한 실험을 했다. 밀그램의 학생들은 단지 교사가 지시했다는 이유로 다른 사람에게 점점 더 큰 고통을 가했다. 피실험자들은 도덕의 잣대를 잃은 것이다. 바틀리 선생님이 우리에게 물리적인 가해를 하라고 시킨 건 아니지만, 비난받을 행동을 하라고 시킨 것은 사실이다. 체계적인 증오, 인종 차별, 살인을 정당화하라니. 밀그램이 했던 것처럼 선생님도 실험을 하려는 걸까?

난 주위를 둘러보고 일단은 아무 말도 하지 않기로 한다.

"배우들의 말뿐만 아니라 몸짓에도 주목하길 바란다. 그들의 입장이 됐다고 생각해 봐."

케이드가 번쩍 손을 든다.

"질문은 조금 이따 해 줄래, 케이드?" 바틀리 선생님이 부탁하듯 말한다. "오늘 중으로 이걸 마치고 싶어."

"이 과제는 일종의 시험 같은 건가요?" 케이드가 묻는다. "그러니까, 이 토론으로 저희의 도덕성을 시험하시는 건지 궁금해서요."

바틀리 선생님의 놀란 표정에 이미 답이 드러났다. "질문을 한 건 고마운데, 그건 수업이 끝나고 얘기하도록 하자."

난 케이드를 보며 입 모양으로 '고마워'라고 말한다. 그 앤 어깨를 으쓱한다.

바틀리 선생님이 재생 버튼을 누른다.

배우들은 계속해서 나치식 경례를 하며 '하일 히틀러'를 외친다. *바틀리 선생님은 토론 때 우리가 저것도 재연하기를 바라나?*

타원형 탁자에 둘러앉은 열다섯 명의 나치당원들이 차례대로 자신을 소개한다. 라인하르트 하이드리히를 연기하는 배우가 말한다. "독일은 유대인들을 수용하는 데 문제를 겪고 있습니다." 그러면서 나치가 '유대인 없는 사회, 유대인 없는 경제를 만들어 냈다'고 말한다. "우리는 우리 국민의 삶에서 유대인을 제거했습니다. 이제는 더 나아가 유대인들을 우리의 생활공간에서 물리적으로 뿌리 뽑아야 합니다."

난 케이드 쪽을 쳐다본다. 케이드는 팔짱을 낀 채 화면을 보고 있다.

영화는 계속된다. 하이드리히는 나치의 유대인 강제 이주 정책이 실패했다고 설명한다. "누가 그들을 더 데려가겠는가, 누가 그들을 원하겠는가, 라는 질문에서 출발했기에 이 정책은 한계에 부딪혔습니다. 유럽의 모든 국가가 그들을 거부하고, 그들을 수용하는 것에 대해 분노를 드러냅니다."

국가들이 대가를 원했다는 사실에 난 충격 받는다. 하지만 심지어 미국도 그들을 수용하길 거부했다는 나치의 말에는 딱히 놀라지 않는다. 꽤 오래전에 팟캐스트에서 그런 내용을 들은 적이 있기 때문이다. 그 방송은 1939년에 있었던 '수정의 밤'이라 불리는 사건 직후 나치로부터 도망친 구백 명의 유대인을 태운 세인트루이스 호라는 여객선을 다뤘다. 나치는 독일 전역에서 일어난 계획적인 폭동으로 칠천 개에 달하는 유대인 상점을 문 닫게 했다. 나치는 상점 유리창을 깨고, 안에 있는 물건들과 기구들을 닥치는 대로 부쉈다. 유대교 예배당들은 불에 타 재만 남았고, 세인트루이스 호에 탄 유대계 독일인들은 쿠바로 피난 갔다. 쿠바는 미국 비자 신청이 승인될 때까지 머무를 임시 거처였다. 아바나에 배가 도착하자, 쿠바 정부는 승객의 97퍼센트에 입국 거절을 통보했다. 난민들은 쿠바가 공인한 정식 서류를 지참했지만 소용없었다. 선장은 미국이 남은 난민들을 받아 주길 희망하며 하는 수 없이 마이애미로 배를 몰았다. 그러나 미국 해안 경비대는 바다에 배를 멈춰 세웠다. 몇몇은 루스벨트 대통령에게 애원하는 편지를 보냈지만, 대통령은 끝내 답하지 않았다. 미국 정부는 엄격한 이민법을 내세워 입국을 막았다. 피난처를 찾지 못한 세인트루이스 호는 뱃머리를 돌려야만 했다. 몇몇 서유럽 국가들이 난민을 받아 줬지만, 승객의 삼분의 일에 달하는 유대인 승선객은 사형 선고를 받은 것이나 다름없었다.

미국은 그 후에도 얼마나 많은 사람에게 등을 돌려 죽도록 내버려 뒀던가?

분노가 끓어오른다.

난 다시 영화에 집중한다. 나치는 250만 유대인을 폴란드로 '흡수'하는 방안을 놓고 논쟁을 벌인다. 마치 지구상에서 박멸되어야 할 해로운 쥐처럼.

어떻게 박멸하냐고? 총알로. 독으로. 일산화탄소로. 치클론 B 독가스로.

난 케이드의 할아버지, 할머니를 떠올린다. 두 분은 폴란드에서 오셨다. 할아버지는 유대인 남자아이를 구해 주셨다고 한다. 그 얘기에 대해 자세히는 모르지만 케이드를 보니 이 장면에서 큰 충격을 받은 것 같다.

11

케이드

할아버지, 할머니가 2차 대전 당시 폴란드에 대해 왜 이야기하기 싫어하셨는지 이제 알 것 같다. 나치 지도층은 병든 말을 도축장에 보내는 얘기를 하듯 태연하게 유대인 천백만 명을 죽이자는 얘기를 나누고 있다. 이 사람들은 지금 사람의 목숨에 관해 얘기하고 있는 거다. 도저히 이해할 수 없다. 바틀리 선생님은 이 영화가 반제 회의에서 있었던 일을 정확히 구현했다고 했다.

너무 역겹다. 나치는 이런 말들로 유대인을 표현하고 있다.

- 열등한, 인간 이하의 존재
- 대단히 영악한
- 거만한
- 자기들밖에 모르는
- 계산적인
- 예수를 거부한 족속

집단 학살을 정당화하기엔 정말 터무니없는 이유다. 토론 때 이런 말들을 사용해서 내 진영에 힘을 실어 줘야 한다는 거잖아? 말도 안 돼. 저 사람이 백인 우월주의 집단에서 활동한다는 나의 이론이 점점 사실처럼 느껴진다.

내가 배운 것을 머릿속에서 되뇌는 대신 큰 소리로 외치고 싶다. 인간을 품종으로 나누는 게 가당키나 한가? 인간은 모두 같은 인류일 뿐이지. 열등한 인종, 우월한 인종이라는 개념은 인간이 만들어 낸 거다. 잘못된 사실이다. 거짓이다! 하지만 사람들은 증오를 정당화하려고 이 거짓 개념을 이용한다.

로건과 눈이 마주친다. 얼굴이 너무 창백하다. 내가 턱짓으로 문을 가리켜 보지만, 로건은 고개를 저으며 나에게 공책을 들어 보인다. 빼곡하게 필기를 해 놨다.

왜지? 어차피 이 과제를 안 할 건데 왜 뭐하러 저렇게 필기를 했지?

난 연필을 내려놓고 팔짱을 끼며 기분이 안 좋다는 의사 표현을 한다. 하지만 교실에서 나가진 않을 거다. 로건을 위해서. 이번엔 스펜서의 공책을 흘끔 쳐다본다. 검은 펜으로 한 페이지 가득 써 놨다. *더러운 유대인 돼지 새끼들은 죽어 마땅하다.* 영화에 나온 대사가 아니다. 자기 생각을 글로 쓴 거다.

난 화면에 나오는 나치를 보고 충격을 받은 게 나와 로건뿐이 아니기를 바라며 주위를 둘러본다. 대니얼도 우리만큼이나 언짢아 보인다. 엎드린 채 후드를 뒤집어써서 아예 눈을 가렸다. 레지는 에어팟을 낀 채 아예 영화에 관심을 끄고 있다. 케리앤은 책상 아래로 문자를 보내고 있고, 헤더는 자기 머리카락을 손가락으로 비비 꼬며 화면에 집중하고 있다. 제시는 필기를 하는 건지 낙서를 하는 건지 모르겠다. 메이슨은 연필로 자기 허벅지를 두들기며 이따금 로건을 쳐다본다. 왜 자꾸 쳐다보는 거야?

마침내 교실에 불이 켜진다. "여기까지 보자." 바틀리 선생님이 말한다.

"이후에는 등장인물들이 토론장을 나가는 모습이 묘사돼. 이쯤이면 토론에 필요한 자기 진영의 논거를 쌓았으리라 믿는다. 다음 주에는 짝을 지어서 자신의 논거를 짚어 보는 시간을 가질 거야. 주말 잘 보내고, 오늘 밤 춤추러 가는 친구들은 이따 거기에서 보자." 화면에는 친위대 장교 두 명이 서로에게 나치식 경례를 하는 채로 멈춰 있다.

종이 울린다.

애들이 문으로 향하자, 난 재빨리 바틀리 선생님에게 간다. "이 과제는 부도덕합니다." 선생님이 고개를 든다. 놀란 표정이다. 내가 수업 시간에 통 말을 하지 않아서 그런가 보다. "저는 죄 없는 사람들을 죽인 걸 옹호하지 않을 거예요."

로건이 공책을 들고 내 옆으로 온다. "저도 이 과제 안 할 거예요. 다른 애들도 해서는 안 돼요. 이건 불쾌하고, 비난받아 마땅한 일입니다."

바틀리 선생님이 문서로 가득 찬 서류철을 집어 노트북 가방에 넣는다. "불쾌하다, 비난받아 마땅하다. 부도덕하다." 선생님은 한마디 한마디 할 때마다 손가락으로 허공에 체크 표시를 한다. "나도 동의해. 하지만 이건 단지 *역사*에 불과한 게 아니라 동시대의 단면이기도 해. 멕시코와의 국경에서 우리나라의 이민국 직원들은 아이들을 부모로부터 격리했어. 그렇게 감금된 아이들은 앞으로 어떤 일이 생길지, 다시 부모와 만날 수 있을지 몰라 심각한 트라우마에 시달리지. 우리 정부는 기본적인 인권을 침해했어. 그 결과 어떤 이들은 죽기까지 했지. 우리는 역사로부터 배우지 못했어. 어떤 형태로든 인간은 계속해서 추악한 본성을 드러낸단다."

"저희가 하고 싶은 말이 바로 그거예요." 로건이 말한다. "인간이 인간 자체보다 정책을 우선시할 때 그런 행동을 하죠. 나치 독일도 마찬가지예

67

요. 선생님도 영화 보셨잖아요. 거기에 토론은 없어요. 하이드리히가 모든 유대인을 전부 죽이라고 명백하게 말했잖아요. 나치 지도층을 소집한 건 명령을 내리기 위한 거라고요." 로건은 공책을 훑어보고는 고개를 든다. "살인에 반대한 건 크리칭거뿐이었어요. 유대인 거주지에서 굶기거나 죽을 때까지 노역을 시키는 게 더 낫다고 했지만 결국 뜻을 굽혔죠. 우리에게 이 과제를 내주신 건, 나치의 학살에 정당성을 부여하라는 거나 마찬가지예요."

바틀리 선생님은 우리 때문에 목덜미가 당긴다는 듯이 고개를 좌우로 기울인다. 그러고는 옷장으로 가면서 말한다. "순진한 척하지 마라."

"진심이세요?" 로건이 거의 소리치듯 말한다.

선생님은 우리를 딱하게 쳐다보며 코트를 꺼낸다. "학살은 매일 일어나. 사람들은 자신의 증오를 매일 매일 정당화하며 살지. 머릿속으로는 다 타당한 이유가 있어. 역사 선생으로서 내가 할 일은 너희들에게 다양한 관점을 보여 주는 거야. 삶을 살아가면서 너희들은 자신과 반대되는 의견에 직면하게 될 거다. 난 너희들이 그런 상황에 대응할 수 있도록 준비시켜 주는 거야. 여기는 이런 주제를 분석하고 토론하기에 안전한 환경이야. 집단 학살이 불쾌하다고? 좋아! 그럼 이 과제가 너를 불편하게 만들겠네. 인생에서 불편한 일은 꽤 자주 일어난단다."

머리에서 눈사태가 난 것처럼 화가 치밀어 오른다. 난 로건의 손목에 살며시 손을 대서 내가 할 말이 있다는 걸 알린다. "바틀리 선생님. 역사이고 아니고를 떠나서 선생님은 틀리셨어요! 이 과제는 편협한 사고와 증오심을 조장합니다!"

"목소리 낮춰, 케이드." 선생님이 버럭 소리 지른다. 가슴팍이 오르고 내리길 반복하는 게 보인다. 선생님은 코트를 걸치더니 로건을 바라본다. 단호하면서도 절제된 목소리다. "역사를 재연한다고 해서 그 사건에 정당성이 부여되는 건 아니야. 오히려 과거의 죄를 밝히는 역할을 하지. 일종의 연극이라고 생각해 봐." 선생님은 친위대 장교 두 명이 서로에게 경례하는 장면이 있는 화면을 가리킨다. "너희들은 배우야. 저 사람들도 배우고. 개인적으로 그 인물이 믿는 바를 지지하지 않더라도 역할을 연기할 수는 있어. 저기 나치를 연기하는 배우들이 보이지? 너희가 과제를 수행하는 것과 무슨 차이가 있니?"

난 대꾸할 말을 찾느라 머리를 굴린다. 로건의 눈은 화면에 고정돼 있다. 바틀리 선생님이 컴퓨터 앞으로 걸어가자 이내 화면이 꺼진다.

"난 내 학생들을 대상으로 한 번도 부당한 과제를 내준 적이 없어. 네가 이 과제를 싫어하는 건 알겠다. 그 의견도 나쁘지 않아. 찬성도 있을 수 있고 반대도 있을 수 있지. 그게 인생이니까. 과제 열심히 하길 바란다."

로건이 입을 열어 보지만 아무 말도 나오지 않는다. 난 로건의 팔에 내 팔을 맞댄다. 떨고 있는 게 느껴진다. 난 바틀리 선생님을 쳐다본다. "알겠습니다. 저는 F 학점을 받을게요." 그렇게 말하고는 로건을 따라 문밖으로 나간다.

12

토건

저 선생님은 누구지? 내가 아는 바틀리 선생님은 어디로 간 거야?

교실에서 나오려는데 선생님이 한 말 때문에 분노가 치민다. 내 몸은 불 붙은 화약처럼 금방이라도 터질 것 같다. 난 폭발하지 않으려고 안간힘을 쓴다. 뉴욕시의 도로를 누비는 택시처럼, 금요일 방과 후의 붐비는 복도를 성큼성큼 빠져나온다.

이런 과제를 글렌슬로프 고등학교에서 내줬다면 학생들과 학부모들이 교무실로 우르르 몰려왔을 거라고 했던 블레어의 말이 문득 떠오른다.

"어디 가?" 내가 우리 사물함을 지나쳐 가자 케이드가 묻는다. 케이드는 바닥에 있는 가방을 뛰어넘다가 고급 영문학 및 작문 수업을 가르치는 잉 그럼 선생님과 거의 부딪칠 뻔했다. 난 앞에 있는 교장실을 가리킨다.

문을 열고 들어가자 접수처 앞에 서 있는 메이슨과 대니얼이 내 시야에 들어온다. 둘은 고개를 돌려 나를 쳐다본다. 우리 학교의 서무 담당인 워서 선생님이 밸런타인데이 사탕이 들어 있는 유리병을 내민다. 우리의 얼굴을 보는 순간, 선생님의 얼굴에서 미소가 사라진다. "너희들, 무슨 문제 있 니?" 워서 선생님이 병을 내려놓으며 묻는다. 안절부절못하며 두 손을 내 젓는데, 가슴에 늘 달고 있는 나비 브로치가 함께 흔들린다.

지금 입을 열면 난 폭발하고 말 거다. 하지만 맥닐 교장 선생님 앞에 설 때까지 참았다가 터트려야 한다. 난 접수처를 돌아 교장실로 빠르게 걸어간다. 케이드가 워서 선생님께 미안해하는 미소를 보인다. 그러면서도 고맙게도 내 곁을 떠나지 않는다. 나 혼자서는 절대 이렇게 할 엄두를 내지 못했을 거다. 내가 교장실 문을 두드리려고 손을 들지만, 케이드가 먼저 노크한다.

"들어오세요." 맥닐 교장 선생님의 목소리가 들린다.

커다란 나무 책상 위에 서류와 서류철들이 가지런히 정리돼 있고, 컴퓨터와 교과서들이 놓여 있다. 종이 반죽으로 만든 연필꽂이에는 필기구들이 꽂혀 있다. 창에 쳐진 블라인드는 늦은 오후의 햇살을 거의 다 막아 준다. 벽에는 이십여 년에 걸친 모든 졸업반의 단체 사진이 걸려 있다.

나는 책상 앞에 놓인 의자 두 개 중 하나를 옆으로 치우고 교장 선생님 앞에 선다. 케이드는 나머지 의자 등받이에 손을 올려놓고 있다. 난 그 애를 엄지손가락으로 가리키며 말한다. "저희에게 문제가 있어서 찾아왔습니다."

맥닐 교장 선생님이 소형 냉장고에서 물병 두 개를 꺼내 우리에게 하나씩 내민다. 교장 선생님은 케이드와 나를 번갈아 보더니 케이드를 가리킨다. "네가 시작해 볼래?"

케이드의 첫 문장에는 내용보다 '저, 그러니까, 음' 같은 말들이 더 많다. 하지만 긴장이 어느 정도 풀리자 우리의 입장을 조리 있게 잘 설명한다. "선생님께 과제를 하지 않겠다고 말씀드렸어요." 케이드가 설명하는 걸 서서히 마무리 짓는다. "바틀리 선생님께서 그 과제를 다른 것으로 바꿔 주시면 좋겠습니다."

교장 선생님이 펜을 집어 든다. "바틀리 선생님이 너희보고 나치를 옹호하라고 했다는 거니?"

케이드가 주저하더니 고개를 젓는다. "정확히 그런 건 아녜요. 그들의 행동이 혐오스럽다고 말씀하긴 하셨어요."

내가 끼어든다. "하지만 우리가 사는 세계에 반유대주의자들이 꽤 많이 있는 건 사실이죠. 이 수업에서도 그게 반영됐어요. 몇몇 학생들이 '하일 히틀러'라고 외치면서 나치식 경례를 했어요."

맥닐 교장 선생님의 눈썹이 찌푸려진다. 미간 주름이 어찌나 깊은지 누가 칼로 조각해 놓은 것 같다. "집단 학살에 대한 너희 입장에는 나도 전적으로 동의한다. 이런 사실을 알려 줘서 고마워. 내가 바틀리 선생님하고 얘기해 볼게. 이제 주말이니까 월요일에 다시 얘기하기로 하자." 교장 선생님의 양손 다섯 손가락이 가볍게 맞대어 있는 모습이, 꼭 교회 첨탑 모양 같다. 케이드와 나는 미동도 하지 않는다. "그럼 되겠지?"

그렇다고 대답해야 할 것 같다. 케이드와 나는 고개를 끄덕인다.

"좋아. 너희 둘 오늘 무도회에 오니?"

케이드가 나를 보며 두 눈을 끔뻑인다. "그게… 아뇨."

"안 가요." 내가 쐐기를 박는다. "다른 계획이 있어서요."

맥닐 교장 선생님이 미소를 짓는다. "그래, 그럼. 저녁 시간 즐겁게 보내라."

* * *

보낸 사람: 맥닐 교장 금요일, 4:52 p.m.

받는 사람: 로건 마치 LoganMarch@riviereschools.org,
케이트 크로퍼드 CadeCrawford@riviereschools.org

세계 정치사 과제와 관련하여 너희들의 고민을 이야기해 준 걸 매우

고맙게 생각한다. 바틀리 선생님과 나는 월요일, 수업 시작 전인 오전 7시에 너희들과 만나 논의하고 싶다. 올 수 없으면 즉시 알려 주기를 바란다.

맥닐 교장

교장 선생님의 이메일에서 왠지 모르게 불안한 요소가 느껴진다. 난 침대 위에 던져 놓은 세탁된 옷들을 옆으로 밀어 놓은 뒤 배를 깔고 엎드려서 다시 한번 천천히 읽어 본다. 이번엔 말속에 숨은 뜻을 찾는 데 집중한다. 교장 선생님은 바틀리 선생님이 과제를 철회할 거라고 말하지 않았다. 대신 '논의하고 싶다'라고 했다. 난 교장 선생님이 우리 편이 아님을 직감한다. 그들이 권력을 쥐고 있다고 해서 문제가 있는 과제를 우리가 무조건 수락해야 하는 건 아니지 않나? 그래, 당연히 아니지.

불안한 마음에 케이드에게 문자를 보내려다, 그 애가 폴더 폰으로 문자 쓰는 걸 얼마나 싫어하는지를 떠올리고는 나 자신을 나무란다.

난 케이드의 번호로 전화를 건다.

한참 신호가 간 후에야 헐떡이는 그 애의 목소리가 들려온다.

"뭐해?"

"방금 창고에서 소금 두 포대를 날랐어. 인도랑 주차장 바닥이 얼어 있어서 소금으로 녹이려고. 넌 뭐해?"

"그럼 이메일 못 본 거지?"

"무슨 이메일?"

난 책상 앞에 앉아서 맥닐 교장 선생님의 이메일을 케이드에게 읽어 준다. "좀 찝찝한 부분이 있어."

"별 내용 없는 거 같은데?"

"바로 그게 문제야."

"무슨 말인지 모르겠어."

난 일어서서 복도로 나간다. "직감 같은 거야. 우리 뜻대로 될 가능성은 거의 없어 보여. 그래서 대책을 세워야 해." 난 손가락으로 벽을 따라가다가 멈춰 서서 아버지의 날에 우리 아빠를 위해 만든 사진 콜라주 판을 똑바로 건다.

"우리 어떻게 하는 게 좋을까?" 케이드가 묻는다.

"모르겠어. 생각해 봐야지."

난 거실로 가서 창밖을 본다. 길 건너편에서 카일과 마일스가 눈으로 요새를 만드는 모습이 보인다. 얼마 전에 경찰관인 숀 설리반 아저씨와 부인인 웬디는 저 여덟 살짜리 쌍둥이가 제일 좋아하는 베이비시터가 나라고 말해 줬다. 마일스가 눈싸움을 시작한다. 당장 달려나가서 애들과 같이 놀고 싶은 충동을 느낀다.

케이드의 목소리에 난 다시 현실로 돌아온다. "난 F 학점 받겠다고 말했어. 그런데 넌? 너한테 그건 너무 치명적이잖아?"

F를 받으면 내신 성적이 크게 깎이는 건 사실이다. 그러면 졸업생 대표는 메이슨이 되겠지. 그건 견딜 만하다. 하지만 조지타운 대학은? 결과에 지장이 있을까? 역설적인 건 바틀리 선생님의 추천서 덕분에 내가 수시 모집에 합격할 수 있었다는 거다. 난 마른침을 꿀꺽 삼키고 말한다. "우린 한 배를 탔어. 대안은 없어. 나도 F 받을 거야."

대안? 갑자기 기막힌 생각이 떠오른다. "생각났어! 대안 과제를 내겠다고 하는 거야. 우리 둘뿐만 아니라 누구든 낼 수 있게 해 달라고 하는 거지.

구체적인 계획을 짜서 월요일에 교장실에 가자. 우리의 논점을 얘기하고 바틀리 선생님의 조건에 부합하는 선에서 더 나은 과제를 제시하는 거야."

케이드는 몇 초 동안 아무 말이 없다. 난 혹시 통화가 끊겼나 하고 전화기를 확인한다. "케이드?"

"생각 중이었어. 내일이랑 일요일엔 할 일이 있어. 그런데 오늘 밤에 시작하면 괜찮을 것 같아. 몇 시에 볼까?" 케이드의 목소리에서 체념하는 마음과 실망감이 느껴진다.

"안 돼. 같이 놀기로 했잖아. 오늘 재밌게 놀기로 약속했잖아." 갑자기 말문이 막힌다. 뭘 하고 놀아야 할지는 정말 모르겠다.

"뭐할지 정했어?"

"이따 보면 알 거야." 난 소파에 드러누우며 쿠션에 머리를 기댄다. 창밖으로는 쌍둥이가 보인다. 다시 요새를 짓고 있다. 벽 높이가 애들 키와 비슷한 것으로 봐서 백이십 센티미터는 족히 되겠다.

"그럼 새로운 과제 준비는 언제 할 건데?" 케이드가 묻는다.

"도요일이랑 일요일 아침 일찍 노트북 들고 너희 집에 갈게. 아니면 너 일 끝나고 가도 되고. 둘 다도 괜찮고." *어떤 수를 써서라도, 얼마가 걸리든 해내야지.* 주말에 가능한 시간을 다 동원해야 할 것 같지만 일단 케이드한테는 말하지 말아야겠다. "커피 준비해 주고, 할머니가 만드신 시나몬 롤 두 개만 빼돌려 줘. 타이프치는 건 내가 다 할게."

"두 개만?"

"욕심 많은 것처럼 보이기 싫어서."

"그러면 피에로기(*동유럽식 만두) 몇 개도 남겨 놓을게."

난 파블로프의 개처럼 즉각 반응한다. 심지어 어느새 자리에 앉아 있다.

"감자랑 치즈 든 거?"

"응."

"확 키스해 줄까 보다." 말하자마자 손으로 내 입을 때리고 쿠션으로 머리를 후려친다. 죽자. 그냥 죽어야겠다.

"그럴래? 그러든가."

"그러라고?"

그 애의 웃음소리가 들린다. 다행이다. 머리끝부터 발끝까지 달아올랐던 열기가 빠져나간다. 내 입꼬리는 어느새 귀에 걸려 있다. 나도 소리 내어 웃는다. 웃음이 잦아들자 내가 분위기를 전환하며 말한다. "자, 그러면…"

"그러면, 오늘 밤에 우리 뭐해?"

"그러니까 말이다, 이 녀석아. 뭐 할까?" 전화기 너머로 침묵이 감돈다. 의도치 않게 통화가 끊긴 게 아닌가 확인하려고 액정을 본다. 아니다. 케이드가 긴 한숨을 쉰다.

으윽. *이 녀석*이라니. 케이드와 대화하다 보면 가끔 뭘 어떻게 해야 할지 모를 때가 있다.

난 몸을 돌려 소파에 무릎을 꿇고 앉아 요새 벽 위를 다듬는 쌍둥이를 바라본다. 그 순간 갑자기 아이디어가 떠오른다. 이게 가능하다면 케이드에게 멋진 모험을 선사할 수 있다. 난 일어서서 현관에 있는 벽장을 열고 코트를 집어 든다. "일곱 시에 데리러 갈게." 케이드에게 말한다. "옷 따뜻하게 입어."

13

케이드

"다 왔다." 눈 덮인 주차장에 들어서며 마침내 로건이 도착을 알린다.

표지판에는 '온타리오 요새에 오신 걸 환영합니다. 겨울 동안 휴무.'라고 적혀 있다.

"그러니까, 우리 여기에 왜 온 거지?" 내가 묻는다. 5월에서 10월까지만 여는 곳에 대체 왜 온 걸까? 우리 여관에는 온타리오 요새 안내 책자가 비치돼 있다. 역사적인 장소를 좋아하는 손님한테 내가 추천하는 곳이다. 여기에는 6학년 졸업 전 견학 때 와 본 게 전부다. 그 이후로는 온 적이 없다.

로건이 깔깔대고 웃는다. 뒤에서 트렁크 열리는 소리가 들리더니 로건이 차에서 내리며 가방을 한쪽 어깨에 멘다. 그러더니 트렁크로 가서 돌돌 말려 있는 두꺼운 밧줄을 꺼내 가방에 넣는다. 로건은 담요를 뒤집어쓰고 스노우 슈즈 두 켤레를 꺼내더니, 그중 하나를 나에게 건넨다.

"이거 신고 눈 위를 걸으려고 사십 분을 차 타고 온 거야? 우리 동네에서 했어도 될 거 같은데?"

로건이 엉덩이로 나를 툭 민다. "재밌을 거야. 내가 재밌게 놀 거라고 약속까지 했잖아."

"그래. 그런데 밧줄은 왜 챙겨?"

"자꾸 질문하면 강력 접착테이프를 꺼내서 너한테 사용하는 수가 있어." 로건이 가방을 톡톡 치며 말한다.

"납치는 흉악범죄인 거 알지?"

"응. 무단 침입도 범죄지." 로건이 사악한 미소를 지어 보인다.

난 입을 굳게 다문다. 지금 농담하는 건가? 난 로건의 뒤를 따라간다. 거대한 온타리오 요새 돌벽을 둘러싼 새하얀 눈밭에 우리의 발자국이 남는다. 걸으면 걸을수록 내가 작아지는 느낌이 드는 게, 마치 골짜기 아래에 있는 개미가 된 느낌이다. 돌로 된 벽은 철사로 짠 보통 울타리의 세 배 높이다. 밧줄로는 올라가기 힘들 것 같다. 대포가 있어야 할지도 모르겠다. 아니면 투석기라도. 로건이 나를 날려 보내는 게 상상된다. 아니면 나무를 기어오르라고 하든가. 그런데 요새 주변에 나무는 한 그루도 보이지 않는다. 여기엔 우리밖에 없다. 로건이 뭘 계획하고 있는지는 모르겠지만, 좋지 않은 예감이 드는 것만은 분명하다.

난 로건의 걸음을 늦추려고 양손 가득 눈을 모아들고 단단하게 뭉쳐서 육 미터 앞에 있는 나무의 낮은 가지에 던진다. 명중! 위에서 후두둑 눈이 떨어진다.

"두 번은 못 맞힌다에 한 표." 로건이 말한다.

"맞히면 뭘 해 줄 건데?"

"네가 뭘 원하냐에 달렸지."

너. 머리에 즉각 떠오르는 대답은 그거다. 하지만 손발이 오그라들어 눈밭을 기어가야 하는 상황은 피하고 싶어서 입을 꾹 다문다. 난 시간을 들여 대답할 말을 생각해 본다. 어디로 가는지를 알려 달라고 할 수도 있지만, 그걸 보상이라고 하기에는 뭔가 부족하다. 딱히 떠오르는 게 없다. 있더라도 물어볼 배짱이 없다. 그러다 갑자기 대답할 말이 떠오른다. 이번에도 명중한다면 놀이공원에서 제일 큰 곰 인형을 따는 거나 마찬가지다. "언제가 될진 모르겠지만, 네가 무슨 생각을 하는지 궁금할 때 너한테 물어볼게. 그러면 넌 정말 솔직하게 네 머릿속에 드는 생각을 말해 줘야 해."

로건은 눈 속 깊숙이 스노우 슈즈를 파 넣더니 축구공 차듯 퍼 올린다. 눈송이들이 내 얼굴을 때리자 좋다고 깔깔대고 웃는다. "그래. 실패하면 내가 물어보는 거야."

"좋아." 난 장갑을 벗고 손을 앞으로 뻗는다. 우리는 맨손으로 악수를 한다. 그리고 나서 난 다시 그 자리를 맞힌다. 명중. 또 명중. 한 번이 아니라 두 번 연이어.

로건은 눈을 동그랗게 뜨고 입을 쩍 벌린다. "이렇게 잘하는 걸 내가 왜 몰랐지? 혹시 야구 해 볼 생각 없어? 우리 학교에 야구팀도 있잖아. 리비에르 로키츠."

난 어깨를 으쓱거린다. "초등학교, 중학교 때 했었어. 그런데 할아버지가 돌아가시고는 여름에 인력이 부족했는데, 직원을 고용할 형편이 안 됐거든. 성수기 때도 연습이랑 시합이 있어서 그만뒀지."

"하지만 좋아했잖아?"

내 가슴에 나 있는 아주 작은 상처가 아려온다. 그런데 그런 상처 같은 거에 일일이 신경 쓰는 건 나한텐 사치일 뿐이다. 난 태연한 목소리를 내려고 애쓴다. 이건 단지 야구에 관한 얘기가 아니라, *로건*에 대한 얘기기도 하다.

"갖고 싶은 게 많았지만, 내가 가질 수 없는 것들이잖아. 그냥, 원래 그런 거야, 로건. 내가 할 수 없거나 가질 수 없는 것에 대해서는 생각하지 않으려고 해. 어차피 달라지는 건 없으니까." 로건이 측은한 눈빛으로 바라본다. 그렇게 쳐다보면 상황만 더 안 좋아진다. 난 오래전부터 우리 사이에 우정 이상을 꿈꾸는 걸 그만두기로 했다. 그러다 보니 지금 이런 얘기를 하는 것도 고백에 가깝게 느껴진다. 이건 위험하다. 그래서는 안 된다. 난 또한 차례 눈을 뭉쳐서 다른 가지를 겨냥한다. "야구를 관두는 건 별로 어렵지 않았어. 나한텐 우리 여관이 훨씬 소중하니까."

로건이 생각에 잠긴 표정으로 천천히 고개를 끄덕인다. "가끔 네가 부러워. 너의 미래는 참 확실하고 안정적이잖아. 난 그렇지 않아. 조지타운 대학교에서 역사를 전공하기로 했지만, 정말로 내가 뭘 하고 싶은지는 아직 모르겠어."

로건의 말이 맞다. 난 어릴 때부터 우리 할아버지처럼 가족과 여관을 꾸리며 나이 드는 삶을 상상해 왔다. 그런데 최근에는 그 꿈에 로건도 포함됐다.

난 얼른 그 생각을 지워 버리고 말한다. "잘 될 거야. 네가 무엇을 선택하든 정말 멋질 거야."

"정말 그럴까?"

난 미소를 지으며 대답한다. "백 퍼센트."

로건이 걷기 시작하자 난 그 뒤를 따라간다. 로건이 요새 반대편으로 방향을 트는 걸 보고서야 난 안도의 한숨을 쉰다. 포장도로에 들어선 우리는 벽돌과 돌을 섞어서 지은 오래된 건물 세 채를 지나간다. 로건은 그 건물들이 1905년에 지어졌고, 군사 보급 기지 외에 제빵 공장으로도 쓰였다고 한다. 역사에 대한 로건의 애착을 생각하면 이렇게 세세한 것까지 알고 있는 건 그다지 놀랄 일도 아니다. 앞선 집들보다 작은 크기의 네 번째 집 앞에 도달하자 로건은 발을 질질 끌며 눈 덮인 경사 위로 올라가서는 스노우 슈즈를 벗는다. 그러고는 나에게도 똑같이 하라고 손짓한다.

건물 안은 어둡다. 문을 열려고 해 보지만 잠겨 있다. "여긴 뭐 하는 데야?" 내가 속삭인다. 경건한 장소라고 생각해서 속삭이는 게 아니라, 우리가 있어서는 안 되는 곳이라고 99퍼센트 확신하기 때문이다. 얘가 대체 뭘 하려는 거지?

로건이 속삭이는 소리로 대꾸한다. "세이프 헤이븐(*안전한 피난처) 박물관 및 교육 센터에 온 걸 환영해."

박물관이라니. 겉모습은 보통 크기의 집보다 조금 커 보인다. 우리 여관에 안내 책자가 있지만 와 보고 싶은 마음은 한 번도 들지 않았다. "그러니까 우리가 왜 여기에 온 거냐고?"

로건이 장갑을 벗고 가방 앞주머니를 뒤진다. "보면 알게 될 거야."

"로건." 나는 문에 기댄 채 장갑 낀 손을 주머니에 넣고는 이대로 서서 밤이라도 샐 수 있다는 듯 여유를 부려 본다. 근데 이러다 정말 같이 밤을 새우게 되는 거 아닌가?

"가끔 넌, 사람을 참 피곤하게 해." 로건이 말한다.

"가끔 너는 더 피곤하게 해." 씩 웃으며 내가 말한다.

"알겠어. 설명해 줄게. 온타리오 요새는 2차 세계 대전 중 미국에서 유럽 난민들을 수용한 *유일한* 장소였어. 그 사실을 아는 사람은 드물어."

난 어깨를 으쓱인다. "그렇구나."

"여긴 당시의 임시 피난민 수용소를 기념하는 박물관이야."

'클루'라는 보드게임에서 추리하듯, 내 머릿속에서 단서들이 퍼즐 조각처럼 맞춰진다. *제2차 세계 대전. 우리의 과제, 새로운 과제 준비, 모험.* 이건 너무나도 로건답다. 그럼 그렇지. 우리 둘만의 밤과 과제를 하나로 엮을 거라고 왜 생각을 못 했을까.

"문 닫힌 박물관은 가 본 적 없는데. 혹시 몰래 들어가려는 거야?" 난 피식 웃으면서 묻는다. 왠지 정말로 그럴 것 같다는 불길한 예감이 든다.

"비슷해." 그러면서 로건은 열쇠 꾸러미를 들어 보인다. "이 중에서 하나는 맞을 거야."

"비슷하다니, 그게 무슨 말이야?"

"열쇠를 빌렸거든."

"어떻게? 누구한테?"

로건은 열쇠를 하나씩 넣어 보지만, 문은 좀처럼 열리지 않는다. "어떨 땐 모르는 게 약이야."

네 번째 열쇠를 집어넣을 차례다. 잠금장치에서 딸깍 소리가 나자 로건은 문을 밀어서 연다. 경보음이 울리며 불빛이 요란하게 반짝이는 통에 심장 마비가 올 것만 같다. 로건은 불이 들어와 있는 벽에 달린 스위치 판으로 달려가 숫자 패드를 꾹꾹 눌러 번호를 입력한다. 곧이어 계속될 것만 같던 요란한 소리와 반짝이는 경보등이 꺼진다. 난 조각상처럼 굳어 버린다. 옆쪽 벽면에 붙어 있는, 손을 잡고 길게 늘어서 있는 종이 장식 인간들 중 하나가 된 것 같다.

로건은 나를 보더니 한쪽 팔을 들어 올려 승리감을 표출한다. "난 정말 천재인가 봐. 정말로."

난 장갑을 벗어서 주머니에 넣고 재킷 지퍼를 내린다. "천재 범죄자 같네. 우리가 체포되면 다 네가 시켜서 한 거라고 진술할 거야. 뭘 시킬지는 모르겠지만." 가슴을 문질러 진정시키며 내가 말한다.

"왜 그래, 클라이드. 우린 쓰러져도 함께 쓰러질 거야."

"미안하지만, 보니. 아무리 잊지 못할 추억을 만들기 위해서라고 해도,

82

이런 식의 모험은 곤란해."(*보니와 클라이드: 1930년대에 실존했던 은행강도 커플)

"인정해. 넌 이런 걸 좋아하잖아. 난 알고 있어."

"내가 좋아하는 건…" 난 중얼거리다 말꼬리를 흐린다. 다행히 로건은 나보다 몇 걸음 앞에 있어서 내가 하는 말을 못 들었을 것 같다. 저 애는 지금, 벽에 쭉 붙어 있는 흑백 사진 중에서 첫 번째 거에 온 관심이 쏠려 있다.

흐릿한 조명에 어느 정도 눈이 적응되자, 난 공간 전체를 훑어본다. 우리가 있는 곳은 로비에 있는 선물 가게로, 책과 티셔츠 등이 진열돼 있다. 그 외에도 그림이 놓여 있는 이젤, 피아노, 지도들이 있다. 공간 한가운데에 있는 모형에는 온타리오 요새와 주변 건물들이 구현돼 있다.

로건이 자기한테 오라고 손짓한다. 가 보니 핸드폰으로 손전등을 켜서 사진에 비추고 있다. "우리가 이 둘이라고 상상해 봐." 인파 속에 서 있는 수척한 젊은 남녀를 가리키며 로건이 말한다. "운명의 장난처럼, 각자 다른 강제 수용소에서 살아남은 우리 둘은 탈출에 성공했어. 우린 숲에서 마주쳤지. '난 한나예요' 내가 말하면, '난 요제프라고 해요'라고 네가 대답하는 거야. 그때부터 우린 같이 나치를 피해 먹을 것과 쉴 곳을 찾아다니는 거지."

내 손등이 로건의 손등에 닿는다. 손가락에 전기가 오르는 느낌이다. 몇 초 동안, 로건은 미동도 하지 않는다. 잠시 후, 난 그 애를 따라 두 번째 사진 앞으로 간다.

사진 아래 글귀에는 이렇게 적혀 있다. '미국 해군 전함 헨리 기빈스 호: 이탈리아 나폴리에서 미국으로 난민들을 데려온 배. 1944년 7월 21일부터 1944년 8월 3일까지.'

갑판은 난민들로 가득하다. 어떤 이들은 아직도 강제 수용소에서 입던 줄무늬 죄수복을 입고 있다.

로건이 계속해서 말한다. "우린 미국으로 난민들을 데려가 주는 배가 있다는 소식을 듣고 나폴리에 온 거야. 자유다! 그리고 또 한 번의 기적이 일어났어. 살려고 발버둥 치는 삼천 명 중에서 천 명 정도만 배에 탈 수 있었는데, 우리 둘이 그 천 명 안에 든 거야."

로건의 팔이 내 팔에 밀착된다. 우리의 손은 오갈 데를 모르는 채 옆구리 아래로 늘어져 있다. 난 숨을 들이마시고는 내 손가락들을 로건의 손가락들 사이로 미끄러지듯 집어넣는다. 그러고는 숨을 내쉰다.

세 번째부터 여섯 번째 사진: '미국 해군 전함 헨리 기빈스 호에서의 삶'

손을 맞잡은 채 로건이 이어간다. "우리의 첫 식사야. 어쩜 음식이 이렇게 많을까! 난 배가 찢어지도록 아플 때까지 먹고 또 먹었어. 선원들이 남은 음식을 물속에 버리는 걸, 우린 하염없이 바라만 보고 있어. 배에 타지 못한 사람들은 쫄쫄 굶고 있는데."

로건이 내 손을 세게 쥔다.

일곱 번째 사진: '지중해를 정찰하는 나치군의 폭격기와 잠수함'

"죽음의 천사가 찾아온 어느 날 밤, 우린 두려움에 휩싸였어. 배는 엔진을 모두 끈 채 숨죽이고 있었어. 공습경보가 울리자 남자들은 총을 집으러 달려갔어. 검은 연기가 자욱하게 피어올라 적으로부터 우릴 숨겨 줬지. 머리 위로 나치 전투기의 소리가 들려오자 우린 겁에 질려 꼼짝도 할 수 없었어. 아무도 소리 내지 않았어. 엄마 품에 안긴 아기들도 울지 않았지. 우린 그들이 사라질 때까지 거의 숨도 쉬지 않았어. 재앙은 우리를 비껴갔어. 죽음의 천사는 빈손으로 돌아갔지."

여덟 번째 사진: '피난민들을 반기는 자유의 여신상'

"그렇게 끔찍한 일들을 겪고 많은 것을 잃은 상태에서 저 동상을 보는 기분은 어땠을까?" 로건의 질문에 내 팔에 난 털들이 쭈뼛쭈뼛 서는 게 느껴진다.

우리는 그렇게 사진에서 사진으로 이동한다. 로건은 계속해서 희망과 절망의 이야기를 들려준다. 한때 미국에서 난민들은 소포처럼 기차로 운송되기도 했다. 어떤 이들은 독일에서 탔던 가축 운반차의 끔찍한 기억이 떠올랐을 것이다. 온타리오 요새에 도착한 난민들은 요새를 둘러싼 가시철조망을 보고 다시금 두려움을 느꼈을 것이다. "친절하고 너그러운 현지인들도 많았어. 난민들에게 울타리 너머로 입을 것, 장난감, 사탕 같은 것들을 던져 줬대." 눈이 푹 꺼진 남자아이가 다 떨어진 신발을 신고 있는데, 손에는 곧 갈아신을 아주 견고해 보이는 새 신발 한 켤레를 들고 있다.

"난민들은 안전하게 머물면서 배불리 먹을 수 있었어. 의료 혜택도 받고 영어도 배웠지. 콘서트나 연극 공연을 직접 하기도 하고, 기술도 배우고, 예배에도 참석했대. 아이들은 매일 요새를 빠져나와 가까운 공립 학교에 다녔어. 그런데 난민들은 자유가 없었기 때문에 이 요새를 황금 우리라고 불렀어." 로건은 끄트머리에 있는 사진을 자세히 보려고 고개를 내밀더니 작게 탄성을 지른다. "우리가 또 나왔잖아."

아까 첫 사진에서 봤던 남자와 여자다. 이제는 어딘가 우울해 보이는 신랑 신부가 돼 있다.

로건은 내 손을 놓아주고는 자기 가방이 있는 곳으로 가더니 가방을 집어 들고 탁자에 올려놓는다. 다시 손을 잡을 수 있을까, 생각하며 난 빈손을 말아 쥔다.

로건이 하얀 병을 꺼내 뚜껑을 열고 꿀꺽꿀꺽 마신다. "어떤 것 같아? 잘 할 수 있을 것 같지 않아? 2차 세계 대전 당시 미국의 이민 정책과 온타리오 요새의 임시 난민 수용소에 관해서 대안 과제를 해 보는 게 어떨까 생각했어. 우리가 조사해야 할 건 이 안에 다 있다고."

주위를 둘러본다. 지금 난 박물관 한가운데에 서 있다. 스노우 볼 댄스에 가서 어설프게 발을 움직이며 매 순간 싫어서 몸부림칠 수도 있었다. 물론 로건과 함께였겠지만. "어떤 것 같냐고? 넌 정말 천재 같아."

"고마워, 클라이드." 로건이 미소 짓고는 가방을 뒤져 공책 두 권과 볼펜을 꺼낸다.

난 참지 못하고 웃음을 터트린다. "그런데 밧줄은 왜 챙긴 거야?"

"너를 묶어서 던져 버리게." 로건은 탁자 위에 공책을 나란히 펼친다. "요새에 몰래 들어가려는 줄 알았지?"

"그랬는지도." 난 솔직히 인정한다. "하나만 더 물어볼게. 누군가가 열쇠를 빌려주고 비밀번호를 알려 준 거지?"

로건이 여유 넘치는 말투로 대답한다. "솔직히 너 쫄았지?"

"아직도 심장이 두근거려."

"나도." 우린 눈이 마주친다. 로건은 나와 한 뼘 거리에 서 있다. 숨을 쉬기가 힘들다. 고급 휘발유를 넣은 자동차처럼 혈관에 아드레날린이 솟구친다. 거의 오 년 동안, 난 우리의 관계를 친구인 채로 두려고 나 자신과 싸워 왔다. 팔을 뻗어 끌어당기고 싶다. 우리의 숨결이 허공에서 섞인다. 할머니가 특별히 로건을 위해 만들어 주신 모카 트러플 맛이 입으로 느껴질 것만 같다. 눈을 한 번 깜빡이는 데 영원과도 같은 시간이 흘러간다. 이 아이와 손을 잡는 것, 이렇게 함께 있는 것은 천천히 타오르는 장작 같은 나의 마음에 기름을 뿌린 것만 같다. 그런데 내가 고개를 내밀자 로건은 뒷걸음질 치더니 탁자 쪽으로 돌아선다. "자, 클라이드. 이제 할 일을 해야지." 그러면서 나한테 공책을 내민다.

14

조건

난 케이드에게 토론 대회 때처럼 옷을 제대로 차려입어서 맥닐 교장 선생님과 바틀리 선생님에게 강한 인상을 남겨야 한다고 말했다. 그런데 만나 보니 정말 강한 인상을 남길 수는 있을 것 같다. 하지만 내가 생각했던 것과는 약간 다르다. 난 케이드의 옷을 훑어본다. 하얀 옥스퍼드 셔츠와 다림질한 검은 면바지. 누가 봐도 교회에 가는 옷차림이다. 이번엔 내 옷을 훑어본다. 아빠한테 빌린 흰색 와이셔츠를 밖으로 빼입고, 아래에는 내 검은 바지를 입었다. 케이드와 나는 분명 이런 그림을 구상한 게 아니다. 심지어 목이 올라온 검은색 컨버스 신발도 똑같다.

케이드가 고개를 저으며 소리 내어 웃더니, 자기 사물함을 닫고 내 사물함 쪽으로 다가온다. 난 바틀리 선생님과 맥닐 교장 선생님과의 만남 때 필요한 자료들을 정리하던 중이었다.

케이드가 말한다. "나 체육복으로 갈아입을까?"

"이 재밌는 걸 망치겠다는 거야?" 농담하듯 내가 말한다.

"정말 괜찮겠어? 탈의실까지 뛰어갔다 오면 돼. 이 분밖에 안 걸릴 거야. 길어야 오 분."

"괜찮아." 난 속마음과 정반대로 말한다. 하지만 늦는 것보다는 조금이라도 일찍 가는 게 나을 것 같다.

우리는 커플이 아닌데 그렇게 보일 걸 생각하니 더 의식된다. 박물관에서 난 케이드에게 키스하고 싶었다. 또 케이드가 나한테 키스해 주길 원했다. 하지만 정작 그 순간이 다가오자 난 당황하고 말았다. 우리는 그날 밤 내내 안전한 거리를 유지하며, 우리가 손을 잡은 적이 없는 것처럼, 아무 일도 없었던 것처럼 행동했다.

하지만 지금 이렇게 옷을 입고 있는 건 아무 일도 아닌 게 아니다. 우리는 손발이 오그라드는, 닭살 커플로 보일 게 분명하다. 어떤 커플이 이렇게 옷을 입고 지나갔다면 난 분명 케이드에게 그 사람들을 비꼬는 농담을 했을 거다. 그러고는 깔 맞춤하는 그들의 취향에 배를 잡고 웃었겠지. 우리 소리가 안 들릴 정도로 그 커플이 멀어지면 숨넘어가는 소리를 내며 웃었을 거다. 왜 난 빨간색이나 자주색 컨버스 신발을 신고 오지 않았을까? 그랬으면 조금이나마 개성 있어 보였을 텐데.

케이드가 가까이 다가와 속삭인다. "우리 잘 할 수 있을 거야."

교장실에 도착하자 케이드가 문을 연다. 워서 선생님은 우리를 머리끝서부터 발끝까지 훑어보시더니 미소를 지으신다. "맥닐 교장 선생님과 바틀리 선생님께 너희들이 온 걸 말씀드릴게. 잠깐 앉아 있을래?" 그러면서 교장실 밖에 나열된 의자를 가리키신다. 케이드가 가운데 의자에 앉자 나는 발표 자료를 양손으로 틀어쥔 채 그 애 왼쪽에 앉는다.

그렇게 기다리길 십 분. 그 사이에 교무실에 들어온 모든 사람이 우리가 옷을 맞춰 입은 걸 의식하듯 쳐다봤다. 아니면 우리가 무슨 사고를 쳤다고 생각하고 쳐다본 걸지도 모른다. 아니면 히죽대거나, 눈썹을 치켜세우거나, 호기심에 찬 눈으로 보는 사람들의 반응에 내가 너무 많은 의미를 부여하고 있는 건가? 그건 아닌 것 같은데.

그나저나 교장 선생님은 왜 우리를 기다리게 하는 거지?

이런저런 생각에 미칠 것만 같다. 케이드와 나는 주말 내내 발표를 준비하고 연습했다. 이 정도면 더 보강할 건 없는 것 같다.

난 손바닥을 바지에 문지르다가 허벅지 밑에 손을 깔고 앉는다. 케이드는 다리를 편다. 난 발로 그 애 발을 톡 건드려 본다. 눈이 마주친다. 우리는 무언의 대화를 나눈다. *우린 절대 물러서지 않아.* 케이드가 말한다. 난 발표 자료를 손끝으로 치며 끄덕인다. *우린 잘 할 수 있어!*

마침내 바틀리 선생님이 문을 열며 들어오라고 안내한다.

"자리에 앉아." 맥닐 교장 선생님이 책상에 앉은 채로 말한다. 목소리는 경쾌하지만, 어딘가 우리를 무시하는 듯한 몸짓 때문에 난 신경이 더 날카로워진다. 과제 복사본이 책상에 놓인 달력을 거의 가리고 있다. 피처럼 붉은색으로 쓰인 '일급 기밀'이라는 글자가 흰 종이들과 따분하기 짝이 없는 교과서들 사이에서 도드라진다.

바틀리 선생님이 성큼성큼 걸어가서 교장 선생님 옆에 선다. 그 모습이 마치 왕을 보좌하는 경비병 같다. 난 책을 읽듯 두 사람의 몸짓을 관찰한다. 개봉 박두! 주인공인 케이드와 나는 이제 곧 일생일대의 위기에 처하고 마는데…

"자." 맥닐 교장 선생님이 양팔을 책상에 올리고 손을 가볍게 합장하며 말을 꺼낸다. "이 수업과 과제를 꼼꼼히 검토한 결과, 난 바틀리 선생님을 온전히 지지함을 밝힌다. 최종 해결책을 공부하고 나치의 행동과 동기를 이해하는 건 인종 차별, 반유대주의, 증오와 맞서 싸우는 데 중요한 역할을 할 것 같아. 난 역사적 사건을 재연하는 게 잘못됐다고 생각하지 않아. 오히려 훌륭한 교육 방식이라고 생각하지. 바틀리 선생님은 이 활동을 통해 학생들이 나치의 사고방식을 이해하도록 돕고, 나아가 근현대사에서 가장 파괴적인 반유대주의적 행위를 공부할 기회를 제공한다는 점을 분명하게 밝혔어."

교장 선생님은 과제 복사본을 손으로 두들긴다. "게다가 바틀리 선생님은 자신이 최종 해결책에 강력히 반대함을 밝혔고, 학살은 비도덕적이라는 너희들의 의견에 동의했다고 하셨다. 이 말이 사실이니?"

난 케이드는 바라본다. 우리 둘은 마지못해 고개를 끄덕인다.

교장 선생님이 미소를 짓는다. "좋네. 너희들은 분명 나치의 입장이 되어 발표를 잘 할 수 있을 거야. 그런 다음 그들의 행동을 강하게 비판하는 과제도 멋지게 써서 제출할 수 있을 것 같구나."

케이드가 입을 연다. "정말 죄송합니다만, 교장 선생님, 저희는 이 과제를 하지 않을 겁니다. 단지 '나치의 행동이 비도덕적이다'를 말하는 게 아니에요. 이 과제 자체가 비도덕적입니다. 저희는 과제가 취소되길 원합니다."

"지금 뭐라고 했니?" 바틀리 선생님이 말한다.

난 사전에 연습한 대로 발표 자료 복사본을 교장 선생님, 바틀리 선생님, 케이드에게 나눠 준다. 종이를 집는 케이드의 손이 떨리고 있다.

"이게 뭐지?" 교장 선생님이 여덟 페이지 분량의 문서를 훑어본다.

"케이드와 저는 이 과제를 거부하는 대신에 대안 과제를 만들기 위해 자료를 조사하고 저희의 논점을 정리하는 데에 많은 시간을 투자했습니다." 복사본을 든 채 내가 말한다.

"저희는 유대인 문제의 최종 해결책을 놓고 토론하라는 지시를 받았습니다. 하지만 반제 회의에는 하나의 목적밖에 없었습니다. 유대인을 대상으로 한 체계적인 살인을 실행하는 거였죠. 그 점은 영화 〈컨스피러시〉에서도 확실히 드러납니다. 지난주에 저희가 수업 시간에 시청한 영화죠. 저희가 준비한 문서에는 이를 뒷받침할, 미국 홀로코스트 기념관 웹사이트에서 발췌한 자료가 포함돼 있습니다."

난 바틀리 선생님을 바라보면 말을 잇는다. "선생님은 이 과제를 배우가 연기하는 것에 비교하셨죠. 배우들은 자신들의 역할을 선택할 자유가 있습니다. 그리고 그것이 연기임을 모든 사람이 압니다. 그러나 반제 회의를 재연하도록 함으로써, 선생님은 저희에게 나치의 입장이 되도록 강요하고 계십니다. 그들의 행동을 합리화하고, 그들의 생각을 정당화하도록 강요하시는 거죠. 이 과제는 '나치가 옳았다'라는 가능성을 허용합니다."

바틀리 선생님은 억울하고 분한 표정을 지을 뿐, 내가 자료를 건넨 이후 한마디도 하지 않았다.

난 토론 대회에 나갔을 때 심사위원들 앞에서 하듯 자세를 바로잡는다. "아시다시피 토론의 목적은 상대에게 자신의 주장이 옳음을 설득하는 것입니다. 설득력이 있으려면 타당한 논거가 뒤따라야 합니다. 그런데 유대인 거주 지역에서 사람들이 굶어 죽은 것을 무슨 수로 정당화합니까? 자신의 이득을 위해 다른 사람을 노예로 부리고, 죽을 때까지 폭력을 행사하는 것을 어떻게 정당화합니까? 그건 살인입니다. 어떻게 저희에게 집단 학살을 정당화하라고 하실 수 있죠? 저희는 사악한 두 진영이 되어 토론할 수 없습니다. 그렇게 시키시는 것은 나치의 관점을 정당화하는 것입니다. 그것은 유대인의 인간성을 말살하는 행위입니다. 대상이 *어떤* 민족이든, 저희에게 체계적인 학살을 지지하라고 시키셔서는 안 됩니다. 역사적 고찰이라고 해서 그것이 정당화될 수는 없습니다." 난 두 사람의 반응을 기다린다. 하지만 침묵이 흐르는 것으로 미루어 확실히 설득하진 못한 것 같다.

난 계속해서 말한다. "2차 대전 이후, 뉘른베르크 국제 군사 재판의 결과는 저희의 입장이 옳음을 증명해 줍니다. 피고 측 변호인들은 나치 당원들이 상부의 명령에 복종했을 뿐이라고 주장했죠. 그러나 국제 군사 재판소는 국제법에 따라, 도덕성은 정부나 상급자의 어떤 명령보다 우선시 된다고 결론지었습니다. 다시 한번 말하지만, 나치의 행위는 사악함 그 자체이므로 토론할 여지가 없습니다. 이 과제보다 도덕성이 우선시 되어야 합니다!"

난 도움의 손길이 필요해 케이드의 손을 향해 내 손을 뻗는다. 케이드는 자기 손가락을 내 손가락에 걸고 단단히 힘을 준다. 심장이 두 번 뛰는 동안 교장실에 숨 막힐 듯한 침묵이 감돈다. 난 케이드를 쳐다본다. 이제 바통을 넘길 차례다.

15

케이드

로건이 내 손을 꼭 쥔다. 내 머릿속은 글씨를 다 지운 화이트보드처럼 새하얗다. 우리가 메모지에 적은 내용이 하나도 기억나지 않는다. 난 창밖을 한 번 보고 교장 선생님을 쳐다본다. 로건의 흐름을 이어가는 데 최선을 다해야겠다. "저는 토론을 하지 않을 겁니다. 그러니까 이건…. 음, 제 얘기 좀 들어보세요. 우린 유대인이 아녜요. 제가 알기로 이 학교에 유대인 학생은 없어요. 그런데 제가 한 가지 여쭤볼게요. 우리 학교에 유대인 학생이 있었다고 쳐요. 그래도 저희한테 그 학생들의 눈을 똑바로 보면서 그들을 죽여야 하는 이유를 대라고 하셨을까요? 전 안 그랬을 것 같은데요."

난 바틀리 선생님에게로 시선을 돌리며 침을 꿀꺽 삼킨 뒤, 계속해서 말을 이어간다. "넓은 시야로 보면 이 과제는 유대인을 향한 편협한 사고와 증오를 부추기는 것에서 멈추지 않고 나아가 유색 인종, LGBTQIAP+, 즉 성 소수자, 장애가 있는 사람들에게까지 부정적인 시각을 갖게 만들 수 있습니다. 지금 열거한 예는 극히 일부에 불과하죠. 이것은 오늘날 백인 우월주의가 존재한다는 걸 반영합니다. 왜 선생님은 저희에게 노예 제도를 지지하는 토론을 하라고 하시나요? 저희에게 학교 총기 사고 가해자도 옹호하라고 하실 건가요? 9·11 테러에서 삼천 명을 죽인 테러리스트는요?" 난 고개를 젓는다. "그러지 않으실 거라고 확신합니다. 그렇다면 왜 이 과제는 괜찮다고 하시나요?"

바틀리 선생님의 입은 사망한 사람의 심전도 모니터에 있는 줄처럼 일자가 돼 있다. 교장 선생님도 아무 말이 없다. 이해할 수 없다. 정말 할 말이 없는 걸까?

난 로건의 발을 톡 하고 건드리며 이어서 말하라는 신호를 보낸다. 숨통이 막혀 말하기는커녕 호흡하는 것도 불가능할 지경이다. 셔츠 두 번째 단추를 끄르니 조금 살 것 같다.

로건의 눈에 걱정하는 기색이 역력하다. 내가 무릎으로 그 애의 무릎을 톡 치자 이어서 말하라는 뜻으로 알아듣는다. "케이드와 저는 세이프 헤이븐 박물관 및 교육 센터를 방문했습니다. 천 명에 가까운 유대인과 유럽 출신 비유대인 난민들이 머문 곳이죠.

한편 미국 정부는 42만 5천 명의 독일인 전쟁포로들도 데려왔습니다. 다수는 이 지역에 머물렀죠. 수백만 명의 무고한 난민을 구하는 대신, 우리는 적군을 환영하고, 수용하고, 먹여 줬습니다. 저희는 대안 과제로 온타리오 요새의 임시 난민 수용소를 견학한 후 과제물을 제출하고, 2차 세계 대전 당시 미국의 이민법에 대해 학습하는 것을 제안합니다."

맥닐 교장 선생님이 우리를 가만히 쳐다본다.

"지금 검토해 주시길 바랍니다." 로건이 말한다.

두 사람은 발표 자료를 훑어보며 시간을 번다.

바틀리 선생님의 표정만 봐서는 도통 감정을 읽을 수 없다. 하지만 종이를 쥐고 있는 손을 보니 힘이 잔뜩 들어간 게 느껴진다.

몇 분 후, 맥닐 교장 선생님이 발표 자료를 내려놓고는 로건과 나를 번갈아 쳐다보며 묻는다. "더 할 말은 없니?" 그러면서 언짢은 듯 입을 꾹 다문다.

우리가 강한 인상을 남긴 걸까? 잘 모르겠다.

우리가 함께 작전을 짤 때, 내 역할은 비장의 카드처럼 꼭 필요한 상황에 닥쳤을 때만 발언을 하는 거였다. 난 로건의 손을 세게 쥐어서 내가 말할 거라는 걸 알린다. 그래도 과제를 변경해 주지 않는다면 다른 무슨 수를 써도 안 될 것이다.

갑자기 목에 힘이 들어간다. "맥닐 교장 선생님. 저는 2013년 올버니 고등학교의 한 영어 선생님이 이와 비슷한 과제를 내줬다는 사실을 알아냈습니다. 그 교사는 학생들에게 자신이 나치 당원이라고 상상해 보라고 말했죠. 학생들은 '왜 유대인들은 사악한가'를 뒷받침하는 과제를 작성해야 했습니다." 난 침을 꿀꺽 삼키고 이어서 말한다. "인터넷에서 난리가 났었어요. 그 선생님은 휴직을 권고받았습니다."

어색한 침묵이 흐른다.

"저희는 마찰을 일으키려고 여기에 온 게 아닙니다. 단지 과제를 취소해 주시고 모든 학생이 대안 과제를 할 수 있도록 부탁드리는 겁니다." 난 로건을 쳐다본다. "그게 다예요. 저희가 할 말은 여기까지입니다."

맥닐 교장 선생님이 손바닥으로 책상을 짚고 일어선다. "정말 인상적인 발표였어. 아주 열심히 준비한 게 느껴지네." 그러더니 펜을 집어 뚜껑을 연다. "바틀리 선생님과 잠시 얘기를 나누고 싶구나."

교장 선생님은 책상을 돌아 나와 우리가 나가도록 안내한다.

16
아서 맥닐 교장

삼 년 전, 아서 맥닐이 조 바틀리를 채용했을 때, 그는 바틀리처럼 명망 있는 교사가 학교로 와 줬다는 사실에 무척 기뻤다. 그 일 년 전, 조 바틀리는 메릴랜드에서 이십 년간의 교사 생활을 마친 터였다. 조는 혁신적인 역사 교육 방법을 높이 평가받아 '메릴랜드 올해의 교사상'을 받았다. 아서는 학교가 좋은 평판을 얻을 수 있도록 조의 명성을 활용해 왔었다. 그는 심지어 그 덕분에 리비에르로 이사 오는 가족들도 늘어나리라고 기대했다. 그런데 지금 케이드와 로건은 조가 제시한, 시사하는 점이 많은 이 토론 과제를 올버니에서 징계받은 어느 교사의 과제와 비교하며 은근히 협박을 늘어놓고 있다.

아서는 조에게 앉으라고 손짓한 뒤 서랍을 열어 해열 진통제 약병을 꺼낸다. 그러고는 소형 냉장고에서 물병 두 개를 꺼내 하나를 조에게 건넨다. 아서는 알약 세 개를 입 안에 털어 넣는다.

학생들의 발표 자료를 집어 들며, 아서는 아이들이 참 열심히 준비했구나, 라고 생각하며 감탄한다. 이 자체만으로도 아서는 두 학생이 A 학점을 받을 자격이 있다고 생각한다. 둘이 했던 말 중 일부는 충분히 일리가 있다. 하지만 유감스럽게도 그 둘은 가르쳐야 할 것과 가르쳐서는 안 되는 것을 교사에게 제시함으로써 학생이 넘지 말아야 할 선을 넘었다.

그렇지만, 아서는 분쟁이 일어나는 걸 원하지 않는다. 그저 이 일이 잘 마무리되길 바랄 뿐이다.

아서가 불안한 한숨을 내쉬며 말한다. "변한 건 없어요, 조. 난 선생님을 전적으로 지지합니다. 선생님은 학생들이 선생님 자신처럼 틀에서 벗어나 사고하길 원하는 거잖아요. 학생들이 이 역사적 사건을 재연하는 건 아무 문제 없어 보입니다. 평범한 사람들이 어떻게 유대인들을 인간 이하로 취급하도록 세뇌당했는지 학생들은 배울 필요가 있어요. 그런 일은 일상에서도 일어나고 있으니까요."

"제 교육의 목적이 바로 그겁니다."

"선생님이 아이들의 교육을 위해 다양한 방법을 동원한다는 점은 잘 알고 있어요. 선생님 덕에 아이들의 삶이 많이 달라졌죠. 그런데 난 선생님이 이번에는 조금 굽혀 주면 어떨까 합니다. 사소한 문제를 크게 만들 필요 없잖아요. 일단은 그렇게 하자고요."

조가 손으로 얼굴을 문지른다. "어떻게 하실 계획이시죠?"

"애들이 난민 수용소와 이민법에 관련된 대안 과제를 하게 해 줘요. 좋은 생각인 것 같은데, 선생님은 어떠세요?"

조가 고개를 끄덕인다.

"다른 학생들에게도 같은 제안을 하세요."

"네? 왜죠? 다른 학생들은 이 과제에 불만이 없어요. 교장 선생님도 이 과제에 불만 없으시잖아요. 전 교장 선생님의 지침에 따랐습니다. 창의적인 방법으로 아이들을 교육하라고 하셨잖아요. 전 그렇게 했어요. 그런데 왜 모든 학생에게 대안 과제를 제안하라 하시는 겁니까?"

"이건 예상 밖의 일이에요. 다른 학생들에게도 같은 기회를 준다면 모두를 공평하게 대하는 게 되죠. 다른 아이들이 대안 과제를 선택하지 않으면 로건과 케이드는 분명 깨닫는 바가 있을 거예요. 무슨 말인지 아시겠어요?" 아서가 몸을 앞으로 숙이며 말한다.

조가 다시 한번 고개를 끄덕인다.

"선생님한테도 좋고 저 학생들한테도 좋은 거니까, 이 문제는 여기에서 마무리 짓는 거예요."

"알겠습니다."

"저 애들, 다시 들어오라고 하세요."

17

로건

케이드와 교장실에서 나올 때, 우리를 기다리는 건 메이슨, 케리앤, 스펜서의 놀란 표정이다. 고1 때부터 교무실 보조원으로 일한 케리앤은 워서 선생님 자리에 앉아 있고, 양옆으로 메이슨과 스펜서가 서 있다. 저 애들, 지금 컴퓨터로 뭘 보고 있는 거지? 메이슨이 턱을 까딱 들며 인사해서 나도 답례로 턱을 까딱인다. 다행히도 우리가 왜 여기에 있는지 묻는 애들은 없다. 케이드와 나는 의자에 앉는다.

주머니에서 핸드폰을 꺼내 인스타그램을 훑어보려는데 케리앤이 들으라는 듯이 속삭인다. "쟤네 봐 봐. 올슨 자매 같지 않아? 야, 스펜서. 네가 보기엔 어느 쪽이 메리 케이트고 어느 쪽이 애슐리 같냐?"

"케이드가 무조건 애슐리지. 키가 더 작잖아."

"재밌게들 논다." 내가 중얼거리듯 말한다. (난 케이드와 내 키가 같다는 걸 굳이 말하지 않는다. 참고로 우린 둘 다 178센티미터다.)

"취소할게. 로건이 둘 중에 사악한 쌍둥이야." 스펜서가 스탠드업 코미디언처럼 쌍둥이와 관련된 농담을 하자 케리앤이 코웃음을 친다.

케이드가 작은 소리로 말한다. "와. 쟤 코미디언 오디션 봐도 되겠다."

"누가 광대 일자리라도 주면 다행이고." 내가 작은 소리로 대꾸한다. "그런데 광대는 아무나 하나? 애들이 무서워서 도망가겠다." 보조개가 생기도록 케이드가 미소 짓지만, 지금은 충분히 감상할 마음의 여유가 없다. 난 닫혀 있는 교장실 문을 바라본다. 왜 이렇게 오래 걸리는 걸까? 그렇게까지 의논할 게 있나? 우리의 발표는 대성공이었다. *무조건* 우리가 원하는 대로 될 수밖에 없다.

스펜서가 다가와서 우리 앞에 서더니 천천히 위아래로 훑어본다. 재수 없는 놈. 케이드가 발로 차는 시늉을 하자 스펜서는 어쩔 수 없이 뒤로 물러선다. 그러더니 우리를 비웃으며 교장실을 가리킨다. "정학이야, 퇴학이야? 퇴학일 거 같은데."

"조용히 해, 스펜서." 메이슨이 말한다. "그냥 이리 와." 무슨 영문인지 스펜서가 고분고분 따른다. 그런데 메이슨과 케리앤이 있는 곳으로 간 스펜서가 뭐라고 속삭이자, 케리앤은 깔깔대고 웃고 메이슨은 주먹을 말아 쥔다. 메이슨은 살벌한 표정으로 케리앤과 스펜서를 차례로 본다.

"저기, 미안." 케리앤이 사과한다. 우리에게 한 말이라기보다는 메이슨에게 한 말 같다. "하지만…"

"하지만 뭐?" 메이슨이 다그치자 케리앤은 입을 다문다.

교장실 문이 열린다. 케이드와 나는 자리에서 일어선다. "이따 봐." 메이슨이 말한다. 우리 모두에게 하는 말인지, 아니면 케리앤과 스펜서에게 하는 말인지는 모르겠다. 케이드와 나는 바틀리 선생님의 손짓에 교장실로 들어간다.

18

케이드

로건과 내가 자리에 앉기도 전에 맥닐 교장 선생님은 밖으로 나갈 사람처럼 자리를 박차고 일어나며 말한다. "우린 너희들의 발표에 깊은 인상을 받았어. 열심히 노력하고 근면한 모습이 보기 좋구나."

이제 '하지만'이라고 말할 차례겠지. 내 심장은 온타리오 호수에 던져진 바위보다 무겁게 철렁 내려앉는다.

"합리적인 타협점을 찾아서 다행이야. 그 수업을 듣는 모든 학생은 바틀리 선생님이 제안한 토론과 의견서 또는 온타리오 요새 난민 수용소와 이민법을 주제로 대안 과제 중에 선택할 수 있어. 바틀리 선생님이 이 사실을 오늘 수업 시간에 공지할 거고, 자세한 사항은 프린트물로 나눠 주실 거야."

교장 선생님이 우리를 향해 미소를 보인다. 친근하거나 선한 미소보다는 권위적이고 확신에 찬 미소에 가깝다. "너희 둘 다 이 과제를 훌륭히 해낼 거라고 믿어." 교장 선생님이 바틀리 선생님에게 문을 열라고 손짓한다. "우리가 너무 오래 붙잡아 뒀지? 이렇게 찾아와서 너희의 고민을 이야기해 줘서 고맙다."

로건과 나는 움직이지 않는다. 로건은 입을 다물지 못하고 있다.

교장 선생님이 한 걸음 앞으로 나와서 나가라고 손짓한다. "그럼 좋은 하루 보내라."

해산.

토론 끝.

최종 결정.

끝.

우리는 어안이 벙벙한 채 머뭇머뭇 밖으로 나간다. 머리가 지끈거린다. 이상하다. 타협? 아니지. 우리 입을 막으려고 한 말이다.

우리가 복도로 나오자 워서 선생님이 다가오신다. "어떻게 됐니?"

로건은 넋 나간 사람처럼 계속해서 복도를 걸어간다. 난 목소리가 나오질 않는다. 워서 선생님이 내 얼굴을 뜯어보신다. "괜찮아?"

"네." 하지만 안 괜찮다. 난 발표 자료를 사 등분으로 접어 주머니에 넣고는, 서둘러 로건을 쫓아간다.

로건은 사물함 비밀번호를 맞추고 있다. 분노를 표출하며 번호를 돌려 보지만, 잘 맞지 않는 모양이다.

난 로건 옆에 있는 사물함에 기댄다.

"그렇게 준비를 했는데, 그렇게 설명을 했는데 아지 이해를 못 해. 어떻게 이해를 못 할 수 있지?" 사물함 문을 잡아당기며 로건이 말한다. "*으아아아!*" 그렇게 소리 지르더니 애꿎은 사물함 문 아래쪽을 발로 찬다.

내가 끼어들어 비밀번호를 맞춰 주자 문이 튀어나오듯 열린다. "내가 대본에 없는 말을 해서 그런가? 너무 긴장돼서 그만…"

"넌 잘했어. 네가 자랑스러워. 우리가 자랑스러워."

내가 쓴웃음을 지으며 말한다. "교장 선생님도 그렇게 생각하셔. 우리의 근면함을 *칭찬*하셨잖아." 난 '근면함'이라는 단어를 말할 때 손가락으로 따옴표를 만든다.

로건이 우리의 발표 자료를 훑어본다. "그런데 어떤 이유에서인지 토론 자체를 무효로 만들기에는 부족했어."

난 가방을 열고 아침 수업에 필요한 것들을 챙긴 다음, 가방을 로건의 사물함에 집어넣는다. "우리가 이 이상 뭘 할 수 있지?" 내가 묻는다.

로건의 눈이 떨린다. 입을 열자 금방이라도 울음을 터트릴 것만 같은 목소리가 나온다. "바틀리 선생님이 이성을 차리고 생각을 바꾸길 기대하면 이상한 거지? 난 선생님이 우리가 준 발표 자료를 다시 읽어 보고, 우리의 생각이 맞았다는 걸 인정하길 내심 바라고 있어. 그리고 용기를 내서 토론을 취소해 주시면 좋을 텐데. 그 사람은 내가 아는 바틀리 선생님이 아니야." 로건은 걸음을 멈추고 침을 삼킨다.

난 똑같이 차려입은 우리의 옷을 본다. "선생님의 사악한 쌍둥이 형이 아닐까?" 농담을 해 보지만 분위기는 더 나빠진다. 로건은 울음을 참으려고 노력 중이다. 난 손을 잡고 깍지를 낀다. 기분을 좋게 해 줄 말이 통 떠오르지 않는다.

"수업 전에 화장실에 갈 거야." 로건이 여자 화장실을 가리킨다. 그 애의 손이 내 손에서 빠져나간다.

"괜찮겠어?"

로건이 고개를 끄덕인다.

돌아서서 가려는 순간, 난 대니얼에게 거의 부딪칠 뻔했다. "미안."

"아냐, 내가 못 봤어." 대니얼이 사물함을 닫으며 말한다. 로건의 사물함에서 한 걸음 정도 떨어져 있다. 우리가 하는 말을 엿들었을까?

"저기, 대니얼?"

앞머리에 눈이 가린 채 대니얼이 대꾸한다. "왜?"

"넌 바틀리 선생님 토론이 어떤 것 같아?"

"할 가치가 없어. 최종 해결책은 사악해." 대니얼이 차분한 목소리로 대답한다.

"그렇지? 바로 그거야! 로건과 나는 바틀리 선생님이 과제를 바꿔야 한다고 생각해."

"아. 난 주말에 과제 다 끝냈어."

난 심장이 철렁 내려앉는다. "그렇구나. 이해해."

"도와줄까? 자료 조사 엄청 많이 했는데."

"아냐, 괜찮아. 나중에 보자."

난 영어 수업에 가려다 여자 화장실 앞에 멈춰 선다. 로건을 기다려야 하나? 헤더가 지나가길래 이름을 부르고 와 보라고 손짓한다. "로건이 안에 있는지 좀 봐 줄래?"

십 초 후에 헤더가 돌아온다. "아니. 그런데 다음 교시에 개랑 수업 있어. 할 말 있으면 전해 줄까?"

내가 대니얼과 이야기하는 사이에 나온 모양이다. 난 고개를 젓는다. 교장실에서 있었던 일을 얘기할까 고민하는데, 갑자기 케리앤이 나타나서 헤더와 팔짱을 끼더니 스노우 볼 댄스에서 있었던 일을 얘기한다.

난 물러서며 바틀리 선생님이 생각을 바꾸는 모습을 머릿속에 그려 본다. 그런데 교장실에서 봤던 모습을 생각하면 그럴 가능성은 없어 보인다. 이번엔 다른 아이들이 대안 과제를 선택하는 모습을 상상해 본다. 제시와 스펜서가 나치식 경례를 하는 모습에 많은 아이들이 웃었던 걸 생각해 보면 그쪽도 별 가능성이 없어 보인다. 하지만 우리 모두를 생각한다면, 특히 로건을 생각한다면, 부디 내 생각이 틀렸길 바랄 뿐이다.

19

조건

케이드와 나는 세계 정치사 수업에 들어가 자리에 앉는다. 바틀리 선생님은 아직 안 오셨다.

긴장감과 기대감을 동시에 안고 우리의 동맹군을 찾아 주위를 둘러본다. 아이들 대부분은 핸드폰을 꺼내 놓은 채 이어폰을 꽂고 음악을 듣고 있다. 헤더의 얼굴과 걔가 읽고 있는 책은 긴 금발 머리에 가려 보이지 않는다. 대니얼의 자리는 비어 있다. 메이슨, 케리앤, 레지, 제시, 스펜서는 태블릿을 올려놓은 메이슨의 책상을 중심으로 모여서 최근에 했던 아이스하키 시합을 돌려 보고 있다. 식당과 복도에 있는 모니터에는 온종일 저 경기가 틀어져 있다. 토요일에 있을 리비에르 로키츠의 지역 예선을 앞두고 온 학교에 응원하는 분위기를 조성하려나 보다. 교내에 벽이란 벽에는 포스터가 붙어 있다. 팀원들의 사물함은 아예 포스터로 도배돼 있다. 학교 측은 응원 열기를 띄우기 위해 우리더러 응원 메시지를 적어서 붙이도록 권장하고 있다. 어떤 여자애들은 립스틱을 바른 입술로 자국을 남긴다. 난 그 짓은 절대 안 할 거다.

종이 울리자 바틀리 선생님이 들어와 문을 닫는다. 그리고는 그렇게 두껍지 않은 종이 다발을 책상에 올려놓는다. "할 말이 있으니까 다들 제자리에 앉아." 선생님은 교실 가운데로 가더니 손을 모으고 모두가 주목하길 기다린다. 금세 교실이 조용해진다.

"반제 회의, 최종 해결책 토론 과제와 관련해서 할 말이 있다. 난 여러분이 나치의 관점을 공부하고, 이 역사적 사건을 재연하고, 타당한 결과에 도달할 수 있을 정도로 분별력이 있다고 믿는다."

타당한 결과? *타당*? 선생님은 왜 모두가 나치에 반대한다고 생각하지? 뉴스는 매일 증오에 의한 범죄로 가득하다. 손을 들고 피츠버그 유대교 회당 총격 사건이나 사우스캐롤라이나의 흑인 교회 총기 난사 사건에 대해 말해야 하나? 범인은 백인 우월주의자라고 기사에 나왔던 게 생각난다. 그 남자는 범행 전에 남부 연합기를 들고 사진을 찍었다. 이 집단, 이 교실 안에도 남부 연합기를 좋아하는 사람들이 있다. 난 제시를 쳐다본다. 또 누가 있지?

바틀리 선생님이 말을 이어간다. "우리가 그들의 입장이 돼 봄으로써 반대 진영을 완전히 이해하지 못한다면, 어떻게 진정으로 자신의 의견을 설득력 있게 표출할 수 있겠니?"

내가 불쑥 말한다. "*살해당한 사람들*의 입장이 되어 보는 건 어떨까요?"

선생님이 나를 쳐다본다. "이미 논의했듯, 네 과제물에 쓰기에 아주 좋은 주장 같구나." 그러더니 돌아서며 말을 잇는다. "너희들 중 일부는 나치의 입장이 되어 보는 게 불편하다고 느끼는 것 같아. 그래서 이 과제를 어렵게 느끼고 있고. 본인이 그렇게 느낀다거나, 혹은 그 외에도 이 과제를 하고 싶지 않은 타당한 이유가 있다면, 대안 과제를 선택할 수 있다. 오늘 수업이 끝날 때쯤에 그 선택에 대해서 나와 상의할 시간을 줄게."

선생님이 한 걸음 앞으로 나선다. "미리 말해 두는데, 그렇다고 해서 대안 과제가 더 쉬운 건 아니야. 평가 기준도 높고, 공을 많이 들여야 해. 반제 회의와 관련된 토론 과제에서 내가 원했던 것과 같은 수준이지. 질문 있는 사람?"

선생님의 말에는 시종일관 훈계하고 비판하는 투가 느껴진다. 케이드와 나뿐만 아니라, 기존 과제에 불만을 가질 만한 애들을 의식해서 하는 말이라는 생각이 자꾸만 든다.

아이들의 웅성거리는 소리가 교실을 가득 메운다. 누군가가 말한다. "이 과제에 왜 불만이 있는 거야?" 난 내 허벅지를 움켜쥔다. 숨을 쉬기가 힘들다. "애들처럼 징징대는 거지, 뭐." 누군가가 중얼거린다. 바틀리 선생님은 아무런 반응도 하지 않는다.

* * *

수업이 끝나기 삼 분 전, 바틀리 선생님이 전자 칠판을 끄며 말한다. "대안 과제에 관심 있는 사람은 이제 나와 상의하도록 하자. 그렇지 않은 사람들은 남은 시간 동안 자료 조사를 하거나 최종 해결책 토론에 관에서 다른 학생들과 조용히 의논하도록."

레지가 자리에서 일어서자 난 기쁜 마음에 가슴이 요동친다. 하지만 연필을 깎으러 가는 거란 걸 알고는 실망한다.

옷에 묻은 먼지를 털고 있는데 대니얼이 자리에서 일어선다. 손에는 인쇄물을 들고 있다. 난 바틀리 선생님에게 걸어가는 대니얼에게서 눈을 떼지 못한다. 선생님은 잠시 놀라는 기색을 보이고는 이내 중립적인 표정을 짓더니 대니얼에게 종이 한 장을 내민다. 종이에는 굵은 글씨로 '대안 과제: 온타리오 요새 임시 난민 수용소와 제2차 세계 대전 당시 이민법'이라고 적혀 있다. "저는 주말에 과제물을 다 작성했어요." 대니얼이 고개를 젓더니 중얼거린다. "토론에는 참여 못 해요."

참여 못 한다고? 병원에 가야 하나?

대니얼이 바틀리 선생님에게 과제물을 내밀더니 고개를 숙이고 무어라 속삭인다. 너무 작은 소리여서 무슨 말인지 들리진 않는다. 대니얼은 선생님 책상 앞에 서서 기다리다가, 무게 중심을 한쪽 다리에서 반대쪽으로 옮긴다. 바틀리 선생님은 과제물을 넘겨 보더니 고개를 끄덕인다.

"화장실 가도 돼요?" 대니얼이 묻는다.

바틀리 선생님은 대니얼에게 복도 통행증을 건넨다. 대니얼이 물러서자 케이드가 반항적으로 일어나 선생님의 책상으로 걸어간다. 나는 일 초 만에 그 애 옆에 선다. 전투에 임하는 병사처럼 내 목덜미에 난 털이 쭈뼛쭈뼛 선다.

"너희들, 대안 과제를 하고 싶니?" 선생님의 목소리가 어찌나 큰지, 순간 확성기에 대고 말한 게 아닌가 하는 생각이 든다.

"네, 당연하죠." 내가 말한다.

우린 각자 종이 한 장씩을 받는다. 우리가 제출한 내용이 그대로 있고, 거기에 덧붙여 기존 과제에 있던 것처럼 과제 작성 시 유의 사항이 자세하게 적혀 있다. 바틀리 선생님이 무슨 말을 하지만 내 귀에는 들어오지 않는다. 난 반 아이들이 주고받는 이야기에 집중하고 있다. 백인 우월주의자로 가득 찬 교실에 서 있는 기분이다.

"히틀러가 그랬잖아. '아리아인이 승리하느냐, 아니면 유대인이 승리하고 아리아인이 전멸하느냐'. 유대인들이 우리를 다 죽이게 내버려 둘 거냐? 아니면 우리가 죽이는 게 맞냐?" 아이들을 등지고 있지만, 난 레지의 목소리인 걸 알아챈다.

이런, 세상에. 머리가 핑핑 돈다.

다른 애가 말한다. "적자생존. 뉘른베르크 법은 순수 혈통이 더러운 피랑

섞이면 안 된다고 선을 그었어."

또 다른 목소리가 들린다. "열등한 종이 유대인만 있는 건 아니야. 이 사이트에는 아프리카인, 슬라브인, 롬인, 폴란드인도 열등하다고 나와 있어. 거기에다 신체적이나 인지적 장애가 있는 사람들, 여호와의 증인, 동성애자, 창녀도…"

난 제시의 목소리에 귀 기울인다. "유전적으로 유대인들은 탐욕스럽고 사기 치길 좋아하는데…"

헤더가 끼어든다. "넌 정말 그게 유전적인 문제라고…"

"로건?" 바틀리 선생님의 목소리에 난 다시 선생님에게 주목한다. "제출 날짜는 똑같아. 네 과제물이 기대된다."

"애들이 하는 얘기가 안 들리세요?" 내가 묻는다.

"로건." 바틀리 선생님의 목소리에 불만이 섞여 있다. 선생님이 일어서며 말한다. "다들 주목. 물어볼 게 있다. 너희들이 속한 토론 진영의 생각을 개인적으로 지지하거나 믿는 사람이 있으면 손들어 볼래?" 선생님이 교실을 훑어본다. "이 재연 과제가 본인을 나치로 만들었다고 생각하는 사람이 있으면 손들어 봐." 이번에도 말을 멈추고 교실을 둘러본다. "없어?" 바틀리 선생님이 다시 우리를 쳐다본다. "봤지? 걱정하지 않아도 돼. 이제 이 문제는 넘어가도록 하자." 이건 질문이 아니라 통보다.

종이 울린다. 아이들은 교실에서 나가며 케이드와 나를 흘겨본다. 제시는 문을 나가기 전에 바틀리 선생님에게 군대식 경례를 한다. 메이슨이 우리에게 다가와 속삭인다. "너희들이 당한 대우는 부당해." 그러고는 문밖으로 나간다. 케리앤은 내 눈을 피한다.

바틀리 선생님에게 무언가를 말하고 싶지만, 도대체 어디에서부터 이야기를 꺼내야 할지 모르겠다.

난 케이드와 교실을 빠져나간다. 이렇게 별종 취급을 당하게 될 줄은 몰랐다. 메이슨이 나를 그렇게 딱하게 쳐다보는 상황은 상상도 못 했다. 내가 제일 좋아하는 선생님이 이처럼 편협한 사고를 유도하고, 반 아이들 앞에서 우리를 모욕할 거라고는 상상도 못 했다.

20
케이드

사물함까지 가는 동안 로건과 나는 한마디도 하지 않는다. 우린 물건들을 챙겨서 로건의 차가 있는 곳으로 걸어간다. 차에 치여 죽은 동물이 이런 심정일까. 난 안전띠를 매고 로건을 바라보다가, 세계 정치사 수업이 끝난 후부터 계속해서 머릿속에 맴돌던 질문을 꺼낸다. "이제 어떡하지?"

"*으아아아아악!*" 로건은 한바탕 비명을 지르고는 끙끙 앓는 소리를 낸다. "몰라. 우리를 위협하게 내버려 둘 수는 없어. 우리가 틀린 말 한 게 아니잖아, 안 그래?"

"당연히 아니지." 외투 지퍼를 내려 보지만, 가슴을 누르는 이 답답함은 사라지지 않는다. 난 의자 머리받이에 머리를 툭 기댄다. "우리가 한 방 먹은 거야. 바틀리 선생과 교장이 타협한 지점에서 두루뭉술 넘어가도록 내버려 둬서는 안 돼. 부모님한테는 이 얘기 꺼낸 적 없는데, 자꾸 할아버지 생각이 나서…"

"뭐?"

"할아버지가 우리 입장이었으면 어떻게 하셨을지 자꾸만 생각하게 돼. 대안 과제를 하는 선에서 멈추셨을까, 아니면 더 밀고 나가서 토론 자체를 못 하게 막으셨을까? 할아버지의 목소리가 들려오는 것 같아. 대답은 하나뿐인 걸 난 알고 있어."

"할아버지가 뭐라고 하시는데?"

로건은 날 미친놈 취급하지 않아서 참 좋다. "'인생에서 때론 청중으로서 구경만 해야 할 때도 있고, 무대에서 조명을 받는 배우가 되거나, 또 어떤 때는 무대에 조명을 비추는 사람이 되어야 할 때도 있어. 어려운 건 언제 어떤 역할을 맡느냐는 거지.' 이렇게 말씀하셔."

"우리는 배우일까, 아니면 조명을 비추는 사람일까?" 로건이 묻는다.

"할아버지는 그 세 가지를 다 해야 한다고 하셔. 이 토론을 막으려면, 우리는 그 세 가지를 다 해야 해."

21

로건

"아빠?"

침묵.

"아빠?"

"응?" 아빠는 책에서 눈을 떼지 않은 채, 내가 저녁으로 만든 베이크드 지티(*파스타 요리)를 무심하게 먹고 있다. 난 식탁에서 아빠랑 대각선상에 있는 의자에 앉은 채, 포크에 토마토소스를 묻혀서 접시에 8자를 그린다. 좀 더 힘을 줘서 기분 나쁜 *끼익* 소리가 나게 그릇을 긁어 아빠의 주의를 끈다.

아빠가 고개를 번쩍 들고 말한다. "로건, 그 소리 너무 짜증 나."

"미안. 그런데 아빠랑 할 얘기가 있어."

"아." 아빠는 태블릿을 끄고는 옆으로 밀어 놓는다. "별일 없는 거지?"

내가 고개를 젓자 아빠의 얼굴에 어려 있던 옅은 미소가 사라진다. 내가 덧붙여 설명한다. "별일은 없어. 그러니까, 난 괜찮아. 그런데 학교에 일이 생겼거든. 나랑 케이드랑 이 상황을 어떻게 해야 할지 잘 모르겠어."

학교라는 말에 아빠는 조금 안심을 하는 눈치다. 교육에 관한 한 자기가 빠삭하게 알고 있다고 생각해서 그러는 것 같다. 그런데 이 문제도 그럴까? 수학과 교수로 일하면서 이런 일을 겪었을 것 같지는 않다.

아빠가 물을 마시고 식탁에 잔을 내려놓는다. "무슨 일인데?"

난 아빠에게 과제와 관련된 자료들을 내민다. 교장실에 들고 갔던 발표 자료, 케이드와 내가 정리해 놓은 메모, 바틀리 선생님이 수업 시간에 나눠 준 안내문을 다 모아 놓은 거다. 내가 설명하는 걸 들으며 아빠는 페이지를 넘긴다. 설명을 마친 후 아빠에게 물어본다. "아빠, 어떻게 생각해?"

아빠가 희끗희끗하고 까칠까칠한 턱수염을 문지른다. "너희는 옳은 일을 했어. 둘 다 참 자랑스럽다."

어려운 시험에서 A 학점을 받은 것처럼 안도감이 밀려온다. 그런 다음에야 난 아빠의 주름진 미간을 본다. "그렇지만 뭐?"

"그렇지만 넌 내 딸이야. 더 큰 문제로 발전하면 어쩌나 하고 걱정할 수밖에 없지."

"더 큰 문제? 어떤 거?"

아빠는 돋보기안경을 접는다. 목걸이가 연결된 안경은 턱 아래에 대롱대롱 매달려 있다. "권위를 가진 사람들은 도전해 오는 사람을 좋아하지 않아."

"그건 알겠어. 그런데 아빠, 이건 잘못된 거야. 모두에게 대안 과제를 제시한 걸로 충분하다고 생각하는 것 같은데, 사실 거기에서 만족할 수는 없어."

"아빠 설명을 들어봐. 넌 너의 입장에 충실한 거야. 그렇지?" 난 고개를 끄덕인다. "그건 그쪽도 마찬가지야. 그 선생님들은 문제를 해결했다고 생각하고 있어. 네가 여기에서 더 밀고 나가면, 너를 *불합리*하고 까탈스러운 사람이라고 생각할 거야. 그럼 그들은 방어적으로 나올 수밖에 없어." 아빠는 양손으로 주먹을 쥐고 내민다. 두 주먹 사이에는 십오 센티미터 정도 거리가 있다. "이게 너와 케이드야." 왼쪽 주먹을 살짝 들며 아빠가 말한다.

"그리고 이건 바틀리 선생님과 맥닐 교장 선생님이고." 아빠는 숫양 두 마리가 박치기하듯 두 주먹을 가운데에서 부딪힌다.

"알겠어. 하지만…"

"끝까지 들어봐. 이게 계속되면 그 선생님들은 방어 태세를 취할 가능성이 커. 네가 한 말에 의하면 그 둘은 자신들이 전문가라고 생각하는 것 같아. 너희, 그러니까 학생들이 하는 말이 옳다고는 생각하지 않을 거야. 적어도 난 그렇게 생각해. 이십오 년 동안의 경험을 돌이켜보면 학생들 말을 듣기 싫어하거나, 가르치는 방법에 관해 이러쿵저러쿵하는 말을 듣고 싶어 하지 않는 선생들을 나도 많이 만나 봤던 것 같아."

"그래서 그냥 다 잊어버리라는 거야?"

"그건 아니지."

"내 신념을 주장하는 건 옳은 거잖아. 안 그래?"

"강한 신념이 있으면서 아무것도 하지 않는 사람들도 많이 있어."

"하지만…"

"세계 정치사를 듣는 학생 중에 케이드와 너처럼 느끼는 애들이 또 있니?"

"어쩌면?"

"그 애들은 왜 자기 생각을 말하지 않았을까? 너희와 마찬가지로 바틀리 선생님을 찾아가서 불만을 드러낼 기회가 충분히 있었을 텐데. 무엇이 그 애들을 막았을까?"

난 머뭇거리다가 대답한다. "그런 애들이 더 있었다 해도 분명 소수였을 거야. 우린 겁이 났어. 그러니까 그 애들도 바틀리 선생님한테 맞서는 게 겁났을 거야." 난 수업 종이 울렸을 때 메이슨이 했던 말을 떠올린다. *너희*

들이 당한 대우는 부당해. 맞는 말이다. 그 말을 바틀리 선생님한테 했으면 더 좋았을 텐데.

아빠가 눈을 비비고 손을 내리자, 만감이 교차하는 표정이 드러난다. "이 질문을 자신에게 꼭 해 봐. 이 문제를 그냥 덮고 넘어간다면, 앞으로 참고 살아갈 수 있겠니?"

본능적으로 아니라고 말하고 싶지만 난 아무 말도 하지 않은 채 창밖을 본다. 바틀리 선생님과 이 토론에 대해 언쟁한 모든 순간이 불편했다. 이로 인해 상처도 받고 모멸감도 느꼈다. 하지만…

난 아빠를 바라보며 말한다. "밀워키에 살 때, 우리 동네에 살던 유대인 가족 기억나? 사이먼 부부와 두 분 손녀인 게일." 아빠가 고개를 끄덕인다. "이 과제 얘기를 처음 들었을 때부터 그 가족이 많이 생각났어. 누군가가 그 사람들을 해치려 했다면 우리는 절대 모른 척하지 않았을 거야. 길거리 에서 *낯선 타인*이 누군가에게 공격을 당했대도 우린 모른 척하지 않을 거야. 그런 일을 보고도 못 본 척한다면 나 자신이 어떻게 자존감을 가지고 살아갈 수 있겠어? 나라면 못 살 것 같아."

저녁 먹은 게 탈이 났는지 배가 아프다. "바틀리 선생님이 왜 이런 과제를 내줬을까 이해하려고 노력해 봤어. 선생님의 관점에서 바라보려고 했지. 그런데 이해가 안 돼. 어떻게 하면 살인을 옹호할 수 있는지 이해하려고 해 봤어. 홀로코스트가 일어나는 동안 수백만 명에 달하는 사람들이 적극적으로 살인에 동참하거나 아예 아무것도 하지 않았어. 인간성과 도덕성에 문제가 생겼던 걸까? 어떻게 방관할 수 있지? 어떻게 유대인 이웃들을 나치에게 넘길 수 있지? 더 나쁘게는 어떻게 나치당원이 돼서 살인에 동참하거나 직접 살인을 할 수 있지?"

117

"나도 몰라. 너에게 답을 줄 수도 없어, 로건."

"누군가가 우리한테 총을 겨눈 채 집에서 끌어낸다면 어떤 기분일까 상상해 봤어. 우리의 무덤을 직접 파게 하고 그 구덩이 앞에 무릎을 꿇게 하면 어떤 기분일까. 바틀리 선생님이 그걸 재연하라고 한다면? 아이들이 난리를 치겠지?"

"로건, 그만해."

"얘기해야 해, 아빠. 왜냐하면 그 수업을 듣는 다른 애들은 그게 잘못됐다고 말하지 않으니까. 나치당원들도 처음에는 보통 사람들이었겠지만 나중엔 괴물이 됐어. 그 사람들도 아내가 있고, 남편이 있고, 아들딸이 있고, 부모가 있었어. 웃기도 하고 춤도 추고 생일 파티도 하는 보통 사람들이었어. 소풍도 가고, 개 산책도 시키고, 애들이 자기 전에 동화책을 읽어 주는 사람들이었다고. 그런데 그런 사람들이 주저하지 않고 이웃의 머리에 총을 쏘고는 아무렇지 않게 일상생활을 이어갔어. 세뇌를 당했거나 증오로 가득 찬 게 아니었다면 거울 속 자기 모습을 못 볼 리가 없었을 텐데?

케이드와 대안 과제를 조사하면서 우연히 〈60분〉에서 파트리크 드부아라는 프랑스 신부님의 인터뷰를 보게 됐어. 그 신부님은 홀로코스트가 어떻게 일어날 수 있었는지를 이십 년 이상 연구했어. 드부아 신부님의 할아버지는 우크라이나에 있는 나치 강제 수용소에 포로로 잡혀 있었는데, 자신의 경험에 관해 이야기하길 싫어했대. 드부아 신부님은 답을 찾기 위해 그 마을을 찾아갔고, 이어서 동유럽과 구소련을 탐방했어. 신부님의 팀은 집단 학살을 목격한 사천 명 이상의 사람들을 만나 인터뷰를 녹화했어. 그 사람들은 유대인들이 집에서 끌려 나와 거대한 무덤에서 총격을 받는 걸 목격했대. 드부아 신부님의 팀은 그런 무덤을 많이 발견했어."

난 눈물을 머금고 계속해서 말한다.

"그 증인들은 자신들이 본 걸 상세하게 설명했어. 그 사람들은 당시 어린아이거나 청소년이었어. 그 사람들이 나치 병사들을 상대로 뭘 할 수 있었겠어? 하지만 어른들은? 그 어른들은 아무것도 안 했잖아! 자기들도 같이 죽일까 봐 겁이 났던 걸까? 그런데 드부아 신부님은 나치들이 떠난 후 며칠 동안 그 무덤들이 꿈틀거리는 걸 봤다는 증언을 많이 들었대. 하지만 사람들은 그 피해자들을 돕기 위해 아무것도 안 했어. 정말 최악인 건, 시체들을 뒤져서 시계나 돈 등 값어치가 있는 건 모조리 챙겼다는 거야."

눈물이 뺨을 타고 흘러내려 냅킨으로 닦는다.

"아빠. 드부아 신부님 삶의 사명은 인류가 얼마나 어두운 존재인지 세상에 알리는 것이었어. 우리 학교 애들은 대부분 착한 애들이야. 그런데 이 말도 안 되는 과제를 반대하기 위해 아무것도 안 하고 있어. 그 애들이 나치 독일이나 드부아 신부님이 갔던 국가들에 살았다면 어떻게 행동했을까? 유대인 이웃들이 살해당해도 침묵하지 않았을까? 유대인들을 나치에게 넘기고 소지품을 훔치지 않았을까?"

아빠가 식탁 가장자리를 손으로 쥐며 말한다. "솔직히 난 모르겠다."

"케이드와 나는 뭔가를 해야만 해. 그러면 다른 애들이 동참할지도 몰라."

"난 내가 할 수 있는 한 최선을 다해서 너와 케이드를 도울 거야." 아빠가 잠시 말을 멈췄다가 말을 잇는다. "우리 여태까지 잘 살아왔잖아, 그렇지? 엄마 없이 너랑 나랑. 네가 많이 걱정됐어."

"우린 잘 지내잖아, 아빠. 정말로."

아빠가 나를 보며 묻는다. "정말이야?"

"정말이지. 나한텐 아빠도 있고 에이바 고모랑 블레어도 있잖아. 게다가 케이드와 그 가족도 우리 편이야."

난 부모님의 사연을 잘 알고 있다. 두 분은 결혼하지 않은 채 동거하셨다. 내가 세 살 때, 나를 낳아 준 엄마는 우리를 떠나 다른 남자와 살러 갔다. 난 그 엄마가 기억나지도 않고 찾고 싶다고 느낀 적도 없다. 엄마는 미련 없이 친권을 포기했고, 따라서 아빠가 단독 양육권을 갖게 됐다. 엄마의 존재가 그리울 법도 하지만, 사실 그렇지 않았다. 난 엄마가 어떤 사람인지 모른다. 난자를 제공한 사람일 뿐, 그 이상의 의미는 없다. 엄마의 존재가 필요할 때마다 에이바 고모가 그 자리에 있어 줬다. 아빠의 누나가 자신의 딸인 블레어처럼 나를 사랑해 준 건 정말 큰 행운이다. 내 인생에서 가장 힘들었던 시기는 고모와 블레어를 떠나 아빠와 함께 리비에르로 이사 왔을 때이다. 그때 난 내 인생이 끝장날 거라고 생각했다.

그런데 내 인생에서 또 한 번 행운이 찾아와 난 케이드의 부모님과 할머니를 만나게 됐다. 처음에 손님이었던 나는 어느새 그 가족의 일부가 됐다. 난 그 집 식구들 모두를 사랑하지만, 그중에서도 할머니는 내 마음속에서 아주 특별한 위치를 차지하고 계신다. 아빠와 내가 여관에서 묵었을 때, 난 할머니께 같이 빵을 구워도 되냐고 여쭤봤다. 그 일주일 동안, 난 새벽같이 일어나 부엌으로 갔다. 우리는 라디오에서 나오는 옛날 노래를 들으며 함께 웃곤 했다. 난 할머니가 주신 앞치마를 두르고 파보르키 만들 반죽 섞는 걸 도와드렸다. '천사의 날개'라고도 불리는 파보르키는 폴란드식 생과자로, 그 위에 슈가 파우더를 뿌려서 먹는다. 할머니는 내가 반죽에 신선한 공기를 불어 넣어 준다고 하셨다. 나중에 케이드한테 들었는데, 할머니는 본인만의 베이킹 비법을 절대 다른 사람에게 알려 주지 않는다고 하신다. 심지어 케이드도 배운 적이 없다고 했다. 그리고 할머니가 웃으시는 걸 본 건 할아버지가 돌아가시고 육 개월 만에 처음이라고 했다. 아빠와 내가 여관에서 체크아웃할 때, 할머니는 나를 보내 주지 않을 것처럼 포옹해 주셨다.

난 지금 당장 포옹이 필요해 아빠에게 다가간다. 내가 팔을 벌리자 아빠는 일어나서 나를 꼭 안아 준다. 석 달 있으면 열여덟 살이 되지만, 잠시나마 아이처럼 이렇게 아빠에게 안길 수 있어서 너무 기분이 좋다.

난 아빠를 놓아주고 접시를 집어 개수대로 간다. 접시를 닦으며 내가 묻는다. "이제 다음 수는 어떻게 돼야 할까?" 난 수도꼭지를 잠그고 아빠를 바라본다.

"잘 모르겠지만," 아빠가 내 옆으로 온다. "우리 대학에 유대인 랍비가 한 분 계시는데, 몇 년 전에 그분이 협박을 받았다고 했던 게 생각나네. 그것 말고 다른 사건들도 있었는데 자세한 건 생각이 안 나. '평화와 정의를 위한 인류애'라는 단체가 도와줬었어. 어쩌면 그 단체가 너한테 조언을 해 줄 수도 있겠다. 아니면 그 랍비랑 통화해도 되고."

난 충전 선을 뽑고 핸드폰을 집어 든다. 블레어에게서 메시지가 와 있다.

'정말 최악이다! 그 선생 정말 극혐! 전화해. 그런데 나 우리 학교 〈그리스〉 공연에서 샌디 역 맡았어! 빨리 그 얘기 들려주고 싶어. 사랑해.'

난 씩 웃으며 답장한다. '축하해! (웃는 이모티콘) 네가 자랑스러워!'

난 인터넷에서 '평화와 정의를 위한 인류애'라는 단체를 검색한다. 단번에 그 단체의 사이트가 검색된다. 단체의 행동 강령 첫 줄에는 이렇게 적혀 있다. '정의를 추구하고 종교, 인종, 성별, 성적 지향 때문에 공격받는 사람들에게 지원을 제공함.'

"이거야." 여기에서 가장 가까운 지부는 올바니에 있다. "케이드한테 전화해야겠다." 뒤쪽 계단을 다 내려와서야 나는 돌아서서 말한다. "고마워, 아빠." 난 미소를 짓는다. "이것뿐만 아니라, 내 아빠여서 고마워."

22

로건, 케이드,
리사 첸(평화와 정의를 위한 인류애 – 교육 부서 담당자)

월요일 오후 8:49. 삼자 통화:

리사 첸: (집에 있는 사무실 책상에 앉아, 노트북 화면에는 케이드와 로건이 보낸 이메일을 열어 놓고) 연락해 줘서 고마워요. 여러분이 작성한 서류와 그 안에 서술된 상세한 설명에 깊은 감명을 받았어요.

로건: (자기 책상에 노트북을 펼쳐 놓고 앉아 필기할 준비를 하며) 감사합니다. 저희를 도와주실 수 있나요?

리사 첸: 최선을 다해 볼게요. 저 같은 사람이 있는 이유는 이런 일이 생각보다 흔하게 일어나기 때문이에요. 이러한 사건 대부분은 언론에 보도되지 않죠. 우리는 학교와 직접 소통해서 신속하고 조용하게 즉각적인 시정 조치를 해요.

케이드: (청소하고 있는 신혼부부용 스위트룸 문을 닫으며) 이 과제도 그렇게 될 수 있을까요?

리사 첸: 물론이죠. 최근에 한 교사가 학생들에게 《안네의 일기》를 읽으라고 했어요. 학생들이 책을 다 읽자 그 교사는 학생들에게 자신들이 프랑크 일가와 판 펠스 일가, 프리츠 페퍼를 생포한 게슈타포가 됐다고 가정해 보라고 했죠. 그러고는 학생들에게 자신들의 행동을 설명해

보라고 시켰어요. 그 교사는 그렇게 함으로써 학생들이 홀로코스트의 희생자들에게 동정심을 느낄 수 있을 거라고 생각한 거예요. 이건 잘못된 교육이에요. 그 수업을 들을 몇몇 중1 학생들은 유대인 학생 한 명에게 '너와 너희 가족은 죽어 마땅해.'라고 말했어요. 그 학부모는 우리에게 전화했고, 우린 그 교사, 해당 학교 교장 선생님과 대화를 나눴죠. 교장 선생님은 큰 충격을 받았어요. 학생들을 벌하는 대신, 우린 홀로코스트 생존자의 아들을 초청했어요. 그렇게 효과적인 회복의 시간을 갖고, 다 함께 정의에 대해 생각해 볼 수 있었죠. 그 학교 측은 현재 교육 과정을 개편 중이에요.

케이드: (스위트룸 벽난로 앞에 앉으며) 그래서 효과가 있었나요?

리사 첸: 그런 것 같아요. 여러분의 경우, 제가 교장 선생님께 이메일을 보내는 게 좋을 것 같아요. 일단 여러분이 우리 단체의 전적인 지지를 받고 있다는 것을 알리고, 우리가 어떤 관심사를 가졌는지, 이 과제를 어떻게 바꾸는 게 좋을지를 설명할 거예요. 반제 회의와 최종 해결책에 관해 배우는 건 전혀 잘못된 게 아녜요. 다만 학생들에게 나치의 입장에 서 보라고 하는 건 옹호할 여지가 없는 부분이죠. 사람들은 만행을 정당화하기 위해 진실을 왜곡하기도 해요. 변명의 여지가 없는 잘못에 대해서도 변명을 늘어놓곤 하죠. 그들이 머릿속에서 사실을 왜곡한다 해도, 시간이 흘러 이제 사회가 무관심하다 해도, 그들에게 책임이 있다는 사실은 변하지 않아요. 여러분의 선생님이 이 과제에 책임이 있는 것처럼. 그 수업을 들은 학생들은 나치의 행동이 사이비 과학, 선전, 거짓말, 반유대주의에 기초했다는 것을 공부했을 거예요.

로건: 맞아요. 그런데 맥닐 교장 선생님이 과제를 바꾸길 거부하면 어쩌

죠? 그다음엔 어떻게 하는 게 좋을까요?

리사 첸: 그러면 우린 언론에 알릴 거예요. (침묵) 두 분 모두 부모님에 관한 얘기를 하진 않았네요. 부모님들이 이 일에 대해 전적으로 지지해 주시나요? 또는 부모님이 아닌 다른 어른의 지지를 받고 있나요?

로건: 저희 아빠가 권해서 이렇게 연락드리게 된 거예요.

케이드: 저는 아직 부모님께 말씀 안 드렸어요. 그런데 그게 중요할까요?

리사 첸: 어떤 일이 일어나고 있는지 말씀드리길 강력히 권장해요, 케이드. 이런 상황이 앞으로 어떻게 될지는 아무도 모르거든요. 부모님의 지지를 받는 건 매우 중요해요. 원하신다면 제가 부모님과 통화하거나 직접 만나 볼 수 있어요.

케이드: (한숨을 내쉬며) 오늘 저녁에 말해 볼게요.

리사 첸: 좋습니다. 제 연락처는 이메일에 남겨 놓을게요. 교장 선생님에게 답이 오는 즉시 여러분에게 알려 드릴게요. 궁금한 게 있거나 떠오르는 생각이 있으면 밤이든 낮이든 주저하지 말고 연락해요.

23
케이드

삼자 통화가 끝나자마자 나는 엄마, 아빠에게 과제 얘기를 하려고 아래층으로 내려간다. 하지만 막상 계단을 다 내려오니 망설이게 된다.

난간을 붙잡고 아직 지저분한 신혼부부 스위트룸을 돌아본 뒤, 닫혀 있는 내실 현관문으로 시선을 옮긴다. 이십 분 전, 난 부모님이 식탁에 앉아 주말에 발행한 영수증과 이번 달 숙박비 매출을 정산하는 걸 보았다.

결국, 나의 선택은 신혼부부 스위트룸이다.

난 라텍스 장갑을 끼고 네 모서리에 기둥이 있는 킹사이즈 침대를 세게 밀어서 벽에 붙이고는, 시트와 이불을 벗겨 세탁 가방에 쑤셔 넣는다. 곧이어 빈 샴페인 병 두 개를 집어 재활용 쓰레기통에 넣고는, 토요일 밤에 할머니가 손수 만드신 초콜릿 퍼지 한 봉지와 함께 내가 직접 방으로 배달한 긴 와인잔 두 개를 찾는다. 무릎을 꿇고 침대보를 들춰 보니 유리잔은 없고 대신 속옷 하나가 눈에 들어온다. 도대체 왜 이십 달러짜리 지폐가 나오는 일은 없는 걸까? 난 그걸 집은 뒤 장갑을 벗어서 다 같이 쓰레기통에 버린다.

이런 방을 청소하다 보면 침대에서 무슨 일이 일어났을지 상상하지 않으려야 안 할 수가 없다. 그런 순간에는 로건을 생각하게 된다. 하지만 지금은 상상의 나래를 펼치는 대신, 박물관에서 우리의 눈이 마주친 그 순간을 떠올린다. 우리 둘 다 아무 일도 없었다는 듯 기가 막히게 연기하고 있다. 하지만 실제 내 마음은? 난 그 애한테 키스하고 싶었고, 그 애도 나와 키스하고 싶어 했을 거라고 거의 확신한다. 설마 내가 착각하는 건 아니겠지?

상관없다. 로건과 친구 이상의 관계는 있을 수 없으니까. 차라리 그 애를 좋아하지 않게 만드는 마법의 주문 같은 게 있으면 좋겠다.

화장실에 들어가 창문을 연다. 욕조에 낀 물때를 닦으며, 부모님께 과제에 대해 할 말을 연습해 본다. 다음 손님을 맞이할 수 있도록 화장실이 깨끗해졌지만, 난 아직 부모님께 말을 꺼낼 마음의 준비가 안 됐다. 하지만 더 미뤄서는 안 될 것 같다.

부엌 식탁에는 고지서, 수표책, 영수증도 보이지 않고 부모님도 안 계신다. 할머니는 문을 닫고 방 안에 계신다. 소리로 미루어 요리 프로그램을 보고 계시는 것 같다. 아마도 안락의자에 두 다리를 쭉 뻗고 쉬고 계시겠지. 사무실을 확인해 보고 부모님 방문에 노크해 본다. 내실엔 없는 것 같다.

로비는 비어 있다. 객실로 이어지는 일 층 복도에 가니 공기가 차갑다. "엄마? 아빠?" 불러 보지만 대답은 없다. 난 복도 끝까지 걸어가며 객실들을 확인한다. 마지막 방 앞에 서자 지하실로 이어지는 계단 근처의 환풍구에서 목소리가 작게 들려온다. 문을 열자 소리가 조금 더 크게 들린다.

"고칠 수 있겠어?" 엄마가 묻는다.

"일단 해 보는 거지." 아빠가 말한다. "점화용 불씨가 꺼졌어. 그런데 문제는 그게 아니야."

아빠가 보일러실에서 무릎을 꿇고 보일러에 난 작은 덮개 안쪽을 들여다본다. 엄마는 그 옆에 쪼그리고 앉아서 그 안에 있는 코일을 향해 손전등을 비추고 있다.

"뭐가 잘못됐어요?" 내가 묻자 엄마가 화들짝 놀란다. 손전등 불빛이 내 눈을 향한다.

아빠가 뒤로 물러서더니 자리에서 일어난다. "일 층 보일러가 안 돼." 아빠가 지친 목소리로 말한다. "점화용 불씨나 퓨즈 문제가 아니야."

"그럼 왜 안 되는데?" 엄마가 묻는다.

아빠가 할아버지의 공구함을 닫는다. "펌프나 회로판 문제야. 둘 다 싸게 고칠 수 있는 게 아니야."

"확실해?"

"내가 전문가는 아니잖아, 미카일라. 확실하지 않아. 나도 잘 모르겠다고." 아빠가 짜증을 낸다. 아빠의 시선은 닫혀 있는 할아버지의 작업실 문으로 향한다. 내가 하는 생각을 아빠도 하고 있을까? 할아버지가 살아 계셨다면 보일러를 어떻게 고쳐야 하는지 아셨을 거다. 우리 부모님은 고3 때 사귀기 시작했는데, 할아버지는 그때부터 아빠한테 집수리하는 방법을 가르치셨다. 엄마는 그런 일에 통 관심이 없다. 위탁 가정에서 자란 아빠는 자신을 낳아 준 부모에 대해서는 아무것도 모른다. 아빠는 힘든 성장기를 보냈는데, 나의 외할머니, 외할아버지는 그런 아빠를 친아들처럼 사랑하셨다. 아빠는 두 분이 자기 롤모델이라고 늘 말했다.

"지크한테 와서 보라고 할게." 더러워진 손을 청바지에 닦으며 아빠가 말한다.

"지금 그럴 돈이 없잖아." 엄마가 말한다.

아빠가 엄마의 양 볼을 감싸 쥐며 말한다. "걱정하지 마. 내가 그 집에 답례로 해 줄 수 있는 일이 있는지 물어볼게. 어찌 됐든 간에 해결할 수 있을 거야."

난 대화에 끼고 싶지 않아 서둘러 뒷문으로 올라가 벽에 걸려 있던 외투를 집어 든다. 밖에 나오는 순간 혹독한 추위에 온몸이 얼 것 같다. 난 장작이 쌓여 있는 헛간으로 달려간다. 할아버지는 늘 준비되어 있어야 한다고 말씀하셨다. 장작을 묶어 놓은 나일론 끈이 손바닥을 파고든다. 실내로 향하는 발걸음이 빨라진다. 집 안에 들어가 벽난로에 장작을 넣고 보니 손바닥에 시뻘건 줄이 가 있다. 통증을 참으며 손가락을 풀려니 오래된 기억이 떠오른다. 할아버지는 굳은살이 잔뜩 박인 당신의 손을 들고 경이로운 물체를 보듯 관찰하는 습관이 있었다. *아직 붙어 있다는 게 기적 같구나.* 할머니가 직접 만드신 크림을 손바닥에 문질러 주실 때 할아버지가 말씀하시던 게 생각난다. 그때 풍겼던 생강과 후추의 톡 쏘는 냄새가 공기를 가득 채우는 것만 같다.

응접실에 장작을 다 채워 넣자 부모님이 내려오며 대화하는 소리가 들린다. 신용 카드와 대출을 한 번 더 받는 것에 관한 얘기다. 두 분은 내가 있는 걸 보지 못한 채 모퉁이를 돌아간다. 접수 데스크 옆에 걸린 풍경화 액자가 삐뚤어진 걸 보고 아빠가 바로 잡는다. 두 분은 내실에 들어가 문을 닫는다.

어서 과제 이야기를 꺼내야 한다. 하지만 내일 학교 가기 전에 하면 된다. 아니면 학교에 갔다 와서 하거나. *갔다 와서 하는 게 낫겠다.* 새벽엔 할머니가 빵을 굽고 계실 거고, 아빠는 일하러 일찍 나갈 테니까. 엄마는 바느질을 하거나, 우리 여관에서 한 달에 한 번 열리는 리비에르 여성 단체 모임을 준비하겠지. 난 그 모임이 열릴 방 벽난로에 장작을 쌓고, 독서대를 꺼내 세워 놓은 뒤, 식탁 배열을 바꾼다.

할 일을 다 마친 나는 내 방으로 올라와 문을 닫고 아빠의 오래된 휴대용 카세트 플레이어에 헤드폰을 연결해 퀸의 음악을 듣는다. 퀸은 아빠가 제일 좋아하는 밴드다. 미적분 숙제를 해 보려 하지만 통 집중이 안 된다. *그런데 과제 얘기를 왜 해야 하지?* 로건과 내가 잘못한 것도 아니잖아. 우리 둘이서도 잘 감당하고 있다. 부모님 도움은 없어도 된다. 얘기해도 네가 알아서 하라고 하겠지. 이제 평화와 정의를 위한 인류애 단체가 개입했으니 맥닐 교장 선생님은 분명 과제를 취소시킬 거다.

정말 그랬으면 좋겠다. 왜냐하면 내가 부모님한테 얘기할 수 없는 이유는 따로 있기 때문이다. 난 쓸데없이 눈에 띄는 행동하지 말라는 말과 손님이 원하는 게 있으면 바로바로 해결해 주라는 얘기를 평생 듣고 자랐다. 우리에게 *평판*보다 중요한 건 없다. 과제에 반대하는 걸 부모님은 쓸데없이 눈에 띄는 행동이라고 생각할까? 그럴 확률이 조금 더 높을 것 같긴 하다. 로건과 나는 이제 대안 과제를 하면 된다. 그런데 리사 첸의 계획이 실패한다면, 부모님은 과제가 취소될 때까지 내가 계속해서 투쟁하길 원할까? 잘 모르겠다.

내가 모든 걸 얘기했는데 두 분이 그만하라고 하면 난 어떻게 해야 하지? 난 우리의 주장이 옳고 바틀리 선생님이 틀렸다고 확신한다. 그러니 로건 편에 서서 선생님과 맞서지 않는다는 것은 상상이 안 된다. 안타깝게도 두 가지 선택지밖에는 떠오르지 않는다. 관두거나 부모님한테 반항하거나. 둘 다 마음에 안 든다.

24

조건

세계 정치사 수업에 들어가는 순간부터 바틀리 선생님은 우리를 없는 사람 취급한다. 선생님은 우리를 빤히 앞에 두고도 못 본 체하며, 뒤에 있는 아이들에게 고개를 끄덕이거나 미소를 보이거나 인사말을 건넨다. 수업 중에 이탈리아, 나치 독일, 일본의 동맹에 대해 논의하는 내내 단 한 번도 눈을 마주치지 않는다. 2차 대전 중 사용된 정치 선전 포스터와 관련된 선생님 질문에 답하려고 손을 들어도, 내 이름은 절대 불러 주지 않는다. 나만 유일하게 손을 들고 있을 때도 바틀리 선생님은 애초에 학생들에게 한 질문이 아닌 것처럼 본인의 질문에 스스로 대답한다. 하지만 바보가 아닌 이상 알 수 있다. 나뿐만 아니라 교실에 있는 아이들이 다 안다. 애들은 나를 불쌍하게 쳐다본다.

바틀리 선생님이 왜 우리를 무시하는지 그 이유를 99퍼센트 확신할 수 있다. 교장 선생님이 평화와 정의를 위한 인류애 단체의 리사 첸에게 이메일을 받고 바틀리 선생님에게 보여 준 게 분명하다. 선생님이 동요할 걸 난 예상했었나? 그렇다. 그럼 저렇게 재수 없게 행동하리라는 것도 예상했었나? 아니다.

우린 잘못한 게 없다. 난 그것만 기억하면 된다. 하지만 너무 힘들다. 난 선생님이 우리를 싫어하지 않았으면 좋겠다.

난 이대로 사라지고 싶다고 생각하며 자리에 축 늘어진다. 선생님이 세 번째로 질문한다. 난 답을 다 알고 있지만, 무릎에 손을 내려놓은 채 교실에서 나가고 싶다는 생각만 계속 되뇐다. 이마를 만져 본다. 혹시 열이 있는 건 아닐까?

케이드의 시선이 느껴져 그쪽을 바라본다. 케이드는 단단히 쥔 주먹을 내게 보이며 힘내란 말을 대신한다.

전자 칠판에 새로운 이미지가 나온다. 나치 포스터 사진인데, 군중이 히틀러에게 경례하며 미소를 짓고 있다. '예, 지도자님! 당신을 따르겠습니다!'

바틀리 선생님이 이 사진을 설명해 보라고 하자 놀랍게도 케이드가 손을 든다. 올해 들어서 두 번째 손을 드는 거다. 처음 손을 든 건 며칠 전, 이 과제가 우리의 도덕성을 테스트하는 게 아닐까, 하고 내가 했던 말을 케이드가 대신해서 물었을 때였다. 지금은 무슨 말을 하려는 거지? 그런데 바틀리 선생님은 우리와 반대 방향을 보고 있어서 별 어려움 없이 케이드를 못 본 척한다. 이건 정말 말도 안 된다.

선생님이 헤더 제이미슨을 호명한다.

"이 사진은 히틀러에 대한 절대적 믿음을 선전합니다." 헤더가 말한다.

"왜 그렇게 생각하지?" 바틀리 선생님이 묻는다.

"히틀러가 서 있는 걸 보고요." 헤더가 답한다. "군중보다 훨씬 높은 곳에 있는 단상에 서서, 한쪽 주먹은 뒷짐을 지고, 한쪽 주먹은 옆구리에 대고 있어요. 머리는 높이 들고 사람들에게 등을 돌린 채 권위와 힘을 보이고 있고요. 아래에서 미소 지으며 경례하는 사람들과 비교하면 거대해 보여요." 헤더가 덧붙인다. "대중을 상대로 한 심리전이죠."

바틀리 선생님이 고개를 끄덕이더니 헤더에게 심리전을 좀 더 자세히 설명해 보라고 말한다. 헤더가 말을 하려는 순간, 난 팔꿈치로 공책을 밀어서 일부러 바닥에 떨어트린다. 반 아이들 대부분이 나를 쳐다보지만 바틀리 선생님은 내 쪽을 쳐다보지 않는다.

맞네. 나를 투명 인간 취급하는 거네.

선생님이 화면을 넘기자, 이번엔 미군 공식 포스터가 나온다.

"이건 우리 정부가 제작하고 배포한 포스터야. 잘 살펴보고 무슨 메시지를 전달하려 하는지 생각해 봐."

포스터에는 일본 군인들이 미군 병사들을 묶어 놓고 때리는 장면이 흑백으로 그려져 있다. 일본 병사는 개머리판으로 무릎 꿇은 미군 포로의 얼굴을 때리려 하고 있다. 포스터 상단에는 이렇게 적혀 있다. '당신은 어떻게 할 겁니까?' 그중에 '당신'만 빨간색으로 강조돼 있다. 우리 과제물에 빨간색으로 '일급 기밀'이라고 적혀 있던 게 연상된다.

바틀리 선생님이 묻는다. "이걸 보면 어떤 인상을 받지? 2차 대전 당시 미국인들은 이걸 보고 어떤 영향을 받았을까?"

내가 손을 든다. 선생님의 시선은 나를 관통해 내 뒤를 향한다. 반 아이들 중 절반 정도가 손을 들고 있다. 낙담한 채 손을 내리려는 순간 선생님의 목소리가 들린다. "로건이 대답해볼래?"

선생님이 나를 지목해서 난 화들짝 놀란다. 갑자기 머릿속이 뒤죽박죽이다. 얼굴이 화끈 달아오른다. "아, 그…러니까…"

바틀리 선생님은 질문을 반복해서 말한 뒤, 고맙게도 내가 대답하길 기다려 준다. 나는 그 포스터가 일본계 미국인들에 대한 혐오감을 조장하고, 여론을 무고한 사람들에게로 향하게 하는 선전이라고 대답한다. "적군이 전멸할 때까지 계속해서 생업에만 종사하라고 말하고 있지만, '당신은 어떻게 할 겁니까?'라는 문구를 본 대중은 자신이 직접 행동을 취해도 된다는 노골적인 허가로 받아들일 수 있습니다. 이건 극도로 위험한 표현이며…"

종이 울린다.

몇몇 학생들이 문밖으로 뛰어나갈 기세로 자리에서 일어나자 바틀리 선생님이 손을 들어 저지한다. "로건의 평이 정확해. 오늘날의 기준으로는 이 문구를 보고 *불쾌해할* 사람이 많을 수 있겠지만, 2차 대전 당시에는 이게 일반적인 수준이었어. 마찬가지로 반유대주의도 만연했고. 많은 이들에겐 사회적으로 용인될 수준이었지." 선생님은 잠시 나와 눈을 마주친다. "수업 끝. 이 대화는 내일 다시 이어서 하자."

바틀리 선생님의 말에 머리가 핑핑 돈다. 정치 선전과 행동을 분석할 때 시대를 고려해야 한다는 점은 이해한다. 하지만 내가 보기에 선생님은 또한 차례 과제를 정당화하려 했고, 이번에도 성공하지 못했다.

사물함 앞에 다다르자 케이드가 말한다. "수업이 끝나서 다행이다."

"궁금한 게 있어. 별 건 아니고. 바틀리 선생님이 우리를 투명 인간 취급하는 것 같던데, 아니면 나의 인지력 문제가 있는 건가?"

"확실히 우릴 없는 사람 취급했어."

"다행이네."

"다행이라니?"

"내 머리가 이상해진 것보단 낫잖아."

헤더가 지나간다. 옆에는 제시가 있다. 제시가 헤더에게 어깨동무를 하며 말한다. "학교에서 아리아인 모임을 만들 건데, 네가 가입하면 정말 좋을 것 같다."

헤더가 팔을 뿌리치자 제시가 휘청거린다. "꺼져. 한 번만 더 나한테 손 대 봐. 맥닐 교장 선생님한테 말할 테니까." 헤더는 말을 마치고는 성큼성 큼 걸어간다.

제시의 웃음소리에 헤더가 멈춰 선다. "장난 좀 친 거야. 농담이었다고. 쌀쌀맞게 왜 그래?"

헤더가 돌아선다. 푸른 눈에 독기가 어려 있다. "전엔 네가 좋았어. 그런 데 지금은?" 그렇게 말하고는 구토하는 소리를 낸다. 난 헤더에게 다가가 려 하지만 갑자기 학생들이 우리 사이에 몰려오는 바람에 멀어진다.

제시는 한동안 헤더의 뒷모습을 바라본다. 얼굴에는 감정이 그대로 드러 나 있다. 혼란, 후회, 슬픔. 제시의 얼굴에서 저런 표정을 보게 될 줄은 몰 랐다. 레지와 스펜서 등 몇몇 하키 팀원들이 부르는 소리에, 그 표정은 사 라진다.

난 케이드에게 말한다. "아이스크림 먹고 싶다."

"영하 칠 도 날씨에 아이스크림이 먹고 싶다고?"

"핫 퍼지 선데이. 반드시 녹인 초콜릿 토핑이 있어야 해. 녹인 캐러멜이 랑. 오늘을 기념해야지. 제대로 놀아 보자."

"그런데 정확히 뭘 기념하는 거지?"

"네가 수업 시간에 손을 들었잖아. *네가* 손을 들었다고!"

케이드가 미소를 짓는다. 보조개가 그 어느 때보다 선명하다. "우리의 주 장을 증명하려면 그 정도는 희생해야지."

미쳤다. 난 이 아이를 너무 사랑한다. 케이드가 내 마음을 알아주면 얼마 나 좋을까.

25
케이드

"선택은 두 분이 직접 하세요. 하지만 교장 선생님이 과제를 취소하지 않겠다고 하시니, 저로서는 언론에 알리는 것 외엔 방법이 없어 보이네요." 리사 첸의 목소리가 내 전화기 스피커로 흘러나온다. "이 이야기는 그냥 묻힐 수도 있고, 전국적 관심을 끌 수도 있고, 전 세계의 관심을 끌 수도 있어요. 어떻게 될지는 아무도 몰라요."

긴장한 나머지 난 주위를 둘러본다. 학교 주차장에서 이런 통화를 하고 있다는 걸 누가 들으면 안 될 것 같다. 난 로건에게 자동차 문을 열라고 손짓한다. 차에 타자마자 로건이 리사에게 묻는다. "저희는 어떻게 하면 되나요?"

"《레이크 타운스 저널》에 제가 아는 사람이 여러분과의 인터뷰를 요청했어요. 익명으로 제보해도 되지만, 학교에서 있었던 일로 미루어 그곳 사람들은 두 분이 정보를 제공했다는 걸 쉽게 짐작하겠죠."

"저희끼리 잠깐 의논해 볼게요." 내가 말한다.

"네, 천천히 하세요. 기다릴 수 있으니까."

난 전화기 스피커를 손으로 막는다. 가끔은 그러고 싶지 않더라도 무대에 서서 조명을 받아야 할 때가 있다고 할아버지는 말씀하셨다. "리사가 이 방법밖에 없다고 하니까, 우린 이걸 해야만 해. 그리고 익명으로 제보하는 건 별로인 것 같아. 특히 학교에서 있을 일들을 생각하면. 우린 적극적으로 나가야 해. 넌 어떻게 생각해?"

"찬성이야."

난 전화기를 가리던 손을 떼고 말한다. "보도를 전제로 인터뷰를 할게요."

"좋아요. 옳은 선택이에요. 저도 여러분에게 힘을 실어 주는 진술을 할게요. 제가 기자와 통화하고 바로 두 분에게 연락할게요. 잠시만 기다려 줄래요?"

십 분 후, 내 전화기가 울린다. 그런데 리사가 아니다. "케이드 씨 전화인가요?"

"네, 그런데요?"

"저는 《레이크 타운스 저널》의 교육부 기자인 베서니 베샛이라고 해요. 리사에게 번호를 전달받았어요. 로건도 옆에 있나요?"

"네, 옆에서 스피커폰으로 듣고 있어요."

"안녕하세요, 로건. 두 분 모두 어서 만나 보고 싶네요. 혹시 오늘 리비에르 공립 도서관에서 만날 수 있나요? 지금 마침 근처에 있거든요. 제가 학습실을 하나 예약해 놓을게요. 네 시에 괜찮으세요?"

지금으로부터 삼십 분 후다. 로건이 고개를 끄덕인다. "좋아요." 내가 말한다.

내가 전화를 끊자 로건이 말한다. "네가 운전해. 난 베서니 베샛이 어떤 사람인지 검색해 볼게."

* * *

도서관에 가는 길. 로건은 베서니 베샛이 쓴 기사 몇 개를 소리 내어 읽는다. 그런데 난 통 집중하지 못하고 절반 정도만 듣고 있다. 할아버지가 내 품 안에서 돌아가시던 순간이 자꾸만 떠오른다.

오 년이 조금 지난 어느 일요일이었다. 할머니, 엄마, 아빠는 성당에 가셨다. 할아버지와 나는 손님들에게 커피와 차를 대접하고, 모임을 하는 방에 브런치 뷔페 음식을 채워 넣고 있었다. 할아버지는 식탁 사이를 옮겨 다니시며 농담을 건네고 배우 흉내를 내며 사람들을 즐겁게 해 주고 계셨다. 그런데 갑자기 할아버지의 목소리가 들리지 않았다. 할아버지는 휘청거리며 바닥에 쓰러지셨다. 할아버지에게 달려가 그 옆에 무릎을 꿇었던 게 생각난다. 할아버지는 가슴을 부여잡고 계셨다. 누군가가 911에 신고했다. 할아버지는 쌕쌕거리며 숨을 쉬셨다. 무언가 말씀을 하려고 하셨다. 할아버지의 볼에 눈물이 흘러내렸다. *잠깐만! 잠깐만요!* 난 할아버지를 꼭 붙잡고 애원했다. 할아버지의 눈은 먼 곳을 응시하고 있었다. 인적이 끊긴 여관처럼, 동공은 텅 비어 버렸다. 구급대원들이 도착했을 때 할아버지는 이미 세상을 떠나셨다. 사인은 심장 마비였다.

빨간불에 멈춰 서서, 난 구름이 가득한 하늘을 바라본다. 할아버지는 내가 이 인터뷰를 하기를 원하실까?

할아버지가 들려주셨던 이야기가 머릿속에 맴돈다. 나치군이 마을에서 유대인들을 잡아간 지 몇 달이 지난 후에도, 할아버지는 그들이 어떻게 됐을지, 특히 친구인 얀켈이 어떻게 됐을지 매일 걱정하며 지냈다. 그러던 어느 날 아침, 할아버지는 가축들 먹이를 챙겨 주러 외양간에 갔다가 얀켈을 만났다. 뼈와 가죽밖에 남지 않은 데다 더러운 몰골을 한 얀켈은 할아버지에게 유대인 거주 지역의 삶이 어떤지를 들려줬다. 두 명이 간신히 들어갈 수 있는 작은 집에 열다섯 명이 들어가 살았고, 먹을 게 없어서 빵 부스러기라도 먹을 수 있으면 다행이라고. 발진 티푸스가 퍼져 얀켈의 부모님과

138

이웃들이 죽었다고. 시체가 무더기로 쌓였는데, 장소가 너무 좁아서 대부분은 제대로 묻지도 못했다고 말했다. 얀켈은 다른 두 소년과 함께 시체 무더기를 가림막 삼아 땅을 파서 울타리 밑으로 기어 나왔다. 칠흑같이 어두운 밤, 세 소년은 그곳에서 탈출했다.

할아버지는 며칠 동안 얀켈을 외양간에 숨겨 주고 몰래 음식을 가져다 줬다. 나흘째 밤, 할아버지의 어머니, 즉 나의 증조할머니가 얀켈을 발견하셨다. 할아버지는 친구를 도와달라고 애원했고, 두 사람은 결국 묘안을 생각해 냈다. 얀켈의 갈색 머리를 금발로 탈색한 뒤, 성경책을 쥐여 주고 십자가 목걸이를 걸어 준 것이다. 두 사람은 얀켈에게 가톨릭 기도문과 찬송가를 외우게 했다. 그리고 빵과 사과 한 개를 주고, 할아버지에겐 작아서 못 입는 외투를 입혀 줬다.

그날 밤, 작별 인사를 하는 얀켈에게 할아버지는 선물 하나를 더 줬다. 바로 자신의 신분증명서였다. *이제부터 네 이름은 바르클라프야.*

처음에 얀켈은 거절했다. 하지만 할아버지는 뜻을 굽히지 않고 얀켈을 쫓아내다시피 보냈다. *우리 둘이 여기에 같이 있으면 안 돼. 멀리 가. 다시는 돌아오지 마.* 얀켈은 만약 발각될 경우, 자신이 신분증명서를 훔쳤다고 말하겠노라 약속했고, 할아버지와 가족을 절대 배신하지 않겠다고 약속했다. 얀켈은 그 약속을 지켰다. 할아버지는 그 이후로 두 번 다시 얀켈을 보지 못했다.

26

조건

케이드가 리비에르 공립 도서관 주차장에 내 차를 세운다. 아직 이십 분이 남았다. 난 안전띠를 풀고 케이드와 이야기를 하려고 옆으로 몸을 튼다. "내 말 하나도 안 듣고 있었지?" 따지는 게 아니라 사실을 확인하는 거다.

"반은 듣고 있었어. 미안해. 중요한 부분만 다시 말해 줄래?"

난 핸드폰 잠금을 풀고 베서니 베샛의 페이스북 프로필을 연다. 대부분 비공개지만 몇몇 사진과 자신이 쓴 기사는 공개로 돼 있다. "신문방송학을 전공했고, 지난 오월에 《레이크 타운스 저널》에 인턴으로 들어갔어. 대부분 교육 관련 기사를 쓰는데, 글을 잘 써. 훑어보니까 사실을 바탕으로 쓰는 것 같아."

"응." 케이드가 말한다.

난 케이드의 얼굴을 뜯어본다. "긴장했어?"

"조금. 할아버지, 할머니 생각을 하고 있었어. 2차 대전 중에 두 분 가족에게 어떤 일이 일어났는지 알았으면 좋았을 텐데."

"너희 엄마한테 물어봤어?"

"예전에. 할머니, 할아버지가 얘기하길 싫어하셔서 더는 안 물어봤다 그랬어. 엄마보다 내가 더 많이 알아." 케이드가 손바닥으로 허벅지를 문지르며 말한다.

"케이드. 네가 인터뷰하고 싶은 이유 중에, 그것도 포함돼?"

"이걸 한다고 할아버지, 할머니의 대답을 들을 수 있는 건 아니니까, 아니라고 봐야지." 그러고는 내 눈을 들여다본다. "내가 이걸 하고 싶은 이유는, 이게 옳은 일이기 때문이야."

27
케이드

"케이드!"

엄마가 이번엔 뭘 시키시려고 그러지? 달빛이 비치는 호수 백사장을 바라보던 내 시선은 석회암 절벽과 여관으로 통하는 계단을 향한다. 파도가 얼음에 부딪혀 청바지와 재킷에 찬물이 튀긴다. 베서니 베샛과의 인터뷰를 부모님께 어떻게 설명해야 할지 고민하느라 잠시 이곳에 앉아 있었다. 하지만 이곳에서도 나만의 시간을 가질 수는 없다.

핸드폰을 꺼내 시간을 확인한다. 열두 시간 후면 《레이크 타운스 저널》 웹사이트에 기사가 올라온다.

로건이 했던 말이 떠오른다. "정말 멋졌어. *우린 정말 멋졌어!*" 인터뷰를 마치고 나오자마자 로건은 계단을 뛰어 올라가 한바탕 춤을 추고 주먹을 치켜들었다. 난 도서관 앞 인도에 서서 그 모습을 올려다봤다. 그때 난 미소를 지으며 두려운 마음을 감췄다. 차에서 내리는 나를 로건이 안아 줬을 때도 그 두려움은 사라지지 않았다.

"케이드!"

"지금 갈게요." 내가 외친다.

"지금 당장 들어와!"

난 호수를 한 번 더 바라본 뒤, 돌아서서 일 미터 앞을 손전등으로 비추며 피로연을 대비해 아까 치워 놓은 길을 달리기 시작한다. 머릿속으로 내가 한 일들을 하나하나 떠올리며, 뭐가 잘못됐는지를 생각해 본다. 하지만 무슨 실수를 했는지 도무지 감이 오지 않는다. 엄마는 내가 들어올 수 있게 문을 활짝 연다.

"왜 그렇게 소란스러워?" 엄마를 따라 부엌에 들어가려는데 할머니가 물으신다.

"아무것도 아녜요, 엄마." 엄마가 말한다.

"그렇게 고함을 쳐 놓고 아무것도 아니긴. 죽은 사람도 깨어나겠다."

"아무 문제 없어요. 그냥 컴퓨터 때문에 뭐 좀 물어보려고 그런 거예요."

컴퓨터 이야기에 할머니는 미간을 찌푸리고는, 작은 소리로 불만을 표하며 방으로 돌아가신다. 난 별일 아니라는 듯 할머니를 향해 미소를 보인다. 엄마가 마지막으로 이렇게까지 소란을 피운 건 우리 여관이 여행 사이트인 트립어드바이저에서 부정적인 평가를 받았을 때였다. 어떤 여자가 스위트룸 화장실 바닥에 머리카락 한 올이 떨어져 있다고 후기를 올렸었다. 그날 오후 열 시 사십오 분, 청소 도구와 무료 비품 바구니를 들고 스위트룸에 들어간 건 나였다. 난 잠옷 차림으로 팔짱을 끼고 있는 그 여자 앞에 무릎을 꿇고 화장실 바닥을 문질렀다. 바닥에 있던 검은 머리카락 한 올은 그 여자 머리에서 빠진 거였다. 하지만 난 문제 삼지 않았다.

엄마는 내실 문을 닫고 접수 데스크에 앉아서 마우스를 움직인다. 모니터가 밝아지자 엄마가 작은 소리로 묻는다. "이것 좀 설명해 볼래, 케이드?"

난 그게 내가 아니라는 듯, 뭔가 잘못된 게 아니냐는 듯 고개를 젓는다. 그래, 뭔가 잘못된 게 분명하다. 기사가 왜 벌써 올라온 거지? 난 분명 그전에 부모님께 말씀드리려고 했다고!

레이크 타운스 저널
홀로코스트 토론 과제에 반대하는 리비에르 고등학교 학생들
올라온 시각 오후 7:45

기사가 화면을 가득 채운다. 도서관에 나란히 앉아 카메라를 바라보는 로건과 나의 사진이 있다. 내가 입고 있는 티셔츠에는 우리 여관 로고가 선명하게 보인다.

엄마의 목소리에서 화를 참고 있는 게 느껴진다. "스토크 부인에게 전화 왔었어. 이 기사 얘기를 듣고 내가 얼마나 놀랐는지 아니?"

벌써 공유 82회에 41개의 댓글이 달려 있다.

숨이 턱 막힌다.

엄마가 어금니를 꽉 깨물고 말한다. "스토크 부인은 자기가 조, 메리 바틀리 부부와 이웃이고 친한 친구라고 했어. 훌륭한 선생님의 명성에 먹칠한 사람과는 같이 일하지 않겠다고 하더라."

엄마가 기사 마지막 줄을 가리킨다.

"*케이드와 로건은 바틀리 선생님의 실직을 원치 않는다. 두 학생은 교사와 학교 당국이 사과하고, 이 과제가 부적절하고 공격적임을 알아야 한다고 말했다.*"

"스토크 부인은 *너희가* 바틀리 선생님에게 사과해야 한다고 말했어. 그러면서 우리 여관에서 하기로 한 딸의 결혼 축하 파티를 취소하겠대. 하객들이 우리 여관에 묵지 않을 거라는 거야. 네가 어떻게 우리한테 이럴 수 있니, 케이드?" 엄마가 가슴에 손을 댄 채 말한다. 엄마의 입술이 파르르 떨린다.

"저는…"

"이 과제에 대해서 왜 우리한테 얘기 안 했어? 바틀리 선생님, 교장 선생님이랑 불화가 있었다고 왜 얘기 안 했냐고? 어떻게 우리한테 말하기도 전에 평화와 정의를 위한 인류애 단체, 또 기자에게 연락할 생각을 했어?"

엄마가 닫힌 내실 문을 바라본다. "여기에서 얘기하고 싶지 않아. 네 할머니가 들으면 안 되니까." 엄마의 화난 목소리가 성문에 충돌하는 공성퇴처럼 내 마음을 때린다. 프린터는 기사와 댓글 중 첫 세 페이지를 토해 낸다. 엄마가 컴퓨터를 끄고 위층으로 올라가자 난 뒤따라 간다.

28

홀로코스트 토론 과제에 반대하는 리비에르 고등학교 학생들

댓글: 41개

은퇴한 사회 선생님

이런 과제를 내주는 교사가 있다니 충격적이네요. 이 학생들은 영웅들이에요! 용기를 내 증오에 맞서 싸워 줘서 고맙습니다.

좋아요 6   댓글 달기

NZS만세

케이드, 로건을 위한 용광로 준비해 놓음. 불은 내가 붙여 줄게!

좋아요 0   댓글 달기

트리플K4Evr

@NZS만세

그냥 불임 시술이 나을 듯

좋아요 0   댓글 달기

리비에르 주민

@NZS만세 @트리플K4Evr

정말 궁금해서 묻는데요, 살면서 무슨 일이 있었길래 그렇게 분노가 가득한가요?

불독

그 선생이랑 교장 당장 해고해라!

리비에르고3

케이드와 로건은 이 일을 언론에 알리지 말았어야 했음. 바틀리 선생님은 최고의 선생님이고 학생들한테 인기 많아요. 자기네 마음대로 안 됐다고 이렇게 명예 훼손하면 안 되죠. 선생님 마음이 어떨지는 생각해 봤니? 얼마나 상처받으실지 생각해 봤냐고? 나치인 척 연기하고 유대인을 몰살하는 이유를 설명한다고 해서 정말로 그게 괜찮고 아무나 막 죽여도 된다고 믿게 되는 건 아니지 않나? 하느님이 "살인하지 말라."고 하셨잖아. 난 나치가 아니라 하느님 말씀 들어.

불독

@리비에르고3

나치 시절 독일에 살았으면 님은 어떻게 했을 거 같나요?

유대인극혐

유대인들은 사회의 모든 부분을 지배하고 우리 같은 나머지 사람들은 직업을 못 구해서 고통받는다.

역사덕후

@유대인극혐

유대인은 세계 인구의 0.2%밖에 안 돼요. 유대인들은 수천 년 동안 박해받았어요. 집단 학살, 십자군 원정, 스페인 종교 재판을 찾아봐요. 당신이 고통받는 건 게을러서겠죠. 방에만 있지 말고 나가서 일자리를 구하세요.

좋아요 1   댓글 달기

착하게살자

이 시대의 문제점은 힘을 갖기 위해 다른 사람들을 탓하고 괴롭힌다는 점이다. 그들은 늘 희생양을 찾는다. 유대인을 탓하기 쉬운 이유는 그것이 수천 년 동안 해 온 일이기 때문이다. 히틀러는 가짜 과학을 내세워 유대인이 열등한 민족이라고 선언하고 그들을 정치적 희생양으로 삼았다. 그건 말도 안 되는 짓이다. 히틀러는 자신의 카리스마와 거짓말을 내세워 독일 사회를 세뇌했다. "저들을 없애면 삶이 풍요로울 것이다." 개인적으로 인간이 서로에게 잔인하게 대하는 게 너무나도 싫다. 인종 차별, 동성애 혐오, 여성 혐오, 이슬람 혐오, 반유대주의 모두 지긋지긋하다.

좋아요 1   댓글 달기

아인슈타인팬

'유대인이 사회에 기여한 점'을 검색해 보세요. 유대인들이 이 세상을 얼마나 나은 곳으로 만들었는지 알게 되면 분명 깜짝 놀랄 거예요. 유대인이 그렇게 싫으면 거기에 모순되는 위선적인 삶을 살지 마세요. 컴퓨터, 핸드폰에 사용되는 기술 중 많은 부분을 유대인이 만들었으니까 당장 핸드폰부터 쓰지 마세요.

좋아요 4   댓글 달기

트리플K4Evr

@역사덕후 @아인슈타인팬

닉들한테 쏴 줄 총알도 있으니까 이 학생들이랑 손잡고 기다려라.

좋아요 0   댓글 달기

LegalEagle

@트리플K4Ev

사이트 관리자한테 신고함. 잘 가.

좋아요 10   댓글 달기

29

조건

내 트위터에 이런 글이 올라왔다:

유대인극혐 @jussuk
@loganmarchNY 조심해. 히틀러는 너를 놓쳤지만 난 아냐. 총알
도 있어. 너한테 한 발 케이드한테 한 발.

이게 다가 아니다:

총으로 머리를 쏴서 자살하라는 트윗.

유전자풀이 오염되니 둘이 절대 아이를 낳지 말라는 트윗.

강제 수용소의 화장터라는 이름으로 남긴 메시지: 내가 성냥불을 붙일게.

사람을 목매달아 죽인 사진과 '다음은 너야.'라는 글이 있는 트윗.

다들 익명이다. 얼굴도 없다. 증오심에 가득 찬 사람들이다. 키보드에 얹
어 놓은 두 손이 떨린다. 난 이 트윗들을 모조리 신고한다.

시계를 본다. 아빠는 동료 교수와 저녁을 먹으러 갔다. 아빠한테 전화해
서 집으로 오라고 해야 하나? 그러고 싶지만, 아빠가 외식하는 경우는 정
말 드물다. 나한테 문제가 있으면 열 일 제쳐 두고 오시겠지만, 어차피 아
빠는 한 시간 안에 집에 올 거다. 기다릴 수 있어, 그렇지? 몇 분만 더 이따
결정하자.

다시 트위터를 본다. 나 자신에게 노트북을 닫으라고 백 번째 말해 보지만, 이 병적인 호기심을 억누를 수 없다.

어딘가에 인간의 탈을 쓴 괴물이 존재한다. 우리 머리에 총을 쏘고 싶어 한다.

죽음. 이 단어가 계속 뇌리에 울린다. 죽음.

팔에 소름이 돋는다. 난 겁에 질린 채 부엌에 난 작은 창문으로 밖을 본다. 어두운 거리에 작은 그림자라도 움직이면 놀라서 심장이 터질 것 같다. 커튼을 닫고 식탁에서 노트북을 집어 들고 바닥으로 미끄러진다.

누가 그런 댓글을 달았을까? 하얀 망토를 두르고 복면을 쓴 사람들일까? TV에서 본 백인 우월주의자들일까? 버지니아주 샬러츠빌에서 행진하며 '유대인들은 우리를 대체하지 못할 것이다.'라고 외치며 행진하던 그 사람들일까? 멀리 떨어진 곳에 사는 사람이면 그나마 다행인데, 바로 여기 리비에르에 사는 사람일 수도 있다.

온몸이 부르르 떨린다. *이 사람들, 내가 어디에 사는지 알면 어떡하지?* 문을 잠갔나? 난 노트북을 옆으로 치우고 창문 밖에서 보이지 않게 몸을 숙여 부엌 바닥을 기어간다. 일 층으로 가는 계단 앞의 문고리를 잡고 갈라진 틈으로 내려다본다. 그러고는 냅다 계단을 달려 내려가 현관문을 당겨 본다. 잠겨 있다. 잠겨 있는 게 당연하지.

이번엔 창에서 창으로 이동하며 블라인드를 내리고 커튼을 친다. 다시 부엌으로 달려가 핸드폰, 노트북, 사분의 일 남은 초콜릿 퍼지 브라우니 아이스크림과 숟가락을 챙긴다.

안전한 내 방에서, 난 노트북을 열고 새로 고침을 누른다. 이젠 댓글이 132개다. 리사 첸은 기사가 세간의 주의를 끌 수도 있다고 말했다. 하지만

이 정도일 거라고는 상상도 못 했다! 케이드에게 전화를 건다. 바로 음성사서함으로 넘어간다. *아악! 왜 항상 폰을 꺼 놓는 거야?*

여관으로 전화를 해 봐야 하나? 그 앤 기사가 올라온 것도 모르고 있을 것 같다. 원래는 내일까진 올라오지 않을 예정이었다. 이런. 부모님께 말씀 드렸으려나? 제발 말했길 빈다.

전화가 울린다. 그런데 케이드가 아니다. 심장이 철렁 내려앉는다. 우리 동네에 사는 경찰관인 숀 설리번 아저씨다.

30

헤더 제이미슨

저녁 시간. 헤더는 부모님이 외출하기만을 기다렸다가 자신의 침실 옷장에 숨겨 두었던 가방을 들고 화장실에 들어가 문을 닫는다. 부모님이 아시면 역정을 내고 실망하실 거라는 걸 헤더는 잘 알고 있다.

헤더는 부모님에게 '실망스러운 딸'은 아니다. 그 타이틀은 언니인 홀리가 차지했다. 홀리는 오래전, 자신의 이름처럼 성스럽게가 아니라 또 다른 의미인 호랑가시나무에 어울리게 가시 돋고 독기 어린 삶을 살기로 마음먹었다. 마약을 판 혐의로 소년원에 복역한 뒤, 홀리는 고등학교를 자퇴했다. 그 후에는 가족들의 지갑에 손대기 시작했고, 가게에서 물건을 훔쳤고, 구할 수만 있다면 종류를 가리지 않고 어떤 마약에든 손댔다. 자신의 생일이었던 지난해 크리스마스에 홀리는 스물네 살짜리 남자친구를 따라 가출했다. 홀리는 트리 장식을 모조리 부수고, 심술궂은 괴물 그린치처럼 선물이란 선물은 죄다 못 쓰게 만들어 놓고, 자신의 짐뿐만 아니라 성탄절 특별식까지 챙겨서 집을 나갔다.

언니 덕분에 '착한 딸'이 된 헤더는 언니가 한 행동의 대가를 본인이 치르고 있었다. 헤더의 부모님은 엄격하다. 부부는 두 딸을 완벽하게 키우고자 최선을 다했다. 홀리는 그걸 견디지 못한 것이다.

완벽한 딸이 되기 위해 아무리 노력해도 헤더는 부모님의 기대에 미치지 못했다. "화학 점수가 93점밖에 안 돼? 공부를 충분히 안 했으니까 그렇지." 아빠가 딸에게 말했다.

A 학점 받았으면 된 거 아냐? 하지만 아빠에겐 그렇지 않았다.

헤더는 언니가 한 행동을 되풀이하지는 않을 것이다. 언니는 어디에 있을까? 헤더는 걱정이 됐지만, 이제는 걱정하는 것도 지긋지긋해졌다. 두려워하는 것도, 자신의 본모습을 모른 채 사는 것도 지겨워졌다.

헤더가 제시에게 한 말은 모두 진심이었다. 한때 그 친구를 좋아했던 것도, 허락 없이 자신의 몸에 손을 대면 교장 선생님에게 이르겠다고 한 것도 진심이었다.

헤더는 화장대 앞에 서서 거울 속 여자애에게 말한다. "넌 지금 제시 때문에 이러는 게 아니야." 말은 그렇게 하지만 제시가 동기를 제공한 것은 사실이다. "넌 할 수 있어." 헤더는 파란 눈에서 흐르는 눈물을 훔치며 일부러 소리 내어 웃어본다. 그러고는 거울 가까이 얼굴을 대고 속삭인다. "이걸 해내면 사람들이 너를 봐 줄 거야. 너의 존재를 인식해 줄 거라고. 사람들은 너에게 주목할 거야. 네가 원하는 게 그거 아냐?"

아니. 아니다. 하지만 바틀리 선생님이 수업 중에 일어나라고 했을 때도 반 아이들이 주목하지 않았었나? 우쭐거리던 제시의 표정, 그 웃음소리가 떠오르자 다시 한번 용기가 난다. 헤더가 턱을 치켜들며 말한다. "하루면 충분해. 그거면 된다고." 분노하는 아빠의 모습이 떠오르지만, 이제 모든 걸 체념한다. 모든 게 계획대로 된다면, 헤더의 부모님은 내일 밤까지 아무것도 모르실 거다. 저녁 식사 자리에서, 헤더는 내일 아침에 고급 영문학 및 작문 스터디 모임이 있어서 평소보다 일찍 나가야 한다고 말했다. 부모님이 평소 시간표대로만 움직인다면 헤더는 두 분이 일어나기 훨씬 전에 나올 수 있을 것이다. 내일 하루면 충분하다. 자신의 주장을 펼치는 데

하루면 충분하다. 헤더 제이미슨은 아리아인이 아니다. 헤더 제이미슨에겐 자신만의 사고방식이 있다.

세면대 앞에서 자세를 잡으며, 헤더는 시키는 대로만 하는 소녀에게 작별을 고한다. 어머니가 그토록 자랑스러워하는 금발 머리를 열 손가락으로 훑는다. 볼 것도 없이 외출 금지를 당할 것이다. 옷을 바닥에 뒀다는 이유로, 1학년 때 스페인어에서 B 학점을 받았다는 이유로, 지금 행동에 비하면 아무것도 아닌 이유로도 외출 금지를 당했었다.

충분히 가치가 있을 거야.

화장실 변기 위에 핸드폰을 올려놓고, 헤더는 이 순간을 위해 만든 플레이리스트를 선택하고 뒤섞기를 누른다. 그러고는 가방을 열고 화장대에 물건들을 하나씩 꺼내 놓는다. 컨디셔너, 플라스틱 그릇, 집게, 악어 클립, 장갑, 코발트블루 반영구 염색약, 염색용 빗. 유튜브 영상 덕분에 헤더는 최선의 결과를 위해 어떻게 해야 하는지 잘 알고 있다.

금발 머리칼을 잘 빗은 뒤, 헤더는 변신 전 셀카 한 장을 찍는다. 곧이어 셔츠를 벗고 라텍스 장갑을 낀다. 이제 컨디셔너와 색을 섞어 변신을 시작할 차례이다.

사십오 분 후, 헤더는 제자리에서 빙글빙글 돌며 신디 로퍼의 〈트루 컬러스〉를 따라 부른다. 거울에 비친 파란 머리의 헤더는 너무나도 멋지다. '염색 후' 셀카를 찍은 헤더는 두 사진을 인스타그램에 올린다. 몇 초 후, 친구들의 댓글이 올라온다.

"대박!!"

"대애애박!"

"미쳤어!"

"너무 섹시해!"

칭찬에 힘을 얻은 헤더는 바틀리 선생님에게 대안 과제를 하겠다는 이 메일을 보낸다.

31
케이드

엄마를 따라 내실에서 제일 멀리 있는 객실에 들어간다. 엄마가 문을 닫는 순간, 난 "미안해요!"라고 말한다.

"미안하다고?" 엄마가 씩씩거린다. "뭐가 미안한데? 내가 보기엔 그냥 기자랑 얘기한 정도가 아니라 작정하고 한 것 같던데."

난 벽에 기댄다. "스토크 부인 일을 놓친 건 정말 미안해요." 엄마의 눈에 눈물이 맺힌다. 침착하자고 나 자신에게 다짐했지만, 엄마의 표정을 보니 나도 모르게 불쑥 말이 튀어나온다. "엄마, 제발 이해해 주세요. 로건과 저는 기자에게 그 말을 해야만 했어요. 우린 옳은 행동을 한 거예요."

"옳은 행동? 우리에게 말을 안 한 게 옳은 행동이니?"

"말하려고 했어요. 그런데 두 분 다 스트레스가 심하고 바빠서…"

엄마가 내 말을 자른다. "과제 때문에 급하게 상의할 일이 있다고 단 한 번도 얘기한 적 없어. 단 한 번도."

이번엔 내가 엄마 말을 가로막는다. "말하려고 했어요. 다시 되짚어 보세요. 내가 엄마, 아빠를 찾으러 다닌 게 기억날 거예요. 지하실에서 보일러 고장 난 것 때문에 화내고 계셨잖아요."

엄마가 침대 기둥을 붙잡는다. "그때가 아니어도 충분히 말할 수 있었잖아. 너와 로건은 과제를 하고 있었고, 바틀리 선생님과 상의하러 일찍 학교에 갔었어. 거기까진 나한테 말했지. 그때 다 말했으면 됐잖아?"

난 잠시 눈을 감는다. 지금 설명을 제대로 해야만 한다. "맞아요. 말할 수 있었죠. 하지만 하지 않았어요. 허락해 주실 것 같지 않아서 말씀드리시 않는 쪽을 택했어요."

엄마는 자신만의 규칙을 깨고 손님의 침대에 앉는다. "세상에. 어떻게 이런 일이 있을 수 있니, 케이드." 엄마는 양손으로 얼굴을 가리고 흐느낀다. 고개를 들고 나를 쳐다보는 엄마의 양 볼에 눈물이 흘러내린다. "이 일이 우리 가족에게 어떤 영향을 끼칠지는 한 번도 생각 안 해 봤니? 우린 스토크 부인의 일이 필요했어. 너도 알잖아."

난 눈물을 흘리지 않으려고 안간힘을 쓰며 바닥에 주저앉는다. 우리 가족이 이렇게 혹독한 대가를 치르게 될 거라고는 상상도 못 했다. "알아요. 엄마 말이 맞아요. 하지만 우리는 그렇게 해야만 했어요. *꼭 해야만 했다고요.*"

"처음부터 자세하게 얘기해 봐. 다 듣고 네 아빠한테 설명할 테니까."

엄마의 모든 질문에 대답하는 데 삼십 분이 걸린다. 난 엄마의 반응을 조심스럽게 살핀다. 나 때문에 상처받고 배신감을 느꼈던 엄마의 표정은 충격, 좌절감, 혐오의 표정으로 바뀐다. 그 대상은 내가 아닌 바틀리 선생님과 맥닐 교장 선생님이다. 엄마는 우리의 행동에 놀람과 동시에 감명을 받은 것 같다. 하지만 말을 해 주질 않으니 확신할 수는 없다. 난 마침내 설명을 마친다. "그게 다예요. 이게 그동안 일어났던 일의 전부예요."

난 마음의 준비를 한다. 엄마는 바닥에 내려와 내 옆에 앉더니, 내 손을 잡고 깍지를 낀다. 엄마의 볼에 눈물이 흘러내리는 걸 보니 내 심장에 창이 날아와 박히는 것만 같다. 엄마는 다른 손으로 눈물을 훔친다. "일감을 잃은 건 마음이 아파, 케이드. 하지만 난 너와 로건이 자랑스러워."

난 안도의 한숨을 내쉰다.

엄마의 볼에 계속해서 눈물이 흘러내린다. 난 화장실에 있는 휴지 상자를 가져와 엄마에게 건넨다. 엄마가 눈물을 닦고, 코를 풀고는 말한다. "미안해." 왜 엄마가 사과하는지 잘 모르겠다. 엄마는 사과할 이유가 없다.

"네 말이 맞아. 네가 일찍 얘기했다면, 너에게 어떻게 조언을 해 줘야 할지 몰랐을 것 같아. 네 생각이 옳았어." 엄마는 잠시 아무 말이 없다. "솔직히 난 너와 로건처럼 용기 있게 행동하지 못했을 거야. 마음에 안 들더라도 그냥 과제를 하고 말았겠지."

엄마의 눈빛에서 사납고 단호한 고집이 느껴진다. 난 이 눈빛을 여러 번 봤기 때문에 잘 안다. 엄마가 이제 무슨 말을 하건, 타협의 여지는 없다. 난 단단히 각오한다.

"이 일이 어떻게 될지는 나도 모르겠어, 케이드. 만약…" 엄마의 볼에 계속해서 눈물이 흐른다. "만약 우리의 일이 더 줄어든다면 어떻게 해야 할지 모르겠어. 내가 기사를 읽은 바로는 너와 로건에 대해 증오에 차고, 혐오스럽고, 폭력적인 말을 할 사람들이 앞으로 더 있을 것 같아. 슬프지만 때때로 인간은 원래 그런 존재인 것 같구나. 네 아빠와 내가 어린 나이에 결혼했을 때, 사람들이 했던 말을 생각하면…." 엄마는 말을 멈추고는 내 가슴을 똑똑 두들기고, 이어서 관자놀이를 두들긴다. "넌 바위처럼, 강철처럼, 티타늄처럼 단단해. 그 증오심에 흔들리지 마. 알았니?"

난 고개를 끄덕인다.

엄마가 계속해서 말한다. "네가 기자에게 한 말에서 엄마는 엄청난 존엄성과 존경심을 느낀다. 그 마음을 놓치지 말고 따라가. 너와 로건은 힘을 합쳐야 해. 도움이 필요하면 언제든 우리한테 얘기해."

"할머니는요? 할머니한텐 뭐라고 얘기해야 하죠?"

"할머니한테 뭘 얘기해?"

엄마와 난 동시에 화들짝 놀란다.

다행히도 아빠다. 아빠의 시선은 눈물범벅이 된 엄마의 볼과 내 얼굴을 거쳐 구겨진 침대보로 향한다. "무슨 일이야?"

32

로건

제시가 인스타그램 게시물에 나를 태그했다. 《레이크 타운스 저널》 기사 사진 아래에 이런 글이 있다: 바틀리 선생님을 공격하는 케이드 크로퍼드와 로건 마치 @LOGANMARCHNY #리비에르고등학교

아래에는 이런 댓글들이 달려 있다.

바틀리 선생님 같은 분한테 어떻게 저럴 수 있지?
로건은 자기가 다른 아이들보다 잘났다고 생각한다. 바틀리 선생님
이 하시는 일을 자기도 할 수 있다고 생각하는 게 분명하다!
저 두 사람 정학시킬 수는 없나?
아니지. 표현의 자유. 하지만 자유는 공짜가 아니란다. 악플 달려두
하나도 안 불쌍해.

리비에르하키4Evr라는 개인 계정으로 단 댓글이다.

저거 외에도 댓글은 엄청 많다. 다 누구인지 알겠는데 리비에르하키 4Evr만 모르겠다. 우리 학교 학생 중 누구든 가능성은 열려 있다. 그런데 우리를 편들어 주는 사람은 한 명도, *단 한 명도* 없다. 힘을 실어 주는 댓글은 단 한 개도 없다. 리사 첸은 온라인 댓글에 답하지 말라고 우리에게 주의 줬다. 누구나 자기 생각을 표현할 권리가 있다는 이유였다. 아예 모르는

사람이 쓴 댓글이라면 무시하는 게 훨씬 쉬울 거다. 난 베개를 들고 얼굴을 파묻은 뒤 소리를 지른다. 솔직히 난 학교에 우리를 지지해 주는 사람이 있을 줄 알았다. *난 얼마나 순진했던가?*

피부가 얼음처럼 차가워진다. 이불을 덮은 채 몸부림치며 이 현실을 받아들이려고 노력한다. 지금 바틀리 선생님은 뭘 하고 있을까? 우리를 증오할까? 선생님이 여전히 우리를 좋아했으면 하는 이 마음은 도대체 뭐지?

블레어가 한 말이 생각난다. *좋은 선생님이라면 절대 그런 과제를 내주지 않아.* 그런데 바틀리 선생님은 단순히 그냥 좋은 선생님이 아니었다. 내가 생각하는 이상적인 선생님에 가까웠다. 도전적이고, 창의적이고, 용기를 북돋아 주고, 열정적이고, 웃기고, 재미있고, 학생에게 도움을 주는 선생님이었다. 다른 선생님들 한 명 한 명과 비교해 봤다. 나의 제우스이었던 바틀리 선생님은 이제 전쟁의 신 아레스가 됐다. 아니지. 아니야. 선생님은 한낱 인간에 불과했다. 내가 우상처럼 떠받들고, 동상이라도 세워 줬을 인간. 이제 그 동상은 쓰러졌다. 그 동상에 밧줄을 감고 쓰러트린 사람은 다름 아닌 나다. 왜 난 죄책감을 느끼는 걸까? 잘못한 건 선생님이지 우리가 아니잖아.

바틀리 선생님의 본모습은 어떤 걸까? 그 질문에 대한 답을 찾는 건 손으로 구름을 잡으려고 하는 것과 같다. 한마디로 불가능하다.

핸드폰에서 땡 소리가 난다. 제시의 인스타그램 게시물에 내가 또 태그됐다.

@LOGANMARCHNY 바틀리 선생님한테 어떻게 이런 짓을 할 수 있어요?

우리 학교 1학년 학생이다.

난 화면을 캡처해서 블레어한테 보낸다.

오 분 후에 답이 온다.

블레어: 걔가 올린 게시물 열어 봐.

들어가 보니 이런 댓글이 있다:

BlairinToGo 케이드와 로건에게 존경의 말을 전합니다. 기사 읽어 봤나요? 읽어 봤으면 두 학생이 바틀리 선생님을 공격한 게 아니라는 걸 알 수 있을 거예요. 이 학생들은 도덕적 신념을 지키기 위해 자신들의 의견을 밝혔어요. 저는 두 사람을 지지해요. 용기를 내서 함께 힘을 실어 주는 게 어떨까요?

나: 넌 정말 짱이야.

블레어: 네가 짱이지.

댓글을 단 사람이 있는지 보려고 인스타그램을 다시 연다.

화면을 아래로 내린다.

계속 내린다.

계속.

없다. 블레어의 댓글은 *사라졌다.*

나: 그놈이 네 댓글을 지웠어!

블레어: (갈 가도트가 연기하는 〈원더 우먼〉의 총알 막는 짤을 올린다)

이게 너야!

나: 핫! 좋아.

블레어: 넌 내 영웅이야. 케이드한테 전해 줘. 걔도 내 영웅이라고. 위축되지 마.

나: (〈사운드 오브 뮤직〉에서 폰트랩 대령이 나치 깃발을 찢는 짤을 보낸다)

블레어: 오예! 다 찢어 버려! 사랑해.

나: (웃는 이모티콘) 내가 더 사랑해.

핸드폰을 옆에 내려놓고 천장을 바라본다. *내일 학교 가기 싫다.* 갑자기 정신이 퍼뜩 든다. 난 *언제나* 학교에 가는 걸 좋아했다. 나에게서 그 즐거움을 뺏어간 바틀리 선생님과 맥닐 교장 선생님이 원망스럽다. 악플을 단 인간들과 마주쳐야 한다니. 핸드폰을 집어 케이드에게 전화를 걸어 보지만, 이번에도 곧장 음성사서함으로 넘어간다.

집중할 무언가가 필요하다. 재미있는 거면 좋겠다. 검색창에 '나치가 호되게 당하는 영화'를 입력한다. 그 후 한 시간 동안 유튜브에서 〈캡틴 아메리카: 퍼스트 어벤저〉, 〈바스터즈: 거친 녀석들〉, 〈레이더스〉, 〈엑스맨: 퍼스트 클래스〉의 장면들을 본다. 역사를 새롭게 구성한 작품들을 보니 일시적으로 기분이 좋아진다.

그리고 이내 현실이 찾아와 나를 절망의 구덩이로 잡아끈다. 블레어가 보낸 원더 우먼 짤을 다시 봐도 기분이 나아지지 않는다.

몇 시간 전에 자정이 지났으니 이제 수요일이 됐다. 몇 시간 후에 케이드와 나는 학교에 가야 한다. 정말 가기 싫다.

"그만해, 로건." 다른 사람에게 하듯 소리 내서 말해 본다. "제시나 다른 재수 없는 놈들 때문에 기분 상할 거 없어."

케이드와 나는 당하고만 있지 않을 거다. 순간 혐오감을 보이는 놈들에게 말 한마디 하지 않고 우리의 의사를 전달할 방법이 떠오른다. 난 인터넷에서 바틀리 선생님의 교실 벽에 붙일 완벽한 인용문을 찾아낸다.

'나는 인간들이 고통스러워하고 치욕을 당할 때 절대 침묵하지 않겠다고 맹세한다. 우리는 항상 그들의 편에 서야 한다. 중립은 억압하는 자만 도울 뿐, 억압받는 사람에게는 도움이 되지 못한다. 침묵은 고통을 주는 자를 부추길 뿐, 고통받는 사람들을 구하지는 못한다.' —엘리 위젤, 홀로코스트의 생존자 (인용한 사람: 로건 마치와 케이드 크로퍼드)

* * *

케이드를 찾아 워싱턴 가 모퉁이에서 3번가로 들어선다. 케이드는 겨울 외투로 몸을 꽁꽁 싸맨 채 작년에 할머니가 크리스마스 선물로 만들어 주신 니트 모자를 쓰고 있다. 나도 비슷한 모자를 쓰고 있는데, 할머니가 내 거에는 귀 덮개에 털 뭉치 장식을 달아 주셨다.

"안녕." 케이드가 어깨에 멘 가방을 끌어 올리며 말한다. "여기서 뭐 해? 괜찮아?"

"괜찮은 게 뭐지?" 케이드의 눈 주위가 어둡다. "나처럼 잘 못 잔 것 같네. 난 두 시간. 넌?"

"네 시간 정도? 할아버지 작업실에서 잠들었어." 케이드는 눈 뭉치를 만들어 소화전에 명중시킨다. "기사 때문에 큰 예약 건이 취소됐어."

"어떡해, 케이드! 진짜야?"

"내가 경제적으로 어떻게 도움이 될지 밤새 생각해 봤어. 그러다 할아버지 작업실에 가게 됐어. 재활용한 목재로 작업 중이었던 가구가 몇 개 있거든. 내가 완성할 거야. 이베이나 엣시 같은 경매 사이트에 올려 봐야지."

난 케이드의 팔에 손을 댄다. "정말 미안해."

"뭐가 미안해. 후회는 하지 말자. 알았지?"

"할머니는? 할머니는 어쩌셔?"

"아직 모르셔. 엄마가 얘기하기 싫어하셔서. 그리고 아빠는 외부의 압박 때문에 바틀리 선생님이 과제를 취소할 거라고 생각하시고."

"리사 첸도 그렇게 말했어." 난 학교 계단 앞에서 발을 멈춘다. "아직 마음의 준비가 안 됐어."

케이드가 내 모자 양쪽에 달린 털 뭉치 장식을 잡아당긴다. "우린 잘 해 낼 거야."

"넌 그럴지 몰라도 난 아냐."

케이드가 입술을 삐죽거린다. "나한테 좋은 생각이 있어. 내가 집에서 나오기 전에 엄마가 이 말을 열 번 하라고 했어. '나는 바위다. 나는 강철이다. 나는 티타늄이다. 오늘 누구도, 그 무엇도 나를 해치지 못한다.' 나랑 같이 말해 보자."

"별로 안 하고 싶은데."

케이드가 소리 내서 웃는다. "그러지 말고 자신 있게 같이 해 보자."

"싫*다고!*" 내가 혀를 내밀자 케이드는 더 크게 웃는다. "혹시 진짜로 재밌다고 생각하는 거야?"

케이드가 내 정수리를 톡톡 친다. "봐 봐, 바위처럼 단단하잖아."

"그럼 이건 어떠냐, 멍청아." 내가 티타늄 주먹을 휘둘러 보지만 케이드는 큰 손으로 내 손목을 잡고는 나를 빙그르르 돌린다. 내 등이 케이드의 가슴팍에 닿자 그 애의 웃음소리와 함께 진동이 느껴진다. 난 몸을 꿈틀댄다. 케이드가 몇 차례 심호흡한다. 웃음소리는 어느새 사라졌다. 그날 거의 키스할 뻔한 것 이후로 이렇게 가까이 있는 건 처음이다. 케이드의 품 안에서 돌아서면 키스할 수 있는 완벽한 자세가 된다. 내가 마음을 정하지 못하고 있는 사이, 케이드가 잡은 손을 놓아주자 내 양손은 옆구리로 툭 하고 내려온다. 케이드는 한 걸음 물러선다. 그래도 아직 미소 짓고 있다.

난 숨을 고르며 학교로 향하는 아이들 무리를 바라본다. 우리에게 말을 거는 아이는 없다. 하지만 굳이 말을 하지 않아도 표정이 모든 걸 말해 주고 있다.

케이드의 팔이 내 팔에 와서 닿는다. 그 애가 속삭인다. "그냥 신경 쓰지 마." 첫 종이 울린다. 케이드가 교실 문을 가리킨다. "준비됐어?"

"아니. 마음이 바뀌었어."

"땡땡이치게?" 케이드가 희망에 찬 목소리로 묻는다.

"그러고는 싶은데, 그러면 쟤네가 이기는 거잖아."

케이드가 손을 내민다. 손바닥이 위로 향한 게, 나더러 손을 잡으라는 동작 같다. "거사를 치를 거면, 같이 하자."

* * *

단지 우리가 손을 잡은 것 때문에 애들이 속삭이는 거면 얼마나 좋을까. 아이들은 기사에 대해, 과제에 대해 수군거린다. 거칠고 잔인한 말들과 킥킥대는 소리가 들려온다. SNS에서 볼 법한, 애들이 쓰는 욕이 주를 이룬다. 난 정면을 응시하려고 굳게 마음먹고, 냉철하게 걸어가는 케이드를 뒤따라간다. 하지만 쉽지 않다. 도움이 될까 싶어 속으로 되뇌어 본다. *나는 바위다. 나는 강철이다. 나는 티타늄이다.* 점점 빠르게 되뇌는데, 갑자기 케이드가 멈춰 선다. 우리는 복도에서 각자의 사물함 가운데 지점에 서 있다. 케이드가 내 앞에 서더니 내 양쪽 어깨에 손을 올리고는 속삭인다. "괜찮지?"

"괜찮아." 나도 속삭인다.

"우린 잘 할 수 있어." 그 애가 말한다. 우리는 외투를 넣어 놓고, 오전 수업에 필요한 책들을 챙기려고 각자의 사물함으로 향한다.

비밀번호를 맞추고 사물함을 여는데…

이런. 세상에.

난 흠칫 놀라며 움찔거린다. 주변이 엄청 시끄러운데, 방금 케이드의 침삼키는 소리가 들린 것 같다. 고개를 돌려 그쪽을 본다. 우린 몇 초 동안 눈이 마주친다. 휘둥그렇게 뜬 눈이 평소의 케이드와는 전혀 딴판이다. 사람들이 지나가며 계속해서 내 시야를 가린다. 난 까치발을 하고 케이드를 본다. 그 애는 사물함 문을 잡고 연다. 내 것처럼 케이드 것도 새빨간 스와스티카와 함께 혐오스러운 글을 적어 놓은 포스트잇으로 도배돼 있다.

어딘가에서 카메라 플래시가 번쩍거린다. 복도에 있던 아이들 무리는 북적대며 나를 둘러싸고 있다. 난 내 사물함을 쳐다본다. 아래쪽 선반에는 개사료 봉투가 있고, '개와 유대인 옹호자는 교내 식당 출입 금지'라고 적힌 쪽지가 놓여 있다.

난 바틀리 선생님에게 보여 주려고 주머니에서 핸드폰을 꺼내 사진을 찍는다. 이 과제가 어떻게 타인에 대한 존경과 관용을 조장하는지 설명해 달라고 해야겠다.

애들이 점점 더 많이 몰려들어 수군거린다.

난 돌아서서 눈을 부릅뜨고 그 아이들을 바라본다. 몇몇은 수치심을 느

168

끼는 표정을 지으며 시선을 떨어트린다. 바로 그때, 내 뒤에서 재미있다는 듯 깔깔대고 웃는 소리가 들린다. 난 잽싸게 고개를 돌려 웃음소리의 주인을 찾는다. 난 분노에 찬 목소리로 소리친다. "누구 짓이야?"

33

케이드

난 마치 유체 이탈을 한 듯 내 앞에 벌어지는 광경을 바라본다. 깨고 싶어도 맘대로 깰 수 없는 악몽을 꾸는 것 같다. 머릿속이 새하얗다. 심장 박동이 느껴진다. 쿵. 쿵. 그제야 눈앞의 현실이 쏟아져 들어온다. 명치를 한 대 맞은 듯 폐 속에 있는 공기가 모두 빠져나간다. 카메라 플래시가 터진다. 난 숨을 들이마신다. 또 한 차례 플래시가 터진다. 난 돌아서서 로건을 찾는다. 목소리는 들리는데 보이지 않는다.

"누구 짓이야? 누구 짓이냐고?"

사람들이 쳐다본다. 속삭이고 웃으며 사진을 찍는다. 구경거리를 놓치지 않으려고 목을 길게 빼고 본다. 난 사물함을 세게 닫는다. 그런데 너무 세게 닫아서 문이 튕겨 나오는 바람에 얼굴을 부딪칠 뻔했다. 난 안에 있는 포스트잇을 뗀다.

거기엔 '유대인 옹호자'라고 적혀 있다. 난 그 자리에 서서 글씨를 들여다본다. 그 순간, 누가 스위치를 켠 것처럼 정신이 돌아온다. 난 의도적으로 도전적인 미소를 짓는다. 유대인 옹호자? 그래, 좋다. 기꺼이 할아버지와 함께 유대인의 편에 서서 이 증오심에 찬 인종 차별주의자들에 맞서 주지. 난 메모지를 운동복 상의 앞에 붙이고 나머지를 떼어 내기 시작한다.

34

메이슨

암사자. 메이슨의 눈에는 삼 미터 앞에 서 있는 로건이 한 마리 암사자로 보인다. 이 암사자는 야성적인 눈을 하고 코를 벌름거리며 "누구 짓이야?" 라고 포효한다. 메이슨은 로건의 그런 모습에 감탄을 금치 못한다. 가만. 저렇게 외친다고 당사자가 자수하리라 생각하는 건 아니겠지?

메이슨은 기사를 읽고 나서야 머릿속에서 퍼즐 조각들이 하나하나 맞춰졌다. 케이드와 로건이 왜 바틀리 선생님과 함께 교장실에 갔었는지, 왜 최근에 바틀리 선생님이 평소와는 다르게 행동했는지. 기분이 나빠 보이진 않았지만, 분명 평소 선생님의 모습과는 달랐다. 어제 바틀리 선생님은 로건을 투명 인간 취급했다.

어젯밤, 메이슨의 아버지는 그 기사에 대해 맹렬하게 비판을 퍼부었다. "우리 학교 명예에 이렇게 먹칠을 하다니! 메이슨! 내일 아침 탈의실에 팀원 전체 집합시켜. 이런 말도 안 되는 짓거리에 한눈팔지 말고 경기에 집중하라고 단단히 일러야겠어. 이깟 일 때문에 지역 예선전에 지장을 받아서는 안 되지." 메이슨은 아버지가 로건과 케이드에게 붙이는 수식어들을 들으며 속이 부글부글 끓었다. 메이슨의 어머니는 남편을 진정시키려다가 폭언만 잔뜩 들었다. 메이슨은 방에 들어가 문을 닫고 이어폰을 꽂고는 볼륨을 끝까지 키웠다.

그 후로 한 시간 동안 메이슨은 댓글을 읽었다. 절반 이상은 로건과 케이드를 지지하는 내용이었다. 바틀리 선생님을 공격하는 글도 있었다. 그런 글은 메이슨을 언짢게 했다. *이 사람들은 선생님을 몰라. 우리 학교도 모르고 케이드와 로건도 몰라.* 메이슨은 댓글을 썼다가 지우길 여러 번 반복했다. 그러나 끝내 참지 못하고 자신의 의견을 적었다. 물론 다른 사람들처럼 가명을 썼다. 메이슨이 쓴 글은 217번째 댓글이 됐다.

> "저는 리비에르 고등학교에 다니는 학생이고 바틀리 선생님을 정말 좋아합니다. 정말이지 공부를 재미있게 만들어 주는 선생님입니다. 그분이 나쁜 교사다, 해고해야 한다고 말하는 사람들은 선생님이 어떤 분인지 잘 몰라서 그렇게 말하는 거라고 생각합니다. 제가 선생님을 좋아한다고 해서 이 과제를 지지하는 건 아닙니다. 찬성, 반대 진영 모두 비도덕적인 주장을 해야 합니다. 그 점에서 저는 로건과 케이드를 지지합니다. 우리 학교에 인종 차별주의자들이 있는 건 명백한 사실입니다. 그 학생들은 유대인과 흑인, 동성애자를 혐오한다고 대놓고 주장합니다. 불행하게도 이 과제는 그들의 생각을 지지하고 부추기고 있습니다. 지금은 학생들이 대안 과제를 선택할 수 있게 됐습니다. 그것으로 충분하다고 하는 댓글들을 여럿 봤습니다. 하지만 저는 개인적으로 반대하며, 모든 학생이 대안 과제를 하는 것이 최선이라고 생각합니다."

메이슨은 대안 과제를 하는 쪽이 낫다고 생각한다. 하지만 아버지가 그 사실을 알게 되면 뭐라고 하실까? 메이슨이 아버지에게 맞선 이후, 이 독재자 같은 가장은 아들을 통제할 보다 효과적인 방법을 찾아냈다. 바로 아들의 어머니를 위협하는 것. 메이슨은 로건이 투쟁하는 모습을 보며 침을 꿀꺽 삼킨다. 동시에 아버지가 팀에게 내린 지시 사항이 뇌리에 스친다. "누가 그 과제에 관해 물어봐도 너희들은 대꾸하지 마. 너희는 시합만 생각해. 그쪽 일은 신경 꺼!"

키가 큰 메이슨은 앞에 선 학생들 머리 너머로 로건을 바라본다. 아이들은 로건 근처에 다가가지 않는다.

레지가 깔깔대며 말한다. "주목받고 싶어 하더니 소원 성취했네."

"기가 막히네. 누가 개 사료를 생각해 냈을까." 제시가 말한다.

메이슨은 두 사람이 하는 말을 못 들은 체하고 다시 로건에게 집중한다. 그때 한 여학생이 지나간다. 파랗고 큰 눈, 짙은 아이라이너, 새빨간 입술, 거기에 파랗게 염색한 머리. 그 여학생은 메이슨의 사물함에서 세 칸 떨어진 사물함 앞에 선다. 자신을 쳐다보는 시선을 의식했는지 메이슨에게 쑥스러운 듯 미소를 보인다.

"헤더? 헤더 제이미슨?"

여학생은 얼굴을 붉히며 고개를 끄덕인다.

"넌 어떻게 생각해?" 레지가 메이슨에게 묻자 메이슨은 헤더에게서 시선을 거둔다.

"뭘?" 메이슨이 눈을 껌뻑이며 레지에게 묻는다.

"기사 말이야. 케이드와 로건에 대해서 한마디도 안 했잖아."

메이슨은 어깨를 으쓱거린다. "안 읽어 봤는데."

스펜서가 다가온다. 아이스하키 팀원 절반이 그곳에 서서, 마치 시트콤의 한 장면을 보듯 케이드와 로건을 바라본다. 메이슨은 참지 못하고 그곳을 벗어나려다가 두 걸음 만에 멈춘다. 이런 제길. 그러고는 돌아서서 얼빠

173

진 듯 쳐다보는 아이들 사이를 헤집고 성난 로건의 곁으로 간다.

"네가 그랬어?"

로건의 물음에 메이슨은 심한 모욕감을 느끼지만 못 들은 체한다. 하지만 사물함에 붙어 있는 메모지들은 도저히 못 본 척할 수 없다.

메이슨은 스와스티카와 메모지들을 잡아뗀다. '불에 타 죽어라.', '유대인과 게이는 당장 꺼져라.' 등이 적힌 쪽지들을 반으로 찢어 주머니에 넣고는 나머지 쪽지들을 뗀다.

로건도 같이 떼기 시작한다. 두 사람의 발치에 종이 쪼가리들이 떨어진다. "방금 한 말은 미안해. 난 네가 안 그랬을…"

"걱정하지 마." 메이슨이 중얼대듯 말한다.

"누가 이랬는지 혹시 짐작 가는 사람 없어?"

메이슨의 목덜미에 털이 쭈뼛쭈뼛 선다. 뒤를 돌아보니 스펜서, 레지, 제시가 믿을 수 없다는 듯, 경멸에 찬 눈으로 바라보고 있다. 지옥에나 가라지. 메이슨은 저놈들이 지긋지긋하다. 아버지가 시키는 대로 하며, 집과 아이스하키팀의 평화를 유지하기 위해 눈치만 봐야 하는 자신의 삶이 지긋지긋하다. 하지만 메이슨이 가장 참을 수 없는 점은, 소위 팀 동료라고 하는 인간 중 몇몇이 케이드와 로건의 사물함에 저런 혐오스러운 짓을 한 게 거의 확실하다는 것이다.

"네 사물함 비밀번호 아는 사람이 누구야?" 메이슨이 묻는다.

로건이 주위를 둘러본다. "케이드랑 나밖에 없어. 누가 한 짓이건 간에, 교무실에서 관리하는 비밀번호 목록을 손에 넣은 게 분명해." 로건이 미간을 찌푸린다. "네 여자친구 교무실에서 일하지 않아?" 묻고는 있지만, 사실이건 질문이 아니다.

메이슨이 움찔거리더니 눈썹을 씰룩거리며 말한다. "케리앤이 했을 거라고 생각하는 거야? 아니면 나를 의심하는 거야?"

"그런 거 아니야."

메이슨의 회색 눈동자에 불빛이 번뜩인다. 단지 불만에 찬 눈빛이 아니라 상처와 패배감이 섞여 있는 눈빛이다. 메이슨은 외줄 타기를 하는 듯한 자신의 삶에 신물이 났다. 참을 대로 참았다. 너무나도 공허하다. 폭군 같은 아버지를 만족시킬 수도 없고, 본인 자신도 만족하지 못한다. 메이슨은 그곳을 빠져나오며 중얼거린다. "무슨 짓을 해도 난 어차피 못 이기는데다 무슨 소용이야."

"메이슨!" 로건이 외친다. "미안해, 메이슨!"

메이슨은 걱정해 준 걸 후회하며 로건의 말에 반응하지 않은 채, 삼 층으로 올라가는 계단을 한 번에 두 개씩 올라간다. 수학 교실로 향하는 동안, 로건이 그의 머리에 심은 씨앗이 자라기 시작한다. 케리앤이 사물함 비밀번호 목록을 열어 볼 수 있나? 물론이다. 교무실에서 일한 지 벌써 사 년째다. 워서 선생님은 케리앤에게 다양한 일을 맡기신다. 케리앤은 자신의 아이디로 교무실 컴퓨터에 로그인해야 하지만, 비밀번호 목록이야 마음만 먹으면 얼마든지 열어 볼 수 있을 것이다.

메이슨은 주머니에서 구겨진 쪽지 하나를 꺼내 펴 본다. '살아남은 유대인들이랑 같이 타 죽어 버려.'라고 적혀 있다.

메이슨은 자기 여자친구의 필체를 알고 있다. 분명 케리앤의 글씨는 아니다. 쪽지를 직접 쓰지 않은 건 확실하지만, 자꾸만 의심이 간다.

케리앤이 누군가에게 사물함 비밀번호를 가르쳐 준 걸까? 그럴 가능성은 충분히 있다. 머릿속엔 이미 용의자 명단이 있다. 한편으로는 양심의 가책을 느낀다. 메이슨은 생각한다. 케리앤과 정면으로 부딪쳐야 하나? 비밀 번호를 누구에게 알려 줬는지 알아내야 하나? 그리고 만약 케리앤이 사실을 말해 준다면, 그땐 어떻게 해야 하지?

35

대니얼

주위에선 일대 소란이 일어나고 있지만, 대니얼은 거기에 동참하지 않는다. 대니얼은 1학년 때 자신의 사물함에 동성애자에게 혐오감을 드러내는 쪽지와 사진들이 붙어 있던 때를 떠올린다. 쪽지에는 게이를 비하하는 온갖 욕설 외에도, 성에 관련된 글과 낙서가 있었다.

대니얼은 떨리는 손으로 사물함을 닫고 곧장 교무실로 가서 워서 선생님에게 교장 선생님을 만나게 해 달라고 요청했다. 그제야 대니얼은 눈물이 터져 나왔다. 워서 선생님은 대니얼을 회의실에 데려가 문을 닫고, 울고 있는 학생을 안아 줬다. 자신도 비슷한 경험을 해 봤다고, 이해한다고 선생님은 말했다. 휴지 상자와 사탕 두 개를 건네주며 워서 선생님이 말했다. "그런 것들 때문에 흘리기엔 네 눈물이 아까워." 워서 선생님은 대니얼의 사물함을 청소해 주고 다른 사물함을 쓰게 해 줬다. 그 후 몇 달 동안, 워서 선생님은 매일같이, 심지어 주말에도 대니얼이 잘 지내는지 확인했다.

맥닐 교장 선생님은 학부모들에게 교내 폭력을 비난하는 편지를 보냈다. 편지에는 자녀들과 편파적 발언에 관해 이야기 나누고, 타인의 다른 점을 존중하도록 가르쳐 달라고 적혀 있었다.

대니얼의 눈에는 달라진 게 별로 없어 보였다.

저 나쁜 놈들은 기회만 생기면 남을 공격한다. 주로 대니얼이 지나갈 때 작은 소리로 동성애자임을 비하하는 무례한 말을 하거나, 사물함을 열었을 때 특정 신체 부위를 그려 놓은 쪽지가 떨어지도록 틈새에 꽂아 두곤 했다.

대니얼은 체념하기로 했다. 아무리 조롱당하고 폭언에 시달려도, 대꾸하지 않고 투명 인간처럼 지내면 학교는 그럭저럭 다닐 만했다. 부모님의 지지가 없었다면 아마도 견디지 못했을 것이다. 대니얼은 자기가 지원한 여러 명문대 중 하나에 합격해, 성 소수자 인권 동아리에 가입하는 날만을 고대하고 있다.

그런데 지금 케이드와 로건의 사물함, 두 사람이 반응하는 모습, 그들의 투지를 보고 있자니 대니얼의 마음에 큰 파장이 인다. 대니얼은 로건의 사물함과 바닥에 떨어져 있는 메모지들을 카메라에 담는다. 특히 스와스티카와 비방하는 글들을 클로즈업으로 찍는다.

로건은 욕설을 퍼부으며, 이 짓을 한 사람을 찾아내 온몸에 접히는 곳이라면 어느 한 곳 빼놓지 않고 메모지를 꽂아 주겠다고 소리친다. 그러고는 여자 화장실에서 고무로 된 커다란 쓰레기통을 질질 끌고 와, 비방과 욕설이 적힌 쪽지들을 한 움큼 퍼 담는다. 메이슨은 한 손 가득 쪽지를 집어 반으로 찢은 뒤 쓰레기통에 던져 넣는다.

대니얼이 계속해서 사진을 찍는 사이, 케이드는 한 발자국 떨어진 곳에서 자신의 사물함을 살펴보고 있다. 그러면서 섬뜩한 미소를 머금는다. 도대체 왜 웃는 걸까? 너무 당황해서 그러나? 대니얼은 그런 케이드의 반응이 당혹스럽다. 왜 화를 내지 않지? 왜 상처받거나 혐오감을 느끼지 않는 거지?

잠시 후, 케이드는 메모지들을 떼어 내기 시작한다. 대니얼은 말없이 다가가서 도와도 되겠냐는 몸짓을 보인다. 케이드는 고개를 끄덕인다.

로건은 볼과 목이 벌게졌다. 성큼성큼 걸어가는 메이슨의 뒷모습을 바라보며 로건이 소리친다. "메이슨! 미안해, 메이슨!"

메이슨의 주머니에서 포스트잇 한 장이 떨어지자 대니얼이 재빨리 달려가 그걸 줍는다. 그리고 스와스티카인 걸 보고는 반으로 찢어 버린다. 로건의 슬픈 미소에 대니얼은 마음이 아프다. "미안해." 고개를 숙인 채 대니얼이 중얼거린다.

"왜 네가 미안해해." 로건이 고개를 숙여 눈을 마주치며 묻는다. "이 짓을 한 인간들이 미안해해야지. 직접 말할 용기도 없는 주제에. 겁쟁이들."

"학교 측에 알려야 해. 내가 사진 다 찍어 놨어. 이메일로 보내 줄게."

로건이 폭발한다. "그러면 교장 선생님이 해결해 줄 것 같아? 저번에 교장실에 찾아갔을 땐 우리를 그냥 돌려보냈어. 우리의 행동을 막고 입도 막았어."

"하지만…"

"네가 이런 일을 겪었을 때, 학교 측에 알려서 달라진 게 있었니? 교장이 학부모들한테 보낸 편지 덕에 너를 괴롭히는 인간들이 싹 다 없어졌어?"

대니얼이 뒷걸음질 치며 말한다. "이번엔 달라질지도 모르잖아."

로건은 차갑게 소리 내어 웃는다. "누군가가 나타나서 자백할 거 같아? 누구 짓인지 다른 애가 선생님한테 이를 것 같아? 난 안 그럴 것 같아. 우리는 피해자 역할 하지 않을 거야. 우린 잘못한 게 없어. 이런 모자란 것들 때문에 겁먹지 않아. 교장한테 가지 마. 어차피 알게 될 테니까. 그쪽에는 아무것도 기대하지 않아."

대니얼이 고개를 끄덕인다.

36

조건

점심시간. 우리가 늘 앉는 테이블에 케이드가 다가와 내 접시에서 감자 튀김 한 움큼을 집어간다. 난 그 애를 매섭게 쏘아본 뒤, 아까부터 이쪽을 보고 있던 1학년 무리에게로 시선을 돌린다. 아직도 눈을 휘둥그렇게 뜬 채 우리 쪽을 보며 수군거리고 있다. 마음 같아서는 저쪽 테이블에 가서 합석하고 싶다. 그러면 무서워서 난리를 치려나? 잽싸게 곁눈질로 보니 케이드가 내 햄버거를 집어가려고 한다. 이번에는 그 탐욕스러운 손이 닿기 전에 내가 먼저 잽싸게 집어 든다.

"자리 바꿀래?" 케이드가 말한다.

"왜?"

"네가 맨날 그쪽에 앉잖아. 한 번씩 변화를 주는 것도 나쁘지 않지." 그러더니 테이블을 빙 둘러 내 옆에 오더니 나를 무릎으로 쿡쿡 찌른다. 옆으로 안 가겠다고 버티는데, 케이드가 내 손을 잡고 흔든다. "얼른."

"이 자리가 좋단 말이야." 케이드는 무릎을 꿇더니 나를 어깨에 들쳐 맬 것처럼 자세를 잡는다. 재미는 있겠지만 이 이상 시선을 끌고 싶지는 않다.

"알겠어." 난 마지못해 자리를 바꿔 앉는다. 내가 일어서지 않으면 케이드가 꼼짝도 하지 않을 걸 알기 때문이다. 난 연한 하늘색으로 칠해진 식당 벽을 바라본다. 엄청 비싼 고급 자동차 사진이 있는 포스터가 붙어 있다. 사진 아래에는 '열심히 일하면 보상을 받습니다.'라는 황당한 문구가 적혀 있다. 저 포스터가 왜 부조리한지 당장 열 가지 이유를 댈 수 있을 것 같다. 하지만 여기는 리비에르 고등학교다. "저런 거 보고 있는 게 지겨워서 그래?" 내가 포스터를 가리키며 말한다.

케이드는 고개를 젓는다. "로건, 우리 얘기를 해야 할 것 같아." 그 애의 눈이 내 어깨너머 무언가를 강하게 쏘아본다. 난 케이드가 어딜 노려보고 있는지 안다. 그 애의 다리가 내 다리에 살며시 닿는다. "여기서 나갈래?"

감자튀김 하나를 집어 보지만 영 입맛이 없다. 난 접시를 옆으로 밀며 한숨을 내쉰다. "모르겠어. 힘든 하루가 될 거라고 예상은 했어. 특히 SNS에 사람들이 악플 단 거 보고. 그런데 이 정도일 줄은 몰랐지." 난 턱짓으로 내 뒤에서 구경하는 무리를 가리킨다.

"그러니까." 케이드의 시선은 계속 나를 향하고 있다. 난 그제야 왜 자리를 바꾸자고 했는지 눈치챈다. 불편한 시선을 무시하는 건 케이드가 나보다 훨씬 잘하네. 난 정말 세상에서 제일 좋은 친구를 뒀구나. 케이드가 미소 짓는다. 슬픈 미소다. "무대에서 조명을 받는 배우가 되리는 할아버지 말씀이 이런 걸 뜻하는 것 같진…"

난 움찔거린다. 무언가가 내 목덜미를 쳤다. 난 앉은 채로 몸을 돌려 주위를 살핀다. 바닥을 보니 내가 앉은 의자 옆에 종이비행기가 배를 위로 향한 채 놓여 있다. 난 그걸 집어서 테이블에 올려놓는다. 날개는 스와스티카로 장식돼 있다. 어딘가에서 낄낄대는 소리가 들린다.

난 일어서서 우리 반대편 테이블을 훑어본다. 저 수십 명 중 누군가가 이걸 만들었을 것이다. 난 큰 소리로 말한다. "내 얼굴 보여? 내가 웃는 걸 잘 봐." 난 우리를 쳐다보는 인간들에게 매서운 시선을 보낸다. "겁쟁이 주제에." 내가 소리친다.

케이드는 비행기를 펴서 납작하게 만든다. 바로 그때, 잉그럼 선생님이 다가온다. 내가 듣는 고급 영문학 및 작문 수업을 가르치는 여자 선생님이다.

"그건 내가 가져갈게." 선생님이 납작해진 종이비행기를 집으려고 팔을 뻗으며 말한다. "누가 만들었는지 아니?"

케이드는 잉그럼 선생님의 손이 닿기 전에 종이비행기를 낚아챈다. 그러더니 분노에 가득 찬 얼굴을 하고 의자 위에 올라가 모두가 볼 수 있게 스와스티카가 그려진 종이를 펼친다.

식당 전체가 조용해진다. 난 잉그럼 선생님 뒤로 의자를 끌고 가서 케이드와 합세한다. 그런 다음 한쪽 팔을 뻗어 종이의 한쪽 끝을 잡는다. 나와 눈이 마주치는 애들은 하나같이 눈을 피한다.

침묵을 깨고 하나둘 소곤대기 시작한다. 하지만 1교시 전에 사물함 앞에서 그랬던 것처럼 우리를 보고 웃거나 놀리는 애들은 없다. 케이드의 할아버지가 말씀하신 무대에서 조명을 받는다는 건 *이런 게* 아닐까? 케이드는 내 손에서 종이를 당겨 가져가더니 천천히 반으로 찢는다. 그리고는 주먹을 쥐어 구겨 버리고 의자에서 뛰어내려 쓰레기통으로 걸어간다. 케이드가 돌아오자, 난 의자를 원래 위치에 가져가서 앉는다.

미동도 하지 않고 서 있던 잉그럼 선생님은 말없이 바지 주머니에서 자물쇠 두 개를 꺼낸다. "교무실에서 행정 담당 워서 선생님이 이걸 너희에게 주라고 하셨어. 새 비밀번호는 뒤에 테이프로 가려져 있어. 혹시나 해서 얘기하는 건데, 내가 확인해 봤더니 전교생의 자물쇠 비밀번호가 있는 파일에 접근할 수 있는 건 워서 선생님과 맥닐 교장 선생님뿐이야. 두 분은 파일을 열 수 있는 각자의 아이디를 갖고 계셔. 워서 선생님이 확인해 봤는데, 누군가가 그 목록을 마지막으로 열어 본 건 이번 학기 세 번째 주였대."

그러면 케리앤이 한 게 아니란 말인가? 난 속으로 생각한다. *그러면 누구지? 어떻게 했지?*

헤더가 다가온다. 한 손에는 책을, 한 손엔 접시를 들고 있다. 파란 머리칼이 폭포처럼 어깨 위로 쏟아져 내린다. "같이 앉아도 되니?" 헤더가 묻는다. 식당에 있는 애들 절반이 들을 정도로 큰 소리다.

난 내 옆에 있는 의자를 당기며 앉으라고 손짓한다. "물론."

"고마워." 헤더의 손에 있던 접시가 기울어진 걸 보고 내가 잽싸게 받아준다. 몇 초 동안 헤더는 미동도 하지 않는다. 난 이 애가 뭘 쳐다보고 있는지 보려고 고개를 돌린다. 제시다. 메이슨을 포함한 아이스하키 팀원들과 함께 앉아 있다. 괴상한 표정을 짓고 있는데, 자기 주변에 있는 사람들을 전혀 의식하지 못하는 것 같다. 그 순간, 제시의 눈에는 헤더밖에 들어오지 않는 듯하다. 레지가 어깨를 치자 비로소 마법이 풀린다. 헤더는 책을 내려놓고 우리 테이블에 앉는다.

"꼭 오늘이 아니어도 너와 같이 앉고 싶었어." 긴 설명 없이 그렇게 간단하게 말을 마친다. 자세한 이유는 없어도 된다. 이 애가 우리와 있어서 기쁘다.

그러자 대니얼이 다가온다. "앉아도 돼?" 주인 없는 의자를 가리키며 묻는다.

케이드가 미소 짓는다. "당연하지."

잉그럼 선생님은 노란색 스카프를 고쳐 매고 우리를 향해 허리를 숙인다. 우리 넷은 선생님에게 주목한다. 잉그럼 선생님이 속삭인다. "몇몇 선생님들이 너희를 지지하고 있어. 우리 중 몇 명이 교장 선생님을 찾아갔었어. 안타깝게도 의견이 맞지 않아서 선을 넘지 않는 정도로만 얘기했지만, 그래도 너희가 알면 좋을 것 같았어." 선생님의 시선이 식당 전체를 훑고는 다시 우리에게로 돌아온다. "내 도움이 필요하면 나를 찾아와. 같이 얘기해 보자. 알았지?"

"정말 감사합니다, 잉그럼 선생님." 케이드는 감자튀김을 집어 케첩을 찍더니 접시 가운데에 선을 하나 긋고는 손가락으로 지운다. 그 애는 반항적인 눈으로 선생님을 쳐다본다. "하지만 마음만 받을게요. 선생님은 선을 넘지 않으셨다지만, 저희는 어떻게 될지 모르겠네요."

37
맥닐 교장

맥닐 교장의 목소리가 스피커를 통해 흘러나온다:

"리비에르 고등학교 학생 여러분. 누군가가 몇몇 학생들을 대상으로 증오에 찬 언행을 하고, 공공 기물을 파손한다는 이야기가 여러 경로를 통해 저에게 들려오고 있습니다. 그런 악행을 저지른 가해자에 대해 아는 학생이 있으면 협조 부탁합니다. 리비에르 고등학교에서는 어떤 종류의 증오도 용납되지 않습니다. 편파적 발언 및 교내 폭력에 맞서는 정책이 적힌 인쇄물을 선생님들이 나눠줄 겁니다. 이 내용은 학교 홈페이지에도 게시되어 있습니다. 오늘 모든 학생은 반드시 이 정책을 읽고 서명해야 합니다. 선생님들은 학생들이 잘 읽었는지 확인해 주시고, 오늘 결석한 학생들에게는 별도로 인쇄물을 챙겨 주시기를 바랍니다. 오늘 저녁 하교하기 전까지 서명한 용지를 걷어서 교무실에 내주시기를 바랍니다. 리비에르 고등학교 학생 여러분. 이 행동은 여러분답지 않습니다. 저는 여러분이 타의 모범이 되는 행동을 하길 바랍니다. 나아가 우리 리비에르 로키츠 아이스하키팀이 보여 준 우정, 노력, 헌신의 정신을 생활 속에 반영해 줄 것을 기대합니다. 온라인 발언을 포함, 이 정책을 위반할 경우, 해당 학생은 즉시 정학 처분을 받을 것이며, 나아가 퇴학까지 논의될 수 있습니다. 오늘 있었던 일들과 관련하여, 선생님들과 학생들의 각별한 주의를 부탁드립니다. 올바른 학생이라면, 잘못에 대한 책임이 있는 학생을 보는 즉시 학교 측에 알려야 합니다. 우리 학교는 모든 학생에게 안전하고 따뜻한 보금자리가 되어야 합니다. 교장이 할 말은 여기까지입니다. 남은 하루 잘 보내길 바랍니다."

38

로건

세계 정치사 수업이 끝나는 종이 울리자 바틀리 선생님이 나에게 다가온다. "로건, 잠깐 얘기 좀 하자." 난 책상으로 돌아가는 선생님의 뒷모습을 본 뒤 케이드와 눈빛을 교환한다. *지금 뭐 하려?* 선생님은 가방을 싸서 책상에 올려놓고 나를 기다리다가, 내가 다가가자 무언가를 건넨다. 반으로 접어 스테이플러로 봉해 놓은 종이다. 겉에는 내 이름이 적혀 있다. "레인 선생님이 네게 전해 주라고 하셨어."

내가 종이를 받자 바틀리 선생님은 아무 말 없이 옷장으로 걸어간다. 난 선생님의 등에다 대고 말한다. "고맙습니다."

레인 선생님은 내가 들었던 사회학 토론 과목 선생님인 동시에, 내가 고1, 고2였을 때 전미 우등생 모임 담당 지도 교사였다.

케이드와 복도에 나오자마자, 나는 레인 선생님의 쪽지를 열어 본다. '오늘 방과 후나 내일 아무 때나 찾아와 주렴. 레인 선생님이'

"왜 부르는 걸까?" 케이드가 묻는다.

"모르겠어. 마지막으로 얘기한 건 몇 주 전이었어. 나를 최우수 졸업반 학생에게 주는 대학 장학금 수여자 후보에 올려 주셨거든. 그것과 관련 있는 게 아닐까?"

케이드가 고개를 끄덕인다. "같이 가 줄까?"

"집에 가서 아빠가 보일러 고치는 거 도와드려야 하지 않아?"

"레인 선생님이 무슨 얘기를 하든 몇 분 안 걸릴 것 같아. 기다릴 수 있어."

"아냐. 아빠 기다리시잖아. 아마 별일 아닐 거야. 급한 것 같은 글투가 아니었어. 그러니까 그렇게 중요한 일은 아닐 거야."

"확실해?"

"응." 장난스럽게 밀치며 내가 말한다. "얼른 가. 전화로 얘기해 줄게."

* * *

레인 선생님의 교실 문을 열고 들어가니 선생님이 자리에서 일어난다. "들러 줘서 고맙다, 로건. 잠깐 따라올래?" 선생님이 따라오라고 손짓한다. 이상하다. 내가 모르는 애들 몇 명이 교실에 앉아서 시험 문제를 풀고 있다. 방해하고 싶지 않아서 그러나?

난 레인 선생님을 따라 교실 밖 복도 벽에 있는 간이 테이블 구간으로 간다. 복도 끝 모퉁이에 도달해서야 선생님은 뒤돌아서서 나를 본다. 얼굴은 분노에 가득 차 있다.

선생님은 한 걸음 뒤로 물러서서 나와의 거리를 벌린다. "너에게 거는 기대가 컸는데 실망이 크구나, 로건."

난 따귀를 한 대 맞은 듯 움찔거린다. "네?"

"지금 말한 대로야." 레인 선생님이 날카로운 목소리로 속삭인다. "난 큰 충격을 받았어. 네가 그렇게 생각 없고 배려 없는 행동을 할 거라곤 꿈에도 몰랐네. 유감스럽게도 장학금 추천서는 없던 일로 해야겠다. 넌 그걸 받을 자격이 없어."

그의 말에 머릿속이 하얘진다. 숨을 쉬기가 쉽지 않다. 다리에 힘이 풀린다. 선생님은 벽을 짚고 서 있는 나에게 계속해서 공격적인 말을 퍼붓는다.

"너와 케이드가 한 짓은 정말이지 끔찍해. 언론사에 찾아가 바틀리 선생님을 희롱하는 말을 하다니."

"희롱이라고요?" 눈앞에 검은 점들이 깜빡거린다.

"그렇게 관심을 받고 싶었어? 그래서 그런 거야?"

"아뇨!"

"바틀리 선생님이 사직하길 원하는 사람들이 있어! 넌 선생님의 흠 잡을 데 없는 명예를 훼손했을 뿐만 아니라, 학교의 이름에도 먹칠을 했어. 넌 이 지역 사회를 모욕했어. 많은 이들이 아끼는 이 지역 사회를."

"저도 아껴요!"

레인 선생님은 혐오감을 표하며 고개를 젓는다. "얼마든지 다른 방식으로도 대처할 수 있었어. 정상적인 사람들처럼 예절을 지키면서도 충분히 할 수 있었다고. 바틀리 선생님과 대화를 통해 개인적으로 문제를 해결했어야지."

"그러려고 노력했어요."

"충분히 하지 않은 모양인 게지."

"저희는 맥닐 교장 선생님과도 얘기했고…"

"문제는 바로 그거야. 요즘 사람들은 모든 것에 너무 예민해. 윗사람에 대한 예의가 없어. 바틀리 선생님은 너를 도우려고 그렇게 애쓰셨는데."

난 벽에 몸을 기댄다. 생각을 할 수 없다. 말도 할 수 없다. 아무 생각도 안 든다.

"네가 무슨 짓을 했는지 진지하게 생각해 봐. 특히 너의 행동이 다른 학생들, 이 학교, 이 지역 사회에 어떤 영향을 끼쳤는지를 생각해 봐. 그런 다음에 나와 다시 얘기…"

난데없이 대니얼이 내 옆에 와서 서더니 레인 선생님을 노려본다. 우리가 하는 얘기를 다 들었을까? "가자, 로건. 레인 선생님은 너에게 더 할 얘기 없으셔."

* * *

소리 지르고 싶어! *으으으윽!*

대니얼과 모퉁이를 돌자마자, 나는 가방을 부둥켜안고 달리기 시작한다. 짜증 난다. 열 받는다. 레인 선생님의 말을 듣고 밀려오는 이 분노, 난처함, 상처, 충격을 설명할 단어가 떠오르지 않는다. 지금에야 머리에 맴도는 말들을 다시 돌아가서 퍼부어 줄 수 있다면 얼마나 좋을까. 이번 학기에 그 선생 수업이 없어서 천만다행이다. 그 사람과 한 교실에 있으면 속이 터져 죽을지도 모른다.

계단에 도달하자, 난 난간을 붙잡고 한 번에 두 칸씩 내려간다. 그러다가 몸집이 작은 여자애와 부딪친다. 여자애는 아이스하키 유니폼을 입은 어떤 남자애한테 부딪친다.

"야! 조심해!" 남자애는 내가 아닌 그 여자애에게 소리친다. "미안." 난 그렇게 말하고 계속해서 인파를 뚫고 간다. 어떤 선생님이 나보고 천천히 가라고 소리치지만 난 속도를 줄이지 않는다.

대니얼은 계속해서 따라오며 "넌 화낼 권리가 있어. 그 선생님의 말은 잘못된 거야."와 같은 상투적인 말을 해 준다.

난 이제 아무 배려심 없이 사람들 사이를 뚫고 나아간다. 레인 선생님의 말에 동의할 선생님들이 몇 명일까? 진짜 우리가 학교의 명예를 떨어트렸다고 생각하는 건가? 정말 우리 때문에 지역 사회가 타격을 입었을까?

엉망진창이다.

잉그럼 선생님을 비롯해 우리를 지지한다던 선생님들은 어디에 있는 걸까? 직장을 잃을까 봐 두려운 걸까?

아빠와 얘기하고 싶지만, 지금은 강의 중이다. 아빠는 레인 선생님이 한 말이 타당하다고 할까? 아니지, 아니지. 아빤 우리를 지지해. 우리가 옳은 일을 한다고 했어. 아빠의 마음을 의심할 수야 없지.

"로건, 잠깐만!"

난 대니얼에 대해 잊고 있었다. 하지만 기다려 줄 수 없다. 당장 이곳을 빠져나가야 한다.

숨을 헐떡이며 대니얼이 따라온다. 나와 발소리도 똑같다. "이 문제 해결하는 거 도와줄게."

"해결? 레인 선생님 말하는 거 너도 들었잖아."

"도를 넘는 발언이었어."

내가 잽싸게 돌아서자 대니얼은 자기 발에 걸려 넘어질 뻔했다. "그렇게 생각해?" 난 좌절감에 길게 숨을 내뱉는다. "미안. 내가 너무 딱딱거렸네. 너한테 화난 거 아니야."

"알아."

"레인 선생님 때문에." 문득 의문이 든다. 바틀리 선생님은 레인 선생님이 나에게 무슨 얘기를 할지 알고 있었을까? 교실에서는 괜찮았다. 나를 불렀을 때, 원래처럼 긍정적인 에너지는 안 느껴졌지만 적어도 화가 난 것 같진 않았다. 내가 엘리 위젤의 인용문을 벽에 붙일 때도 별말 없었다.

난 다시 걷기 시작한다. 이제는 정상 속도. 그러다 케리앤과 눈이 마주치자, 그 앤 내가 전기 충격기라도 쏜 것처럼 화들짝 놀란다. 케리앤은 쥐구멍으로 도로 들어가는 쥐처럼 고개를 숙이고 총총걸음으로 걸어간다.

메이슨이 자물쇠 비밀번호 유출에 관해서 케리앤에게 물어본 걸까?

머리가 아프다. 잠시라도 다 잊고 싶다. 온라인에 댓글들, 비웃음, 속삭임, 스와스티카, 레인 선생님. 신경 쓰이는 게 너무 많다. "여길 빠져나가야 해. 미안. 지금은 감당이 안 돼." 난 다시 조금 빠르게 걷기 시작한다.

"네가 미안해할 이유 없어."

"지금은 그래."

난 사물함 앞에 서서 워서 선생님에게 받은 새 자물쇠를 맞춘다. *이런! 비밀번호가 뭐였더라?* 기억해 보려고 애쓰지만 아무 생각도 나지 않는다. 내 가방 안 어딘가에 비밀번호가 적힌 테이프 쪼가리가 있다. 하지만 아무리 뒤져 봐도 찾을 수 없다. "에이씨, 알 게 뭐야."

난 외투를 그냥 둔 채 다리를 조금 절룩거리며 그곳을 떠난다. 주머니에 손을 넣으니 자동차 열쇠가 손에 집힌다. 그래도 이건 제자리에 있네.

39

케이드

부엌에 들어가는 순간 한기가 느껴진다. 보일러가 고장 나서가 아니라 무언가가 단단히 잘못돼서 그렇다. 집안 분위기가 이렇게까지 싸했던 적은 없었다. 엄마, 아빠, 할머니가 식탁에 둘러앉아 계신다. 할머니의 얼굴색이 밀가루만큼이나 창백하다.

"이리 와서 앉아, 케이드. 학교는 어땠니?" 할머니가 머그잔을 쥔 채 물으신다. 머그잔은 반으로 접힌 《뉴욕 저널》 위에 놓여 있다. 할머니에게 대답하려 하지만 아빠의 어두운 표정을 보니 말이 나오질 않는다. 심호흡을 해 보려 하지만 숨이 턱 막혀서 쉽지 않다. 머릿속에 악몽 같은 생각들이 밀려온다. 과제, 할머니의 건강, 여관의 재정 문제.

"가족회의를 하자." 엄마가 말씀하신다. 아빠는 작업화를 신은 발로 내가 앉을 의자 다리를 걸어서 끄집어낸다. 내 자리에는 핫초콜릿이 담긴 머그잔과 생강 쿠키가 놓인 접시가 있다. 할머니가 만드신 것들이다.

할머니는 신문지 위에 놓여 있던 잔이 무겁기라도 하듯 끌어서 옆에 놓고는, 신문을 펼쳐서 식탁 가운데로 민다. '주(州) 소식' 항목 아래에, 로건과 나의 사진이 있고 '살의에 찬 과제에 반대하는 뉴욕주 십 대들'이라는 제목이 적혀 있다.

어떻게 이럴 수가 있지? 우린 이 신문사랑 인터뷰한 적이 없는데.

"자세하게 얘기해 줬으면 좋겠어." 할머니가 강한 폴란드 억양으로 말씀하신다. "이 과제가 어떤 건지 얘기해 봐라."

난 엄마를 힐끗 쳐다보았고, 엄마는 계속해 보라는 뜻으로 손짓했다.

난 시간을 벌려고 생강 쿠키를 베어 문다. 어디에서부터 시작해야 하지? "세계 정치사를 가르치는 바틀리 선생님이 반제 회의를 재연하는 토론 과제를 내줬어요."

"그게 무슨 회원데?" 할머니가 물으신다.

"히틀러가 제시한 유대인 최종 해결책을 들어보신 적 있으세요?"

할머니가 고개를 끄덕이신다. 난 간단하게 줄여서 그동안 있었던 일을 설명한다. 바틀리 선생님은 우리가 나치의 관점으로 최종 해결책을 검토하기를 원한다고 말하자, 할머니는 엄마의 손을 세게 움켜잡으신다. 이어서 애초에 과제가 취소되길 원하는 이유에 초점을 맞춰 바틀리 선생님, 맥닐 교장 선생님, 기자에게 한 이야기를 설명한다. 할아버지나, 당신께서 들려주셨던 오래전 이야기는 언급하지 않는다.

할머니는 집중해서 들으신다. 엄마의 손을 잡고 있지 않은 반대쪽 손이 심하게 떨린다. 할머니는 아무런 질문도 하지 않으신다. 난 인터넷에 올라온 공격적인 댓글, 사물함에 붙어 있던 스와스티카와 증오에 찬 말들은 걸러내고 말한다. 내가 말을 마치자 할머니는 커피잔을 응시하신다.

엄마가 할머니의 꽉 쥔 손을 어떻게든 느슨하게 만들려 한다. "엄마, 괜찮아요?"

할머니가 엄마의 손을 놔주고 고개를 든다. 눈꺼풀이 무거워 보인다. "그 토론을 못 하게 해. 그건 사악한 과제야, 케이드. 네가 막아야 한다."

난 뭐라고 대답해야 할지 몰라 엄마를 본다.

"케이드가 잘 하고 있어요. 괜찮을 거예요." 아빠가 할머니를 진정시킨다.

"아니, 안 괜찮아. 괜찮았던 적은 없어." 할머니가 가슴에 얹은 손이 심하게 떨리고 있다. 그 모습을 본 나도 온몸이 떨린다. 할머니의 볼에 눈물 한 방울이 흘러 내린다.

"할머니를 속상하게 해 드릴 생각은 없었어요."

할머니가 고개를 저으신다. "넌 네 할아버지와 나에게 늘 축복이었어." 할머니의 볼에 눈물 한 방울이 더 흘러내린다. "네 할아버지가 말해 줬어. 너한테 다 얘기했다고. 엄마, 아빠에게 네 할아버지 이야기를 들려줬니?"

난 잔을 내려놓다가 핫초코를 식탁에 쏟는다.

"어떤 얘기요?" 엄마가 혼란스러운 표정으로 묻는다.

"네 아빠는 너에게도 얘기하고 싶어 했어, 미카일라. 하지만 내가 마음의 준비가 안 됐었지. 얘기할 수 없었어. 너를 안전하게 키우고 싶어서 그런 거니까 이해해 다오. 우리 가족 모두를 지키고 싶었어. 그런데 네 아빠는 나 외에 누군가에게 자기 얘기를 하지 않고는 눈을 감기 싫었던 모양이야. 그래서 케이드가 물어봤을 때…" 할머니의 목소리가 잦아든다.

엄마가 속삭인다. "하지만 나도 물어봤잖아요."

할머니는 식탁을 짚고 일어나 몸을 움츠리신다. "누워야겠다."

엄마가 할머니의 어깨를 감싸 안는다.

"난 괜찮아. 괜히 호들갑 피우지 말고. 내 방으로 가서 얘기하자."

아빠와 난 할머니를 따라간다. 할머니가 침대에 누우시는 걸 보고 있는데, 할아버지가 들려주신 이야기의 장면들이 하나둘 뇌리에 스친다. 난 어디까지 이야기해야 하지?

할머니가 무릎에 이불을 덮으며 말씀하신다. "미카일라, 네가 누군가한

195

테 화를 내야 한다면 나한테 해야 해. 이건 내 잘못이니까." 할머니가 나에게 옆에 와서 앉으라며 침대를 두드리신다. "네 할아버지가 목숨을 구해준 유대인 소년 이야기를 기억하니, 케이드?" 난 고개를 끄덕인다. "그 아이의 이름은 얀켈이었어." 할머니는 내 손을 잡으시더니, 나보고 말을 이어가라는 듯 손을 꼭 쥐신다.

"얀켈은 할아버지와 가장 친한 친구 중 한 명이었대요. 할아버지의 가족 농장에서 가까운 마을에 살았다고 해요. 얀켈의 부모님은 빵집을 운영했대요."

할머니가 고개를 끄덕이시더니 엄마를 보며 계속해서 말씀하신다. "하루는 나치군 수십 명이 농가에 나타나 가족들의 신분 서류를 조사하고 음식과 값나가는 물건들을 약탈했지. 그러고는 그 길로 시내로 갔어. 나치가 이제 무슨 짓을 할 거냐고 네 아빠가 자기 부모님에게 물었지. 너희 친할아버지, 친할머니는 대답하지 않고, 군인들을 따라가려는 아이를 막았어.

그런데 바르클라프는 말을 듣지 않았어. 기회가 생기자마자 시내로 간 거야. 나치군은 유대인들을 죄다 한곳에 모았어. 한 명도 빼놓지 않고 그 곳에 소집하고 광장에 세워 놨지. 아마 천 명이 넘었을 거야. 입을 열면 쏴 죽이겠다고 친위대 장교가 말했어. 우는 아기가 있었는데, 엄마가 애를 끌어안고 흔들면서 울음 그치게 하려고 했어. 하지만 아무리 달래도 애가 울음을 멈추지 않는 거야. 그 나치 놈들이 그 아기에게, 그 천사 같은 아기에게 무슨 짓을 했을 것 같아?" 할머니는 공을 공중에 던지는 손짓을 하신다. "아기 엄마는 *소리를 질렀어!* 그 여자의 남편이 위로하려고 했지만 소용없었지. 두 사람 다 머리에 총을 맞았어. 잔인한 것들." 할머니의 양쪽 볼에 눈물이 흘러내린다.

"할아버지가 아기 얘기는 안 했었는데." 내가 속삭인다.

"엄마, 지금 그런 얘기는 꼭 안 해도 될 것 같아요. 엄마 지금 마음이 너무…"

"미카일라, 난 이 마음의 짐을 거의 평생 안고 살았어. 이제 보내 줄 때가 됐다."

엄마는 침대 측면에 기대앉아 한쪽 팔로 배를 감싸고, 한 손으로는 울음을 참으려는 듯 입을 막고 있다. 아빠는 할머니의 서랍장 근처에 미동도 하지 않고 서 있다.

"나치들이 한 짓은 잔인한 정도가 아녔어. 악 그 자체였지. 네 할아버지 친구 중에 여섯 명이 교수대에서 죽었어. 그중에서 제일 나이 많은 친구가 열다섯 살이었고, 제일 어린 친구가 열두 살이었다." 할머니는 목멘 소리로 간신히 말을 이어 나가신다. "죽는 데 제일 오래 걸린 건 그 어린 친구였어."

"엄마, 너무 끔찍해요."

엄마가 휴지 상자를 가져온다. 할머니가 나보고 이어서 말하라고 손짓하시자, 나는 할아버지가 외양간에 숨어 있는 얀켈을 발견한 이야기와 할아버지의 어머니가 얀켈을 머물게 해서는 안 된다고 했던 이야기를 들려준다. "두 분은 얀켈의 머리를 염색하고 십자가와 성경책을 줬어요. 그러고는 가톨릭 기도문을 알려 주며 외우라고 했죠."

할머니가 엄마를 보며 말씀하신다. "얀켈은 바르클라프의 신분증을 받아 갔어. 네 아빠인 바르클라프 말이야. 그러니까 얀켈이 바르클라프가 된 거지." 할머니가 *지금 듣고 있는 거니? 내가 한 말 듣고 있냐고?*라고 묻듯 미간을 찌푸리신다.

"그래서 얀켈이 바르클라프가 됐군요." 엄마가 확인시켜 드린다.

할머니는 고개를 끄덕이신다. "그래. 네가 꼭 알아야 할 게 있어." 할머니는 내 손을 꼭 쥐신 채 엄마에게 가까이 오라고 손짓하신다. 엄마는 내 옆에 앉는다.

"그 얀켈이라는 남자아이가 어떻게 됐는지는 듣지 못했지? 그 아이는 간신히 살아남았어. 삼 년 가까이 밭, 숲, 외양간을 옮겨 다니며 잠을 잤지. 몸을 피할 곳이 있으면 어디든 가리지 않은 거야. 그 아이는 나치에게 발각될지도 모른다는 두려움으로 한순간도 자유롭지 못했어. 비와 무더위를 견뎌냈지만 가장 견디기 힘든 건 겨울이었지. 얀켈은 도망 다니고, 숨기를 반복하며 살아남았어. 늘 죽음이 도사리고 있었지만, 삶의 끈을 놓지 않았지. 그런데 세 번째 맞는 겨울에는 너무 지친 나머지 병이 들고 만 거야. 특히 손가락은 동상 때문에 살짝만 스쳐도 부러질 지경이 됐어. 얀켈은 기적이 일어나기만을 기도했지.

다음 날, 얀켈은 개울가에서 빨래하는 한 여자를 봤어. 그 순간 본능적으로 몸을 숨겼지. 그 여자가 신고해서 나치에게 체포되면, 신분증을 보고 왜 집에서 이렇게 멀리까지 왔는지 의심하고 샅샅이 조사할 테니까. 고아라고 주장해도 나치는 사칭한다는 걸 쉽게 확인할 수 있었을 거야. 바르클라프는 겁이 났어. 어떻게 해야 할지를 몰랐지. 자신의 손을 내려다봤어. 손가락은 새까맣게 변해 있었지. 그때 작은 목소리가 들려왔어. '저 여자는 믿어도 돼.' 그 목소리가 속삭였어. '너를 도와줄 거야.' 소년은 망설이며 여자에게 다가가 손을 들어 보였어. 항복의 의사 표시가 아니라 손가락이 어떻게 됐는지를 보여 주려고 그런 거야.

바르클라프는 그 여자의 눈에서 동정심을 봤어. 여자는 조심스럽게 소년의 손가락을 살펴봤지. 그러면서 유대인이냐고 소년에게 물었어. 지난 삼 년 동안 얀켈은 바르클라프라는 이름으로 살아왔어. 삼 년 동안 본명과 자신의 정체를 숨겨 왔었지.

작은 목소리가 또 들려왔어. '괜찮아. 이야기해도 돼.' 그래서 소년은 말했지. '저는 유대인이에요.'

동정심에 차 있던 그 여자의 표정은 고통으로 일그러졌어. 이내 깊은 연민을 보이며 말했지. '내가 도와줄게. 내 조카라고 얘기하면 돼. 하지만 약속해. 절대 다른 사람에게 얘기하지 않겠다고. 네가 유대인인 걸 아무한테도 말해선 안 돼. 위험해. 약속하는 거지?' 소년은 약속했어."

난 할머니의 볼에 흐르는 눈물을 닦아드린다.

"곧바로 집에 바르클라프를 데려가는 건 너무 위험했어. 그 여자는 날이 저문 뒤에 다시 오겠다고 약속하며 옥수수 농장 근처에 있는 숲속에 숨어 있으라고 했어. 소년은 두려움에 떨며 기다렸지. 그렇게 몇 시간이 지났어. 밤이 되자 안 그래도 추웠던 날씨는 살을 후벼팔 정도로 매서워졌어. 소년은 그 결정이 옳았는지를 쉬지 않고 자신에게 되물었어. 희망과 두려움이 계속해서 교차했지. 그 여자가 나치 군인들을 데려오면 어쩌지? 그때 다시 작은 목소리가 소년을 안심시켜 줬어. 괜찮을 거라고. 그 여자가 반드시 도와줄 거라고."

할머니는 잠시 말을 멈춘 뒤 눈을 아래로 내리며 내 손을 놓아주신다.

일 분이 지나간다. 또 일 분. 할머니가 시선을 들고 심호흡을 하신 뒤 말씀을 이어가신다.

"여자는 돌아왔어. 바르클라프에게 자신이 유대인인 걸 절대 말하지 말라고 다시 한번 당부했지. 여자는 소년을 집으로 데려가 먹을 걸 주고 침대를 내줬어. 집에서 만든 버터를 들고 나가 물물교환으로 연고를 사와 바르클라프에게 발라 줬지. 그 여자의 정성으로 바르클라프의 손은 생기를 되찾았어. 그 몇 주 동안, 그 여자는 자신에 대해 몇 가지를 이야기했어. 자기가 과부라는 것과 아들들이 나치에게 끌려가 전쟁터에서 목숨 걸고 싸우고 있다는 걸 얘기했어. 바르클라프는 그 여자의 집에서 육 주를 머물렀어. 그 여자는 관대하고 자상했어. 수호천사가 사람이었다면 그런 모습이었을 거야. 얀켈에게 자기 이름을 준 소년도 마찬가지고. 그 육 주 동안 바르클라프는 안전하게 머물 집이 있었어."

할머니는 자신의 손을 응시하시더니 할아버지가 하시던 것처럼 손가락을 움직이신다. 할머니는 내 손을 잡고는 손바닥이 위로 가게 한 뒤 나와 깍지를 끼신다. 그러고는 뒤에 앉아 있는 엄마에게 곁으로 오라고 하신다. 엄마가 반대편에 앉자 할머니는 엄마의 손을 잡으신다. 할머니의 눈에 절실함이 가득하다. 우리가 이해하기를 애원하는 듯한 눈빛이다.

할머니가 훌쩍거린다. 감정이 북받쳐 목소리가 무겁다. "네 할아버지가 바로 그 유대인 소년 얀켈이었어. 바르클라프의 이름을 받은 것도, 숲에서 살아남은 것도, 과부의 도움을 받은 것도, 유대인 파르티잔에게 발견돼 그들을 따라간 것도 바로 네 할아버지야. 그들은 나치에 맞서 싸웠지. 얼마안 있어서 네 할아버지는 성경책을 잃어버렸어."

엄마와 아빠는 아무 말도 없다. 나는 입을 다물지 못한다.

할머니가 이어서 말씀하신다. "나도 얀켈처럼 유대인이야. 나도 그 마을에 살았어. 난 그로스-로젠 강제 수용소에서 살아남았어. 교수대에서 제일 늦게 죽은 열두 살짜리 남자아이 있지? 그 아이는 우리 남매 중 제일 어린 오빠인 미코엘이야. 미코엘은 히브리어로 마이클이지." 할머니가 막내 오빠 이름 가운데 글자를 발음할 때는 꼭 헛기침하는 소리가 나는 것 같다.

할머니가 심호흡을 한 뒤, 아빠를 보신다. "애덤, 내 서랍장 제일 위 칸을 열어 줄래? 내 남편이 그 선한 친구에게 받은 십자가가 거기에 있을 거야."

아빠가 잽싸게 서랍을 연다. 돌아서는 아빠의 손에는 은줄이 연결된 십자가가 있다.

할머니의 시선이 아빠에게서 엄마에게로 옮겨간다. "난 두려웠어, 미카일라. 우리가 유대인인 걸 아무도 몰랐으면 했다. 네 아빠라면 다른 선택을 했을지도 몰라. 묵묵히, 자신의 신념에 충실한 사람이었지. 자기가 살아남은 걸 자랑스럽게 생각했고, 히틀러가 전쟁에 진 걸 감사히 여겼어. 하루하루를 인생의 밝은 면을 보며 살았지. 난 그 점이 참 좋았어. 네 아빠가 아니었으면 내가 어떤 삶을 살았을지 상상이 안 된다. 나를 너무나도 사랑해서 우리의 비밀을 지키며 사는 데에 동의했어. 그건 네가 이해해 줘야 해. 우린 모두를 잃었어. 부모님, 조부모님, 형제자매들, 이모들, 삼촌들, 사촌들. 친구도, 이웃도 잃었지. *모두를*. 나에겐 너무나 큰 고통이었어."

할머니가 흐느껴 운다.

엄마도 흐느껴 운다.

나도 흐느껴 운다.

아빠의 볼에 눈물이 흘러내린다.

몇 분 후, 할머니는 평정심을 되찾으신다. "처음 미국에 왔을 때, 우리는 브루클린에 살았어. 우리 말고 다른 생존자들도 많이 있어서 안전하고 멋진 공동체가 될 거라고 생각했지. 그런데 어느 날, 유대인 노인에게 깡패들이 침을 뱉는 걸 봤어. 그 할아버지를 쓰러트리고 발로 차며 끔찍한 말들을 내뱉었지. 히틀러가 그 노인과 가족을 태워서 재로 만들어야 했다고 말했어. 난 보면서도 믿기 힘들었지. 난 그런 재를 실제로 봤거든."

할머니는 잠시 흐느끼시고는 이어서 말씀하신다. "난 먹지도, 자지도 못했어. 너무 무서웠지. 네 아빠에게 다른 곳으로 가자고 얘기했어. 리비에르에 가면 안전할 거라고 생각했거든. 우리가 유대인인 걸 아무도 모를 거고, 애초에 유대인 가족이 살지 않았던 곳이니까 괴롭히려야 괴롭힐 수도 없을 테고. 처음부터 시작할 수 있을 것 같았지. 아이를 낳고 싶었는데, 너도 알다시피 난 유산을 여러 번 했어. 그러고 나서야 네가 와 줬지. 우리의 기적과도 같은 아이. 너만은 잃고 싶지 않았어, 미카일라. 너를 안전하게 지키고 싶었어! 우리 가족은 성당에 오라고 초대받았는데, 성당에 다니면 더 안전해질 것 같다는 생각이 들었어. 그게 옳은 선택이라고 생각했지."

입술이 떨린다. 눈물이 쏟아져 볼에 흘러내린다. 내 주먹을 세게 깨물며 울음이 터지려는 것을 억지로 막는다.

엄마가 숨을 크게 들이마신다. "아, 엄마." 엄마는 흐느끼며 할머니의 두 손에 얼굴을 파묻는다.

40

조건

차를 타고 리비에르를 벗어나 일 차선 고속도로에 들어선 다음에야 난 내가 어디로 향하는지를 깨닫는다. 난 지금 아빠가 필요하다.

내가 강의실에 들어서는 순간, 아빠는 화이트보드에 무언가를 적다 말고 돌아서서 나를 쳐다본다. 놀라는 몸짓을 두 번이나 하는 것으로 보아 정말 깜짝 놀란 모양이다. 아빠는 마커를 내려놓고 학생들에게 말한다. "중요한 약속이 있어서 오늘 수업은 여기까지 하겠습니다."

그 즉시 강의실이 소란스러워진다. 공책과 노트북 정리하는 소리, 의자 끄는 소리, 가방 지퍼 여닫는 소리, 핸드폰 알림음. 난 옆으로 잠시 비켰다가 나오는 인파가 잠시 끊긴 틈을 타서 교단을 향해 내려간다. 아빠와 나는 중간 지점에서 만난다. "무슨 일이야, 로건? 뭐가 잘못됐니?"

참았던 울음이 와락 터진다. 아빠는 나를 끌어안고 내 머리를 쓰다듬으며 "괜찮아."라고 말한다. 뭐가 괜찮다는 건진 모르겠지만, 그 따뜻함에 난 다시 숨을 쉴 수 있게 된다.

난 아빠 품에서 나와 강의실 의자에 앉는다. 아빠는 나보다 한 칸 아래 줄에 있는 의자에 걸터앉는다. 나는 오늘 아침 케이드와 내가 학교에 들어선 순간부터 시작해서, 코트 챙기는 것도 잊은 채 학교에서 빠져나온 순간까지 있었던 일을 낱낱이 이야기한다.

"아무 일도 없으리라고 믿을 만큼 난 순진하지 않아, 아빠. 그런데 스와스티카로 사물함을 도배할 줄은 몰랐어. 레인 선생님한테 말도 안 되는 훈계를 듣게 될 줄도 몰랐고." *레인 선생님의 말이 맞나? 우리가 학교의 이름에 먹칠을 했나? 우리가 다른 선택을 하는 게 옳았을까?* 이런 질문들이 내 머릿속에 맴돌고 있다.

아빠는 아무 말이 없다. 난 진심으로 아빠의 대답을 듣고 싶다. 아빠는 생각에 잠겨 있는 것 같다. "그게 다야." 내가 중얼거린다.

아빠는 넥타이를 조금 끄르고 셔츠 맨 윗단추를 푼다. "레인 선생님이 너한테 실망했다고 그랬다고?"

난 고개를 끄덕인다.

"나도 실망했어." 아빠는 나의 충격받은 표정을 보고는 재빨리 덧붙인다. "네가 *아니라* 그 선생님한테. 네가 너무 자랑스러워! 그건 절대 의심하지 마. 그 선생님 때문에 실의에 빠지거나 판단력이 흐려질 필요 없어. 그 사람은 자기가 뭐라고 그런 말을 해? 넌 이성과 예의를 지키기 위해 최선을 다했어. 지침이 필요한 부분은 전문가에게 조언을 구해서 완벽히 이행했고. 네가 이 도전을 피하고 물러서지 않는 이상 난 너에게 실망할 게 없어. 말도 안 되는 얘기에 너와 케이드가 말려들어서는 안 돼."

이 경험이 쓰라린 것과는 별개로 나에게 이런 아빠가 있다는 게 참 좋다. 난 미소를 짓는다.

"왜 웃어?"

"아빠 말이 맞으니까. 그리고 아빠가 내 아빠여서."

"어휴. 정말 다행이다." 아빠가 눈썹을 닦아 내리는 척하며 말한다. "부모 노릇이라는 게, 이게 쉬운 게 아니거든."

나의 미소는 함박웃음으로 바뀐다. "왜, 잘하고 있는데."

"고마워. 내가 레인 선생님한테 전화할까? 전화하고 싶어. 한소리 해 줘야 직성이 풀리겠는데. 그런 독선적인 말은 딴 데 가서 하라고 말이야."

난 고개를 젓는다. "좋은 생각이 아닌 것 같아."

"아니겠지. 어차피 내 말을 들을 사람도 아닐 테니까. 평화와 정의를 위한 인류애 단체에서 일하는 그 여자한테 연락하는 게 좋겠어. 오늘 있었던 일을 얘기해. 전문적인 조언을 받아야 할 것 같아."

"고마워, 아빠. 그런데 내가 지금 정말 필요한 건 피자야. 화이트소스, 마늘, 치즈. 아 맞다, 케이준 프라이도. 이런 날엔 프라이를 먹어야지."

"넌 그 단체에 전화해. 난 음식 주문할게. 집에서 가서 먹자."

41

케이드

할아버지와 할머니가 유대인이다. 엄마도 유대인인가? *나*도 유대인인가? 어떻게 우리가 유대인일 수 있지?

아빠는 유대인이 아니지만 나는 유대인이다. 그런데 그게 다 무슨 의미일까?

주위를 둘러본다. 모든 게 낯설게 느껴진다. 내 침대, 내 옷, *모든 게* 내 것이 아닌 다른 사람 거 같다.

서랍장에 가서 할아버지와 내가 있는 사진을 집어 든다. 할아버지를 사랑하고 존경했다. 그런데 난 할아버지를 제대로 알기는 했던 걸까? 여태껏 할머니 할아버지는 어떻게 자신들의 신분을 숨긴 채 살아오실 수 있었을까? 눈을 감고 할아버지의 굶주린 모습을 상상해 본다. 두려움에 떨며 황무지를 떠도는 어린 남자아이. 막내 오빠가 교수대에서 죽어가는 모습을 지켜봐야만 했던 할머니. 울음을 참으려고 아랫입술을 세게 깨문다. 난 사진을 엎어 놓고 침대 가장자리에 걸터앉아 창밖을 내다본다. 난 인생 계획을 이미 다 짜 놨었다. 할아버지가 물려주신 가업을 이어가고 싶었다. 그런데 이 상황은 뭐지? 어떻게 그렇게 엄청나고 중요한 것을 숨겨 오셨을 수가 있지?

여기에서 나가야 한다! 이 방. 내실. 이 여관에서!

할머니는 방에 계신다. TV가 켜져 있다. 부모님이 어디에 있나 살펴보

206

다가 접수 데스크에 있는 엄마를 발견한다. 모니터에는 그로스-로젠 강제 수용소에 관련된 영상이 나오고 있다. 엄마가 일어나서 나를 안아 주신다. "난 정말 몰랐어. 의심해 본 적도 없어." 엄마가 화면을 응시하며 말한다. "내 인생이 전부… 거짓이라니."

"아빠는 어디 계세요?"

"바람 쐬러 나가셨어. 곧 들어오시겠지." 엄마는 얇은 금줄에 달린, 사진을 넣을 수 있는 목걸이를 움켜쥐고 있다. 내가 태어났을 때 아빠가 엄마에게 준 거다.

"차 좀 빌려도 돼요? 로건이 과제 하는 걸 도와달라고 해서요." 사실이 아니다. 하지만 이 답답한 곳에서 빠져나갈 다른 핑곗거리가 떠오르지 않는다.

엄마가 시계를 확인한다. "네 할머니가 내일 빵 구울 때 필요한 재료를 식료품점에서 사다 드려야 해. 몇 분 후에 내가 가려고 했는데."

"제가 갈게요." 내가 말한다. "로건네 집 가는 길에 들러서 살게요."

"그래, 그럼. 근데, 너 괜찮니?"

"네. 엄마는요?"

엄마는 고개를 젓는다. 우리 둘 다 한동안 말이 없다. 솔직히 할 말이 생각나지 않는다. 엄마는 내 손을 잡으며 살 것들을 적은 목록을 준다. 당장이라도 문을 열고 달려나가고 싶은 걸 가까스로 참는다.

* * *

카트에 밀가루 몇 봉투를 싣고 있는데 누군가가 내 이름을 언급하는 게 들린다. 어깨너머로 보니 통로 끝에 두 여자가 저마다 꽉 찬 쇼핑 카트를 옆에 두고 서 있다. 나에게 하는 얘기가 아니었다. 둘은 나와 로건, 우리 과

207

제, 《레이크 타운스 저널》에 실린 기사에 관해 얘기하고 있다. 둘 다 내가 모르는 사람이다. 파란 코트를 입은 여자는 나에게 등을 보이고 서 있고, 다른 한 명은 옆모습이 보인다. 그 여자가 말을 하며 팔을 움직일 때마다 팔찌들이 부딪치며 소리를 낸다.

"그 애들이 동네 망신 다 시켰어요." 팔찌 찬 여자가 말한다.

"난 그 애들 의견에 동의해요." 파란 코트가 말한다. "그 과제는 말도 안 돼요."

"애들 의견에 동의하고 말고가 중요한 게 아니죠." 팔찌 찬 여자가 말한다. "언론이 이 지역 사회의 명성을 무너뜨려 놨어요. 외지인들이 우리를 인종 차별주의자나 반유대주의자로 보면 부동산 가치가 떨어지잖아요. 리비에르 이사 오고 싶어 하는 사람 입장에서 생각해 봐요. 이 사건은 우리 동네를 망가트려 놓을 수 있어요. 그 애들 보면 확 목을 졸라 버려야지."

"그 애들 잘못이 아녜요. 난 우리 애들이 그렇게 교육받길 원하지 않아요. 비난받아야 할 사람은 바틀리 선생이죠. 그 선생이 해고돼야 해요."

"왜요? 이미 대가를 치를 만큼 치렀는데." 팔찌 찬 여자가 이쪽을 보더니 표정이 변한다. 나를 알아본 걸까? 파란 코트가 돌아서는 순간, 난 반대 방향으로 달린다. 사람들과 카트를 피해 출구를 열고 빠져나온다.

반 블록 정도 차를 몰다 보니, 내가 운전을 할 수 있는 상태가 아니라는 생각이 든다. 온몸이 떨려서 운전대에 손을 얹어 놓고 있기도 힘들다. 난 깜빡이를 켜고 옆길로 들어서서 갓길에 차를 세운다.

우리가 뭘 한 거지? 저 여자의 말이 사실이면 어쩌지? 우리가 이 동네를 망쳐 놓은 건가?

도망친 나 자신에게 화가 나서 계기판을 주먹으로 친다. 당당히 우리의 주장을 말하지 못해서, 우리를 탓하는 팔찌 찬 여자에게 화가 나서, 바틀리 선생과 교장에게 화가 나서 참을 수 없다. 이건 *모두 그 사람들 잘못이다!*

옳은 일을 한 건데 어떻게 이렇게까지 잘못한 사람 취급을 받을 수 있지?

* * *

내 카트는 그 자리에 그대로 있다. 통로에서 통로로 이동하며 그 여자들을 찾아보지만, 마트 어디에도 보이지 않는다. 난 실망한 채 계산대로 간다. 팔찌 찬 여자에게 말할 기회를 놓쳐서 좌절감을 느낀다.

내가 아니고 로건이었다면 어땠을까? 맞다, *로건!* 그 애가 레인 선생님과 만나기로 한 걸 새까맣게 잊고 있었다. 난 전화기를 확인한다. 문자는 안 왔다. 난 계산을 하고 나와 식료품을 차에 싣고 로건에게 전화를 건다. 바로 음성사서함으로 넘어간다. 문자를 보내 보지만 답은 오지 않는다.

* * *

로건의 집 건너편에 차를 세우고 그 애와 마치 교수님이 집에 오기를 기다린 지 이십 분이 지났다. 난 불편한 마음을 안은 채 이 집의 빅토리아풍 창문을 응시하며 자동차 문에 달린 팔걸이를 손가락으로 두드리고 있다. 꽤 어두워졌지만, 가로등과 집 주위에 쌓인 하얀 눈은 집의 윤곽을 밝혀 주기에 충분하다.

어디 있는 거야, 로건?

다시 한번 로건에게 전화하려는 찰나에, 누군가가 조수석 창문을 두드린다. 난 화들짝 놀라 전화기를 떨어뜨린다. 건장한 체구의 남자가 자동차 지붕에 팔뚝을 얹고 서서 창문 안에 있는 나를 들여다본다. 난 시동을 걸고 창문을 연다.

"여기에 한참 동안 앉아 있길래. 혹시 내가 도와줄 거라도?"

"괜찮아요. 친구를 기다리고 있어요."

"그 친구라는 게 누구지?"

"로건이요. 로건… 마치?"

"확신에 찬 말투가 아니네."

"로건. 맞아요. 바로 저 집에 살아요." 난 길 건너를 가리킨다.

"그럼 넌 온타리오 호수 여관집 아들이겠군. 아버지는 애덤 크로퍼드. 속도위반 한 번. 어머니인 미카일라 크로퍼드는 교통법규 위반한 적 없음. 넌 케이드고. 요즘 어떻게 지내니? 악플 다는 것들이 큰 말썽은 안 일으켰어?"

"설리번 경관님이시군요?"

이 대화가 재밌는지 설리번 경관님은 큰 소리로 웃는다. "맞아. 이렇게 만나게 되니 참 반갑구나. 금요일 밤엔 어땠어? 세이프 헤이븐 박물관에서 필요한 정보는 다 얻었니?"

로건이 얘기한 모양이구나, 생각하며 난 고개를 끄덕인다.

"내 아내 웬디가 거기 담당이거든. 그날 그 약속을 잡았지. 열쇠랑 입장 권한을 준 대신에 로건이 기금을 모금하기로 한 건 알고 있지? 너도 함께 하면 좋을 텐데. 그러면 웬디가 참 좋아할 거야."

그때 마치 교수님의 SUV 차량이 주차장 진입로로 들어오는 걸 보고 난 안도의 한숨을 내쉰다. 로건은 자기 차로 뒤따라온다. 설리번 경관님은 허리를 꼿꼿이 세운다. 운전대를 잡고 있던 내 손은 땀이 차서 미끄러져 내려간다. 설리번 경관님이 마치 교수님에게 다가간다. 난 창문을 올리고 시동을 끈 다음 차에서 내린다.

"이 남자애 아니?" 설리번 경관님이 장난기 섞인 말투로 로건에게 묻는다. "여기서 한참 동안 너를 기다렸어."

"정말요? 뭐가 잘못된 건 아니죠?" 로건이 나를 머리끝에서부터 발끝까지 훑어보며 묻는다.

"응. 아무 문제 없다."

로건은 크게 휘둘러 가방을 어깨에 걸쳐 메고, 손으로는 커다란 피자 상자를 든다. 피자 상자 위에는 기름기가 묻은 하얀 종이봉투가 얹어져 있다.

난 외투를 벗어서 로건의 어깨를 덮는다. "네 코트 어쨌어?"

"학교에 두고 왔어."

마치 교수님이 설리반 경관님과 대화하는 동안, 난 로건을 따라 옆문으로 간다. 로건은 나에게 피자 상자를 건네주고 주머니에서 열쇠를 꺼내 문을 연다.

집 안에 들어서며, 난 할머니에게 들은 이야기를 들려주고 싶은 충동을 느낀다. 하지만 내 마음이 간신히 버티고 있어서, 섣불리 입을 열기가 겁난다. 그래서 대신 이렇게 묻는다. "레인 선생님이 무슨 얘길 했어?"

"그거 물어보려고 온 거야?"

목이 멘다. 로건이 내 얼굴을 찬찬히 살펴본다. 나에게 무슨 일이 있었다는 걸 아는 눈치다. 손님들에겐 얼마든지 활기찬 미소를 지어 보일 수 있지만, 로건에게는 그러기가 힘들다. 난 피자를 부엌에 있는 조리대에 올려놓고는 어깨를 으쓱인다. "걱정됐어."

"미안해. 문자 보내기로 약속해 놓고." 로건은 식탁에 걸터앉아 악몽과도 같은 레인 선생님과 대면에 관해 이야기한다. "나에게 거는 기대가 컸는데 실망이 크대. 최우수 학생에게 주는 장학금은 물 건너간 것 같아."

내 입에서 욕설이 터져 나온다. 난 부엌으로 달려가 바틀리 선생, 맥닐 교장, 레인 선생의 이름을 언급하며, 욕이란 욕은 다 내뱉는다.

"와우." 로건이 말한다. "기분이 좀 나아졌니?"

"별로. 아니다. 조금은 나아진 것 같기도 해." 입꼬리가 스윽 올라간다. 하지만 식료품점에서 있었던 이야기를 들려주기 시작하며, 내 얼굴에서 미소는 사라진다.

"어쩐지 표정이 안 좋다 했어."

그것 때문이 아닌데, 난 속으로 말한다.

로건이 일어선다. "이리 와. 우리 둘 다 포옹이 필요해." 그러면서 내 어깨에 머리를 올려놓으며 묻는다. "기자한테 말한 거 후회돼?"

"전혀. 너는?"

로건은 뒤도 물러서며 나를 감싸던 팔을 푼다. "전혀 안 돼."

"잘됐네."

"리사 첸과 통화했어. 레인 선생님과 있었던 일을 맥닐 교장 선생님이 아는 게 좋을 것 같대. 그런데 난 말하고 싶지 않아. 말하면 그 선생님이 나를 더 싫어할 거 아냐."

"하지만…"

"배 안 고파? 아빠랑 잔뜩 사 왔어. 영혼을 달래 주는 음식 위주로."

"그래. 나한테도 그런 음식이 필요한 순간이다."

42

블레어, 로건, 케이드

영상 통화:

블레어: (글렌슬로프 고등학교 강당 무대에서 뮤지컬 〈그리스〉를 연습하다가 핸드폰으로 대화 중) 잘 버티고 있어?

로건: (옆에는 케이드를 앉히고, 자기 방 침대에 앉아 노트북으로 대화 중) 최고의 나날을 보낸다고 할 수는 없지.

블레어: (누군가의 얼굴이 화면에 뜨고) 이쪽은 리엄이야. 이번 공연에서 대니 역을 맡았어.

리엄: (손을 흔들며) 안녕. 우리 학교 학생 중 절반은 바플리 선생이 내준 말도 안 되는 과제에 대해 알고 있어. 블레어가 다 말해 줬거든. 그냥, 너희들을 정말 존경한다고 말하고 싶었어.

로건과 케이드: 고마워.

블레어: (리엄 옆에 얼굴을 드러내며) 너희 둘, 오늘 끔찍한 하루 보내느라 정말 고생했어.

케이드: (어깨를 으쓱거린다)

로건: 우리가 어떻게 할 수 있는 게 아니니까… (말꼬리를 흐린다)

블레어: 잠깐만. 금방 돌아올게.

로건과 케이드: 응.

블레어: (카메라는 폭이 십 미터 정도 되는 빈 객석과 천장에 달린 밝은 조명 등, 이곳저곳을 훑으며 강당 전체를 샅샅이 보여 준다. 블레어의 얼굴이 다시 나타난다) 미안. 이쪽은 라주르카 선생님이야.

로건과 케이드: (어리둥절한 채 서로를 바라본다)

라주르카 선생님: (블레어의 핸드폰을 보며 웃더니 시선을 무대로 옮기며 고개를 끄덕인다) 준비! (카메라를 반대로 돌리자 무대가 나타난다. 글렌슬로프 고등학교 연극반 학생들 전원이 하얀 종이를 들고 있다) 하나, 둘, 셋.

글렌슬로프 고등학교 연극반 학생 전원: (종이를 뒤집자 #당신을지지합니다 라고 쓴 손글씨가 나타난다. 학생들이 외친다) 우린 로건과 케이드를 지지합니다! (주먹을 불끈 쥐며 함성을 지른다)

블레어: (미소 지으며 나와 라주르카 선생님의 손에서 핸드폰을 받아 자신의 얼굴을 보인다) 사랑해.

로건: (눈물을 글썽이며 케이드에게 기댄다) 정말… 멋졌어.

블레어: 언제든 볼 수 있게 사진 찍어서 보내 줄게.

케이드: (미소 짓는다) 고마워.

로건: (눈물을 훔치며) 고마워. 사랑해.

43

조건

"그분이 *뭐라고* 그랬다고요?" 케이드의 표정도 내 표정만큼이나 상기된다. 케이드는 내 침대 가장자리에 가서 앉고, 나는 책상 의자에 앉아서 노트북을 펼친다.

내 핸드폰 스피커에서 베서니 베셋 기자의 목소리가 흘러나온다. "뉴욕주 교육국장의 말을 그대로 인용할게요. '그 과제는 분석할 가치가 있는 주제인 것 같다. 토론의 양쪽 진영을 모두 관찰함으로써 비판적 사고력을 키울 수 있다. 학생들은 다양한 관점을 연구함으로써 많은 걸 배울 수 있다. 물론 선생님은 새로운 주제를 제시할 때 해당 학년에 맞는 배경지식과 자료를 제공할 책임이 있다.'"

"비판적 사고력이라고요? 양쪽 진영을 모두 관찰하면 비판적 사고력을 키울 수 있다고요?" 난 이 말들을 빈 공책에 적은 뒤 '교육국장의 말'이라고 제목을 단다.

"그렇게 말했어요. 제가 녹음해 놨어요."

"언제 그런 일이 있었죠?" 케이드가 묻는다.

"오늘 낮에 있었던 뉴욕주 교사 회의에서 연설을 했어요. 나오는 길에 만나서 이 건에 관해 물어봤죠."

"와." 케이드가 자리에서 일어나 내 옆으로 온다. 난 옆으로 조금 이동해서 책상 의자에 같이 앉을 수 있게 자리를 내준다. 뉴욕주 교육계의 수장마

215

저도 우리와 반대편에 섰다.

"제 상사가 서의 기사를 한 시간 안에 올릴 거예요. 이미 평화와 정의를 위한 인류애 단체 부대표인 네이선 골드스타인의 강력한 반응을 확보해 놨어요. 거기에 덧붙여서 여러분의 생각도 함께 싣고 싶네요."

"리사 첸은요?" 내가 묻는다.

"네이선이 리사의 상사예요."

케이드와 나는 시선을 교환한다. "골드스타인 씨가 어떤 말을 했는지 들려주실 수 있나요?" 내가 묻는다.

"네이선은 먼로 교육국장의 사무실에 연락했어요. 이 과제는 유대인들 뿐만 아니라 전 인류에 대한 모독이라고 주장하며 과제를 자세히 검토해 달라고 부탁했죠. 나치의 관점을 옹호하도록 요구한 점에 대해 학생들에게 사과하고 토론을 철회하도록 학교 측에 강력히 권고했죠. 네이선의 말을 인용하면 다음과 같아요. '케이드와 로건은 용감한 청소년들이다. 우리는 그 아이들을 지지해야 함은 물론, 진심 어린 존경과 감사를 표해야 한다.'"

난 너무 놀라서 잠시 할 말을 잊는다. 케이드는 책상 위에서 이리저리 연필 굴리던 것을 멈춘다.

"두 분의 말을 인용할 수 있을까요?"

난 떨리는 숨을 토한다. "물론이죠. 저희의 생각을 이메일로 보내 드려도 괜찮을까요?"

"그럼요. 정말 감사합니다." 베서니가 말한다. "천천히 하셔도 돼요. 그런데 시간이 그리 많지는 않아요."

* * *

난 일어서서 책상 앞을 서성거린다. "교육국장은 왜 과제를 다 검토해 보지도 않고 자기 의견을 말했을까?"

"그걸 누가 알겠어. 논리로는 설명이 안 돼. 이 모든 상황이 논리로는 설명이 안 돼." 케이드가 내 노트북에서 새 이메일 창을 연다. "식료품점에서 있었던 일 때문에 기분이 엉망이었는데 나한테 감자튀김이랑 피자를 먹여 줘서 훨씬 나아졌으니까 타이프는 내가 쳐 줄게."

우리의 답을 다 쓰는 데 삼십 분이 걸렸다. 난 케이드와 자리를 바꾼 뒤 우리의 주장을 소리 내서 읽어 보고는 단어 몇 개를 수정한다.

"좋은데?" 케이드가 말한다.

"보낼까?" 내가 묻는다.

케이드는 고개를 끄덕이고 전송을 누른다.

* * *

사십오 분 후, 《레이크 타운스 저널》에 기사가 올라온다. "최종 해결책 과제를 옹호하는 먼로 뉴욕주 교육국장". 실시간으로 댓글들이 달린다.

댓글:

뉴욕주주민4ever

너무 화가 난다. 이 선생 당장 해고해야 한다. 교육국장도 같이 그만둬라.

좋아요 8   댓글 달기

교사1

@뉴욕주주민4ever

그건 극단적이고 불공평해요. 주제가 홀로코스트여서 그러나요?

굉장히 예민한 분 같으시네요. 홀로코스트는 개탄을 금할 수 없는 사건이 맞죠. 하지만 저는 이 선생님과 교육국장님을 지지합니다. 우리의 학생들은 스스로 분석하고 사고하는 법을 배워야 해요. 이 과제를 다 하고 나서 나치의 행동이 옳았다고 결론 내릴 학생은 아무도 없을 거예요.

좋아요 1   댓글 달기

뉴욕주주민4ever

@교사1

극단적? 불공평? 예민하다고요? 우리 가족 중에 인지 장애가 있는 사람이 있어요. 지금이 나치 독일이었다면 우생학이라는 명목하에 살해당했겠죠. 이 시대를 살아가는 사람 중 수백만 명은, 나치가 정의한 '삶의 가치가 없는 인간'의 항목에 해당합니다. 그래서 난 이 과제가 매우 불쾌하다고 생각합니다.

좋아요 4   댓글 달기

44

헤더 제이미슨, 제시 엘턴

제시: (지하실에 있는 소파에 앉아 핸드폰으로 문자를 보낸다) 머리 왜
염색했어?

헤더: (자기 방에 있는 원형으로 된 그네형 의자에 웅크리고 앉아 문자를
보낸다. 무릎에 덮은 손으로 짠 담요 위에는 책이 놓여 있다) 그냥 하고
싶으니까.

제시: 내가 한 말 때문에 그래?

헤더는 망설인다. 이 망설임이 긍정의 의미로 읽힐 것 같아 헤더는 신경
이 쓰인다. 하지만 제시에게 무슨 말을 해야 할지 모르겠다. 굳이 설명해야
할 이유가 있나? 왜 제시와 문자를 주고받아야 하지?

제시는 '작성 중'을 뜻하는 점 세 개가 나타나길 기대하며 화면에서 눈을
떼지 못한다. 헤더와는 이미 두 번이나 잘 될 기회를 놓쳤다. 첫 번째 기회
는 작년 독립 기념일 파티 때 찾아왔다. 온타리오 호수 근처에 있는 케리앤
의 집에서 열린 파티였다. 제시는 그날, 지난 십이 년 동안 헤더와 학교에
다니며 이야기한 것을 다 합친 것보다 더 많은 대화를 나눴다. 헤더와의 키
스는 제시의 인생에서 가장 좋은 순간 중 하나였다. 아이스하키를 하며 많
은 것을 성취한 것을 고려하면 제시가 그 사건을 매우 중요하게 생각함을
알 수 있다. 두 사람은 호숫가 백사장에서 배구를 하고, 모닥불에서 소시지

를 구워 핫도그를 만들어 먹고, 돌을 주우러 다니고, 물가를 걸으며 즐거운 시간을 보냈다. 폭죽을 터트리며 놀 때, 둘은 한 담요를 나눠 덮었다. 제시는 헤더가 자신의 다리 사이에 앉아, 자기 가슴에 등을 기대고 있다는 사실이 믿기지 않았다. 하늘에서 터지는 폭죽처럼, 제시의 가슴에도 폭죽이 터지고 있었다. 그런데 제시는 너무 성급하게, 너무 멀리 진도를 나갔다. 지금은 먼저 상대의 의사를 물어봐야 한다는 걸 알지만, 그 당시에는 몰랐다.

제시는 자기가 두 번째 기회를 왜 망쳐 버렸는지 아직도 잘 이해가 안 된다. 아리아인 모임을 만들자고 한 건 농담이 아니었다. 대체 왜 그렇게 화를 낸 걸까? 헤더는 자부심을 느껴야 한다. 제시는 자신이 우월한 종이라는 사실에 자부심을 느낀다. 아버지가 늘 '좋은 혈통'이라는 표현을 쓰신 것처럼.

남동생이 계단 위에서 제시를 부른다. "형! 빨리 올라와서 레인저스 경기 봐! 헨드릭 룬드퀴비스트가 슈퍼 세이브 하는 거 형이 꼭 봐야 한다고 아빠가 일시 정지해 놨어."

"금방 갈게." 제시가 대답한다. 그 순간, 핸드폰 액정에 점 세 개가 나타난다.

> **헤더:** 굳이 설명하자면, 난 우월한 종이니 뭐니 그딴 거 안 믿어. 그건 잘못됐어. 그리고 그것과 상관없이 오래전부터 염색해 보고 싶었고. 이 색이 좋아.
>
> **제시:** 아빠한테 외출 금지당했지?
>
> **헤더:** 누구한테 들었어?

헤더는 답을 알고 있다. 하지만 본인이 솔직하게 이야기하듯, 제시도 솔직하게 대답해 줄지가 궁금했다.

제시: 케리앤이 메이슨한테 얘기했고 메이슨이 나한테 말해 줬어. 언제까지 외출 금지야?

헤더: 원래 색으로 염색하거나 대학에 갈 때까지. 그러니 대학 갈 때까지 외출 금지.

제시: 그렇게 오래?

헤더: 응. 알고 있었으면서 왜 그래.

헤더는 아빠가 화를 내고 외출 금지령을 내릴 걸 예상했었다. 하지만 아빠의 반응은 그보다 훨씬 거칠었다. 아빠는 소리를 지르고 폭언을 서슴지 않았다. 과제에 관해 설명하고 염색한 이유를 얘기해도 아빠는 들으려 하지 않았다. 사실 헤더는 애초에 아빠가 들어줄 거라고 기대하지도 않았다.

제시: 사실이 아니길 바랐어. 그냥 염색한 거잖아. 네가 다른 사람이 된 것도 아니고. 내가 너희 아빠한테 말씀드려 볼까?

얘는 평생 알 수 있으려나? 헤더가 속으로 생각한다.

헤더: 별로인 것 같아.

제시: 그럼 내가 어떻게 하면 좋겠니?

헤더: 질문이 이해 안 됐어.

제시: 너 나 좋아했잖아. 나도 네가 좋아.

헤디: 그래서 재수 없는 행동으로 네 마음을 표현한 거야?

제시: 술 마셔서 그랬어. 파티였잖아. 파티는 원래 재밌자고 하는 거고.

헤더: 네가 내 몸 더듬는 거 하나도 안 재밌어. 메이슨이 너를 나한테서
 떼어 낸 것도 하나도 재미없어.

제시: 그건 작년 여름이잖아. 이제 용서한 줄 알았지.

헤더: 이게 네가 재수 없는 인간이라는 증거야.

제시: 진심으로 미안해.

헤더: 왜 나한테 문자 보내, 제시?

제시: 네가 나한테 화내는 거 싫어.

헤더: 이제 화 안 나. 그냥 너랑 있는 게 싫어. 이제 연락하지 마.

　헤더는 제시의 번호를 차단한 뒤 이불이 뒤엉켜 있는 침대 위에 핸드폰
을 툭 던진다. 가만히 있기가 힘들어서 자리에서 일어나 방 안을 서성여 본
다. 방은 안전한 곳인 동시에 감옥과도 같다. 헤더는 거울 앞에 서서 자신
의 모습을 관찰한다. 머리 색을 바꾼 것만으로는 충분하지 않은 느낌이다.
무언가를 더 해야 한다. 하지만 뭘 해야 한단 말인가?

　제시는 소파에 앉는다. 화가 솟구친다. 헤더가 아니라 케이드와 로건에
게. 제시는 베개를 주먹으로 친다. 그러고는 베개를 집어 들어 벽에 휘두른
다. 헤더가 두 번째 기회를 주지 않은 건 케이드와 로건 때문이다. 헤더의
머리에 안 좋은 생각을 주입한 데다, 감히 바틀리 선생님께 대들기까지 했
다. 배신자들.

　달 밝은 호숫가에서 헤더와 입 맞췄던 기억이 떠오르자 좌절감이 밀려

222

온다. 제시는 자신과 헤더에게 환멸을 느끼며 입술을 문질러 닦는다. 그러고는 일어서서 신발을 카펫에 문지른다. 헤더와 그녀의 파란 머리는 신발에 묻은 흙먼지만도 못하다.

헤더는 서랍장 맨 위 칸을 열어 가위를 꺼내 머리카락 한 움큼을 손에 쥔다. 그리고는…

가위가 *사각* 소리를 내는 순간, 문에 노크하는 소리가 들려와 헤더는 화들짝 놀란다. 가위는 바닥에 떨어진다. 파란 머리카락 몇 가닥이 바닥에 떨어진다. 헤더는 손으로 머리를 빗어 내린다. 대체 무슨 짓을 한 거지? 헤더는 거울을 보고는 눈을 감고 주저앉는다. 가위가 빗나가서 다행이라고 생각하며 헤더는 안도의 한숨을 내쉰다.

또 한 차례 노크 소리.

"들어가도 되니?" 아빠다.

헤더는 문을 연 뒤, 아빠가 들어오지 못하도록 문 앞에 선다. 할 말이 있다면 복도에서도 충분히 할 수 있다.

아빠는 문설주에 손을 올려놓고 말한다. "너랑 얘기하고 싶구나."

헤더는 움직이지 않는다. 계단에서 엄마가 듣고 있는 게 얼핏 보인다.

"난 내가 틀린 걸 인정할 줄 아는 사람이야. 이번엔 내가 틀린 것 같구나." 아빠가 말한다.

헤더는 멍하니 바라본다. 당최 무슨 말을 하는 건지 모르겠는데 무슨 말을 할 수 있겠는가?

"네 엄마랑 과제에 대해 찾아봤어. 네 말이 옳아. 그 과제는 우리 가족의 가치관에 어긋난다." 아빠는 말을 멈추고는 딸의 머리와 얼굴을 살펴본다. "말했다시피 난 내가 틀린 걸 인정할 줄 아는 사람이야. 외출 금지는 철회

223

하도록 하마."

사과는 아니지만, 사과에 가깝다. 헤더는 미소가 지어지려는 걸 참으며
고개를 끄덕인다.

아빠도 고개를 끄덕여 보이고는 돌아서서 아래층으로 내려간다. 엄마는
헤더에게 미소를 보내고 뽀뽀하는 시늉을 하고는 뒤따라 내려간다.

45
조건

전화를 확인한다. 마지막으로 확인한 건 사십이 분 전이다. 《유리 동물원》의 같은 문단을 벌써 세 번째 읽고 있다. 이러느니 아빠한테 노트북을 맡기고 오는 게 나을 것 같다. 하지만 백설 공주를 유혹하는 반짝이는 빨간 사과처럼 노트북이 자꾸만 나를 부른다. 고급 영문학 및 작문 수업 숙제인 이 희곡을 빨리 읽어야 한다. 하지만 이건… 너무 따분하다.

사과를 베어 물면 안 돼. 으윽. 난 눈송이처럼 정신상태가 약해졌다. 어느새 내 손은 베서니 베샛의 첫 기사를 새로 고침 한다. 그런데 뭔가 이상하다. 다시 한번 새로 고침을 누른다. 그러고는 눈을 깜빡거린다.

10,000번 이상 공유에 댓글 824개! 베서니가 쓴 다른 기사의 링크를 클릭해 보니 교육국장의 반응에 관한 내용이다. 이 기사도 공유와 댓글이 그만큼 많다.

"아빠!" 난 의자를 박차고 일어나 방문을 연다. "아빠!"

우리는 아빠 방 앞에서 부딪치기 직전에 멈춰 선다. "무슨 일이야?"

"조회 수가 폭발했어. 우리 기사가 퍼지고 있다고. 과제 말이야. 기사. 빨리 와서 봐 봐." 난 아빠에게 내 방으로 따라오라고 손짓한다.

"진짜네!" 아빠가 숫자를 가리키며 말한다.

"그런 것 같아." 우리의 이름을 구글에서 검색하니 기사가 계속해서 뜬다. 이 기사는 미친 듯이 퍼져 나갔다! 말도 안 돼. 무서우면서도 짜릿하다.

난 제일 위에 있는 기사부터 시작해서 하나하나를 새 창에서 연다. 대부분은 베서니의 기사를 인용한 거고, 그녀의 기사에 링크를 걸어 놓았나. 이러니 조회 수가 높을 수밖에!

몇몇 기사는 열어 보는 순간 짜증이 밀려온다. 내용 때문이 아니라 나, 즉 로건을 남학생이라고 지칭해서이다. 그저 하나 제대로 쓰는 게 그렇게 어렵니, 기자들아?

또 기사 하나를 연다. '불쾌감 유발하는 홀로코스트 관련 과제에 반대하는 뉴욕주의 고3 학생들'

아빠는 뒤에 서서 내 어깨너머로 기사를 읽는다. 난 첫 댓글을 가리킨다. 우리 주 정부 관계자들이 쓴 글로 연결된 링크가 있다. "와, 이것 봐 봐. 먼로 교육국장의 사임 요구하는 상원 의원 다섯 명과 시의원 세 명."

"진짜 말이 안 나온다. 정말 놀라워, 로건."

난 구글 문서 도구를 열고 기사들과 논평의 링크 목록을 작성한 다음, 케이드, 아빠, 블레어에게 이메일로 보낸다. 이제 우리 중 누구든 이걸 열어 보고 편집할 수 있다. 그런 다음 구글 알리미를 설정한다. 그 즉시 《허핑턴 포스트》와 《워싱턴 포스트》에 우리의 토론에 관한 기사가 올라왔다는 알림이 뜬다. 그 밖에도 정치 블로그, 유대인 온라인 신문 및 잡지에 관한 알림이 뜬다.

블레어에게 문자가 온다. "이메일 받았어! 대박! 말도 안 돼! 버틀리 선생 지금쯤 바지에 지렸겠네. 나 지금 일하는 중. 이따 기사 더 읽어 볼게."

"이건 변화를 불러일으킬 거야." 아빠가 말한다. "잠깐만 기다려. 내 태블릿 가지고 올게."

난 '학생들에게 유대인을 어떻게 몰살할지 토론시키는 뉴욕시 외곽의 고등학교'라는 제목의 기사를 읽기 시작한다. 세 번째 문단을 읽기 전에 난 심호흡을 한다. 이 기자는 과제를 놓고 '아동 학대인 동시에, 외부의 영향에 휘둘리기 쉬운 학생들에게 나치 신념을 주입하는 교활한 방법'이라고 표현했다. *학대. 교활. 주입. 휘둘리기 쉬운.* 센 단어들이 쏟아져 나온다. *학대라고?* 이 사람은 바틀리 선생님을 모른다. 선생님 수업을 들은 적도 없다. 그러면서도 선생님을 해고해야 한다고 주장하는 게 마음에 걸린다. 많은 이들이 바틀리 선생님이 해고되길 바란다.

베서니는 우리와의 인터뷰 기사에, 우리의 말을 인용해서 이렇게 적었다. "우리의 목적은 토론을 취소시키고, 다시는 교육 과정에 그런 토론이 없도록 하는 것입니다."

난 바틀리 선생님이 침묵하는 것이 당황스럽다. 아직 언론에 단 한마디도 하지 않았다. 그런데 이렇게 많은 사람이 의견을 냈으니 어쩌면 이제는 우리 주장을 이해할 수도 있으려나?

아빠가 내 방으로 돌아온다. 난 의자를 내준 뒤 노트북을 들고 침대로 간다.

모든 기사가 우리를 지지하는 건 아니다. 어떤 웹사이트는 이렇게 적어 놨다. '역사 수업을 이유로 교사를 해고할 음모를 꾸미는 정치인'. 케이드와 내가 뉴욕 상원 의원인 앤드루 켈리의 지령을 받았다는 주장이다. 우리의 행동이 재선 운동을 돕고, 공교육 지출을 늘리기 위한 정책을 지지한다고 한다. 너무 말도 안 돼서 웃음만 나온다. 케이드와 나는 앤드루 켈리라는 사람을 만나 본 적도 없다. 사람들은 정치 선전을 위해서라면 이런 식으로 무슨 말이든 할 수 있나 보다.

우리는 어떤 식으로든 대응을 해야 하지? 이런 질문은 리사 첸에게 하는 게 좋겠다.

'2차 대전에 관한 창의적 교육. 잔사받아 마땅한 교사'라는 제복의 기사는 이 과제가 기발하고, 가치 있고, 훌륭하다고 칭찬한다. 이 사이트의 운영자는 백인 우월주의자다.

그리고 '진실을 가르치는 용감한 고등학교 교사'라는 제목의 기사가 있다.

과제와 토론에 관해 얘기로 시작하는 것이 다른 기사들과 별반 다를 게 없어 보인다. 그런데 갑자기 논조가 확 바뀌며 이 과제를 통해 투영된 유대인들의 실상에 관해 이야기한다. 기사 옆에 있는 삽화에는 머리에 뿔이 난 케이드와 내가 커다란 매부리코를 하고서 위협적으로 웃고 있다. 우리는 한 손에 돈뭉치를 쥐고 있고, 다른 한 손에는 도마뱀 꼬리 같은 것을 들고 있다. 우리 주위에는 불이 활활 타오르고 있다. 삽화 아래에는 이런 글귀가 적혀 있다. "선량한 기독교인들에 관한 사악한 거짓말을 퍼트리는 악마의 자식들."

악마의 자식들? 하다 하다 이제 우리를 악마의 자식들이라고 부르는 거야? 머리끝서부터 발끝까지 고통스러운 전율이 퍼진다.

바틀리 선생님도 이런 증오 단체에 속해 있을까? 이런 생각을 하는 것 자체가 선생님에 대한 배신행위처럼 느껴진다. 게다가 애초에 말이 안 된다. 선생님은 중국의 강제 수용소를 예로 들며 오늘날에도 집단 학살이 일어나고 있다고 설명했다. 하지만 바틀리 선생님을 가장 강력하게 지지하는 사람들은 백인 우월주의 집단과 관련돼 있다.

누군가가 말한 것처럼 선생님은 양의 탈을 쓴 늑대일까? 괴물일까? 알고 보니 소아 성애자였던 경찰관이나 자기 사무실에서 여자들을 성추행한

228

토크쇼 진행자 같은 사람이었으면 어쩌지? 사람들을 충격에 빠트릴 만한 본모습을 숨기고 있는 그런 사람이라면? 난 바틀리 선생님이 비열한 사람이 아니길 빌지만, 계속해서 내 귓가에 속삭이는 소리가 들린다. *하지만 그 선생, 계속 그런 식으로 행동해 왔잖아?*

"로건! 이건 꼭 봐야 해!" 아빠가 태블릿을 들고 오며 말한다. 제목엔 '유대인 전멸을 옹호하는 과제에 반대하는 비유대인 학생들'이라고 적혀 있다. 아빠가 기사 끝부분에 있는 한 줄을 가리킨다. "이건 액자로 만들어서 걸어 놓고 싶다." 아빠가 말한다.

"와! 케이드한테 전화해야겠다."

"어서 해." 아빠가 문으로 걸어가며 말한다. "난 얼른 일하러 가야겠어. 채점할 과제물이 산더미처럼 쌓였거든. 혹시 내가 필요하면 연락해. 사무실에 있을게."

나는 약간의 어지러움을 느끼며 핸드폰을 들고 침대에 털썩 주저앉아 케이드에게 전화를 건다. 통화가 연결되자 난 최선을 다해 레인 선생님의 목소리를 흉내 낸다. "너에게 거는 기대가 *저어어엉말* 컸는데 실망이 크구나, 케이드!" 그렇게 말하고 난 웃음이 빵 터진다.

"그러셨군요?" 케이드가 장난에 응한다.

난 계속해서 그 목소리를 유지한다. "그렇다마다."

"레인 선생님, *이번엔* 제가 뭘 잘못했나요?"

"흐음, 케이드 크로퍼드 군…" 난 원래의 내 목소리로 돌아온다. "… 베서니 베샛이 쓴 기사, 조회 수가 폭발했어! 미친 듯이 퍼져 나가고 있다고, 케이드. 이게 말이 돼?"

"와! 말도 안 돼."

229

"들어봐. 《오늘날의 청소년》이라는 잡지에 이렇게 실렸어. '미국은 케이드 크로퍼드와 로건 마치 같은 이들을 필요로 한다. 이 용감한 청소년들은 불의를 보고 참지 않았다. 이들은 우리의 모범이 되어야 할 어른들보다 감성적이고, 세심하고, 남을 존중할 줄 알며, 이타심을 지녔다.'"

"이건…"

"말도 안 된다고?"

"과분한 칭찬이다." 케이드가 말한다.

"응." 난 나지막이 대답한다. 구글 알림이 또 뜬다. "더 있어. 들어볼래?" 케이드가 대답하기 전에 내가 먼저 말한다. "잠깐! 아, 어떡해."

"왜? 나쁜 거야?"

"잠깐만 기다려 봐." 난 화면을 스크롤하며 빠르게 읽는다. "《레이크 타운스 저널》이 '편집자에게 쓰는 독자의 글'을 기재했어. 그런데 글 쓴 사람이 레지야!"

46

레이크 타운스 저널

교사와 최종 해결책 홀로코스트 과제를 지지하는 학생의 글

공유 9

편집자님께

저는 리비에르 고등학교에서 세계 정치사를 가르치시는 바틀리 선생님을 지지하고자 이렇게 글을 씁니다. 선생님은 인종 차별주의자이자 반유대주의자이며 편견이 심한 사람이라는 오명을 쓰셨습니다. 바틀리 선생님을 아는 사람이라면 선생님이 모든 이들을 존중하고 열린 사고를 하며 협조적인, 훌륭한 교사라고 말할 것입니다. 선생님은 학생들을 위해 무엇이 최선인지만을 생각하시며, 우리가 사고를 확장하고, 역사를 통해 현실을 배울 수 있도록 도와주십니다.

제가 가장 불만을 느끼는 부분은 반제 토론과 관련된 우리의 과제가 잘못 해석되었다는 점입니다. 나치당원 간의 토론을 재연하는 이 과제를, 언론은 과잉 보도했습니다. 바틀리 선생님은 최종 해결책에 극도로 예민하게 반응하는 학생들의 편의를 최대한 봐 주셨습니다. 그 학생들은 대안 과제를 해도 된다고 허락받았죠. 학생 중 대다수는 반제 회의 토론에 참여하는 쪽을 선택했습니다. 이 과제가 불쾌하다고 생각한 학생들은 극소수라는 빈증이죠. 그건 그들의 문제일 뿐입니다!

저희 선생님이 그러셨듯, 히틀러도 틀에서 벗어난 사고를 한 사람입니다. 우리와 대조되는 생각에 노출되는 것은 악이 아닙니다. 논리적 뒷받침이 있는 생각이라면 더더욱 그렇죠. 이 과제는 저희가 열린 사고를 하고, 어느 진영에도 개인적인 판단을 내리지 않도록 이끕니다. 이 과제는 제2차 세계 대전에서 있었던 일들을 인간적인 관점에서 접근하도록 하며 사고의 폭을 넓혀 줍니다. 비평적 사고를 길러 주고 사실에 기초한 사고 형성을 돕는, 너무나도 좋은 경험이었습니다.

저희 선생님을 욕하는 사람들이야말로 편협하고 비판적이고 사악하다고 생각합니다.

리비에르 고등학교 3학년
레지널드 (레지) 애시퍼드

댓글: 3

학생1

잘했어요, 레지널드! 정말 사려 깊은 사람이네요. 이 수업은 비평적으로 사고하고, 사고의 폭을 넓히도록 요구하고 있죠. 저 글을 통해 당신은 그걸 실천했어요. 칭찬해 드리고 싶네요.

좋아요 0   댓글 달기

참전용사

이 편지를 읽으니 간담이 서늘해진다. 내가 낸 세금이 백인 우월주의 단체들의 생각을 지지하게 하는 학교에 쓰이는 걸 원하지 않는다.

좋아요 2   댓글 달기

StudentLife

학생이 왜 선생을 변호하지? 선생은 어디 갔어? 학생들 뒤에 숨어 있나? 자기가 한 행동이면 자기가 직접 설명해야 하는 거 아냐? 한심해.

좋아요 21   댓글 달기

47

일라이어스 디골라

보낸 사람: 일라이어스 디골라 수요일, 10:52 p.m.
받는 사람: 로건 마치 LoganMarch@rivireschools.org,
케이드 크로퍼드 CadeCrawford@rivireschools.org

로건과 케이드에게

저는 홀로코스트 생존자들의 아들입니다. 부모님이 살아 계셨다면 용기 내어 나치의 최종 해결책 토론에 반대한 두 분에게 편지를 써서 감사를 표했을 거라고 믿어 의심치 않습니다. 그래서 저는 제 부모님을 대신해 이렇게 연락 드려야겠다고 느꼈습니다.

제 부모님은 목숨을 걸고 도덕적으로 옳다고 생각하는 일을 실천한 영웅적인 비유대인들의 보호를 받고 무사하게 숨어지낼 수 있었습니다. 그런데 이렇게 수십 년의 세월이 지나 여러분처럼 훌륭한 분들의 이야기를 접하게 되네요.

이 과제는 어떤 방식으로든 정당화할 수 없습니다. 하지만 잘못된 역사 교육 때문에 그 선생님이 악마로 묘사되는 점은 마음이 아픕니다. 그 점은 두 분이 알아주셨으면 해요. 제가 경험한바, 인생이란 게 그렇게 단순하지 않네요. 저는 그 선생님께 도움을 드리고자 연락할 생각입니다.

용기를 잃지 마세요. 강인함을 잃지 마세요.

감사합니다.

제2차 세계 대전 참전 용사 및 홀로코스트 생존자 연대

지역 사회 담당 책임자

일라이어스 디골라

48

메이슨, 케리앤

격노, 노발대발 같은 말로는 오늘 아침 메이슨의 아버지가 오전 훈련 전에 보였던 통제된 분노를 표현하기에 부족하다. 헤이스 감독은 레지에게 아이스하키부 사물함에서 개인 짐을 빼라고 말했다. 그 말을 들은 레지는 당황한 기색을 감추지 못했고, 팀원들은 두려움에 떨며 지켜봤다. 선수들은 감독이 리비에르 로키츠 최고의 수비수를 선발에서 제외할지도 모른다는 생각에 충격받은 것이다.

하지만 메이슨은 그렇게 되지 않을 거란 걸 알고 있었다.

메이슨은 아버지의 마음을 훤히 읽고 있었다. 헤이스 감독이 화가 난 이유는 레지가 《레이크 타운스 저널》 편집자에게 반유대인적 내용을 담은 당혹스러운 내용의 편지를 보내서가 아니라, 단지 자신의 명령을 거역해서였다. "이 팀의 규칙을 어기면 여기에서 나갈 수밖에 없어." 헤이스 감독이 레지의 얼굴을 보며 말했다. "당장 공공 탈의실에 가서 옷 갈아입어. 단, 빙판 위에서는 네가 이 팀의 일원이라는 걸 기억하기를 바란다."

저 정도 야단맞는 것만 감수하면 증오 발언을 마음껏 해도 되는 거구나.

메이슨은 넌더리를 내며 SUV 차량을 주차하고 학교 건물로 향한다. 편집자에게 보낸 편지로 인해 어느 정도 사건의 윤곽은 드러났다. 케리앤이 분명 그 일에 관여했을 것이라고 메이슨은 유추해 본다. 메이슨이 교무실 문을 열고 들어가자 케리앤이 소스라치게 놀란다. "잠깐 얘기 좀 하자."

올 게 왔구나. 나와 헤어지려는 거야. 케리앤은 몇 주 전부터 이 순간이 오리란 걸 예감했다. 그런 징조는 계속해서 있었다. 스냅챗을 보내도 답이 없었고, 집에 초대해 방에 들어오라고 했을 때도 거절당했고, 합창단 연습이 끝나고 데리러 오는 것도 깜빡했다고 했다. 그 어느 것도 예전에는 메이슨이 하지 않던 행동들이다. 케리앤은 훑어보고 있던 서류 더미 위에 손을 내려놓는다. "안 돼. 워서 선생님이 오시기 전에 출석 현황을 기재해야 해."

메이슨이 접수 책상에 기댄다. "미룰 수 없는 얘기야."

케리앤은 의자 팔걸이를 손으로 쥐며 방어적인 자세를 취한다. "그럼 얘기해."

메이슨은 나직이 속삭인다. "레지에게 사물함 비밀번호 목록을 준 건 너야."

케리앤은 차라리 메이슨이 헤어지자는 얘기를 하는 편이 나았겠다고 생각한다. 이건 그것보다 백배는 더 끔찍하다. "걔, 걔가 얘기했어?"

"아니. 네가 방금 시인한 거야."

케리앤은 몸을 움직일 수 없다. 메이슨의 얼굴이 배신감으로 일그러지는 걸 보니 가슴이 찢어질 것만 같다. 레지가 *또* 무슨 짓을 한 거야? 케이드와 로건의 사물함이 공격을 받자 맥닐 교장 선생님은 전교생에게 편파적 발언 및 교내 폭력에 맞서는 정책에 서명하게 했다. 레지는 그것으로 만족한다고 말했다.

케리앤의 얼굴에 드러난 죄책감을 감지하자, 메이슨은 가슴이 찢어질 것만 같다. 이런 상황에서는 어떻게 해야 하나? 메이슨은 문 앞으로 갔다가 다시 케리앤에게 다가가서는 허리를 숙여 분노에 찬 목소리로 속삭인다.

"왜? 도대체 왜 그랬는지 말해 줄래?"

케리앤은 교장실 쪽을 흘긋 보더니 애원하듯 두 손바닥을 펴 보이며 진정하라는 손짓을 한다.

"로건을 그렇게까지 질투한 거였어?"

"아니야! 설명해 줄게. *정말이야!* 그런데 여기선 말하기 싫어."

메이슨은 기다려 줄 수 있는 상태가 아니다. "지금 여기서 말하지 않으면 우린 끝이야."

"무슨 문제라도 있니, 얘들아?" 워서 선생님이 교무실 문을 닫고 접수처로 다가온다. 케리앤은 억지 미소를 지은 채 고개를 저으며, 자신이 분명 악마 같은 광대처럼 웃고 있을 거라고 속으로 생각한다. 복도를 가리키며 케리앤이 말한다. "저… 잠깐 메이슨이랑 얘기 좀 하고 와도 될까요?"

그 순간 워서 선생님은 손주들을 이뻐하는 할머니에서 흉포한 어미 곰으로 돌변하더니 메이슨에게 손가락을 까딱까딱 흔들어 보인다. 지금 화가 나 있지 않았다면 메이슨은 그 모습을 보고 재밌어했을 것이다. "너희들 좀 과열된 것 같아 보이네. 무슨 이유건 간에, 지금 식히지 않으면 당장 저기에 가서 면담하게 될 줄 알아." 워서 선생님이 교장실을 가리키며 말한다. "알았어?"

"네, 선생님."

메이슨은 자신을 순식간에 진정시킨 선생님의 주도면밀함에 경외감을 느낀다. "좋아. 그럼 잠깐 있어 봐." 워서 선생님은 지각 허가증 패드에서 두 장을 뜯어, 한 장에는 메이슨의 이름을, 다른 한 장에는 케리앤의 이름을 적는다. "정확히 삼십 분 줄게."

케리앤이 허가증을 집으려 하자 워서 선생님이 뒤로 빼더니, 먹이를 노려보는 고양이처럼 눈을 날카롭게 뜬다. "수업 들어가기 전에 들러서 초콜릿 퍼지 먹고 가. 온라인으로 주문했는데 한번 시식해 봐. 또 사야 할지 고민 중이거든. 토 달지 말고 무조건 와야 해." 그러고는 메이슨을 쳐다본다. "너희 둘 다 오라는 소리야."

메이슨이 고개를 끄덕인다.

* * *

메이슨은 시동을 걸고 어디로 갈지 정하지도 않은 채 학교 주차장을 빠져나온다. 옆으로 고개를 돌려 케리앤을 볼 엄두가 나질 않는다. 먼저 이야기를 꺼내기도 싫다. 다만 케리앤이 설명을 해 주길 바랄 뿐이다. 저런 식으로 아무리 훌쩍거려도 얼어붙은 마음은 녹을 것 같지 않다.

도대체 어디서부터 이야기를 꺼내야 하나. 케리앤이 몇 년 전 메이슨에게 반했던 이유 중 하나는 이야기를 잘 들어 줘서였다. 대화를 나누고 몇 달이 지난 뒤, 메이슨은 둘이 이야기했던 노래들로 플레이리스트를 만들어서 케리앤을 깜짝 놀라게 하곤 했다. 메이슨은 침착하고 온당한 성격이다. 자기를 사랑하지 않는다는 걸 알았지만, 의리 있는 성격 때문에 신뢰할 수 있었다. 그런데 지금도 신뢰할 수 있는 상황인가? 케리앤은 그렇길 바랐다.

삼 킬로미터가 지나서야 케리앤은 처음으로 입을 연다. "1학년 때 입학식 일을 돕다가 레지한테 사물함 비밀번호 목록을 줬어."

"걔랑은 또 언제 그렇게 엮였대?"

"내 인생에서 최악의 삼 주였어." 케리앤은 지난 일이 떠올라 부르르 떨며 조수석 창밖을 응시한다.

"이해가 안 돼. 비밀번호 목록을 왜 줬는데?" 대답이 없자 메이슨은 전방에서 시선을 돌려 케리앤을 바라본다. 케리앤은 여전히 바깥 풍경만 바라보고 있다. 메이슨은 레지가 영리한 동시에, 교활하고 모험하기 좋아한다는 걸 잘 알고 있다. 레지는 승부욕이 강하다. 도전을 즐기며 자신을 한계까지 몰아가기를 좋아한다. 편집자에게 편지를 보낸 것도 그런 맥락이다. 순간, 무언가가 메이슨의 뇌리를 강타한다. "걔한테 약점 잡힌 거 있어?"

메이슨은 리비에르 영화관 주차 구역으로 들어가 전나무 옆, 눈에 잘 띄지 않는 자리에 차를 세운다. 그러고는 외투 지퍼를 내리고 케리앤을 바라본다. 하지만 케리앤은 여전히 밖을 보고 있다.

메이슨은 참지 못하고 케리앤을 벼랑 끝까지 내몬다. "그냥 맥닐 교장 선생님한테 다 얘기할까?"

그 말에 참았던 눈물이 터진다. 케리앤의 말은 흐느낌 속에 파편처럼 튀어나온다. 말과 말 사이에는 힘겹게 숨을 들이마신다. "사진 몇 장. 내가 브래지어 입고 있는 사진. 팬티랑. 내가 문자로 보낸 사진."

메이슨은 조수석 앞쪽에 있는 수납함을 열어, 패스트푸드점에서 챙긴 휴지 한 다발을 건넨다.

케리앤이 이토록 상처받기 쉽고 절망에 빠진 모습을 보이는 것은 처음이다. 일순간 이 모든 게 연기가 아닐까 의심해 보지만, 이내 그런 생각을 지운다. 평소에도 과장하는 경향이 있는 건 사실이지만, 이 정도 연기력이면 아카데미에서 연기상을 받을 정도인데, 케리앤이 그 정도로 훌륭한 배우는 아니지 않은가. 손으로 눈물을 훔치자 이미 다 번져 있는 화장이 닦여나온다.

메이슨은 무기력함을 느낀다는 게 어떤 기분인지 아버지 때문에 잘 알고 있다. 세상에서 제일 꼴 보기 싫은 인간. 그래서인지 다른 사람이 자신처럼 힘들어하는 걸 용인할 수 없다.

메이슨은 손을 뻗어 살며시 케리앤의 어깨에 얹는다. 두꺼운 외투 때문에 전혀 촉감이 느껴지지는 않지만, 그 정도면 충분하다. 케리앤은 안전띠를 풀고 메이슨의 가슴에 얼굴을 파묻고는, 학교 이름이 들어간 점퍼 옷깃을 붙잡고 흐느껴 운다. 메이슨은 그런 케리앤을 안아 준다.

이제 어쩌지? 메이슨은 속으로 생각한다. 물어볼 것들이 많이 있지만, 지금이 적절한 때인지는 잘 모르겠다. 선생님이 허락해 준 시간은 단 삼십 분. 지금도 시간은 흐르고 있다. 메이슨은 워서 선생님이 분명 시간을 확인하고 있을 거라고 확신한다. 메이슨이 안고 있던 팔을 풀자 케리앤도 품에서 빠져나온다.

메이슨은 자기 마음을 이런 케리앤에게 맞추는 게 어렵다고 느낀다. 그런 메이슨의 생각을 읽었는지 케리앤이 묻는다. "너 나 믿지?"

"응, 믿어."

"그런데?"

"그런데 어떻게 여전히 레지하고 친하게 지내는지 이해가 안 돼."

케리앤은 역겹다는 듯 코웃음을 친다. "친구는 가까이하고 적은 더 가까이하라는 말 혹시 들어봤어?"

"응." 메이슨은 이해가 된다. 팀원들에게 패스할 때마다 메이슨은 속으로 생각한다. 그래, 우린 팀원이고 친구여야 하니까. 그런 식으로 위태위태한 외줄 타기를 계속해 왔고, 지금도 그 줄 위에 서 있다. 그런 의미에서 같은 행동을 하는 케리앤에게 뭐라고 할 수는 없다. 메이슨은 긴 긴 시간을 그 녀석들과 함께 외줄 위에 서 있었다. *정말 엉망진창이구나.* 메이슨은 속으로 생각한다. 이제는 정말 모든 걸 바로 잡아야겠다고 속으로 다짐한다.

메이슨의 시선이 다시 케리앤을 향한다. "레지가 사진을 가지고 있는 건 알겠어. 그런데 교장 선생님한테 말씀드리면…"

케리앤이 비꼬듯이 큰 소리로 웃는다. "전혀 이해를 못 하는구나."

"그러면 이해할 수 있게 설명해 봐."

"내가 레지에게 비밀번호 목록을 줬어. 그놈은 대니얼의 사물함을 파손하고 자기가 한 짓이라고 나에게 말했어. 애들 사물함을 열고 도둑질을 하고도 안 걸렸어. 그놈한텐 그냥 놀이일 뿐이야. 내가 이르거나 자기가 걸리는 날엔, 나도 같이 벌 받게 할 거라고 했어. 처음부터 내가 공범이었다고 교장 선생님한테 이른다고 했다고. 누가 네 말을 믿어 주겠냐면서 협박했어."

"내가 네 편이 돼 줄게. 그놈이 너를 협박했다고 다 얘기해. 레지 그 자식, 이런 짓을 하고 그냥 빠져나갈 수는 없어."

케리앤이 고개를 젓는다. 또 한 차례 눈물이 쏟아진다. "제발, 메이슨. 레지는 마음만 먹으면 나를 망가트릴 수 있어. 내 *인생* 자체를 망칠 수 있다고. 그동안은 네 덕에 무사히 지냈지. 이제 졸업까지 삼 개월밖에 안 남았어. 삼 개월만 있으면 이 악몽도 끝이야."

메이슨은 무슨 말을 해야 할지 모른다. 시꺼먼 연기처럼 속에서 분노가 피어오른다. 케리앤이 너무 딱하고, 미안한 감정이 들지만 그렇다고 해서 해결되는 건 아무것도 없다. 메이슨은 고개를 젓는다. "아냐. 레지가 죗값을 치르게 할 방법이 분명 있을 거야."

"제발. *제발*, 메이슨. 난 퇴학 당할 거야. 대학에도 못 갈 거라고. 내 인생은 *끝날 거야.*"

메이슨은 대꾸하지 않고 시동을 건다. 레지, 제시, 스펜서는 너무나도 여러 번 도를 넘어섰다. 대체 몇 번이나 팀을 위해 참고 넘어가야 한단 말인가?

이제 아무것도 하지 않는 것에 신물이 났다.

메이슨은 단단히 각오한 뒤 입을 연다. "내가 알아서 할게. 너한테 피해 갈 일 없을 거야. 내가 지켜 줄게."

"어떻게?"

"곧 알게 될 거야."

49
케이드

퍽!

재빨리 뒤돌아보니 삼 미터 거리에 있는 인도에 로건이 서서 나를 보며 바보처럼 미소 짓고 있다. 며칠 동안 전염성 세균 취급이나 당하다가 저 애를 보니 기분이 좋아진다. 난 목덜미를 타고 옷 안으로 스며드는 눈 뭉치를 닦아 낸다. "진심이야? 정말 *나한테* 눈싸움으로 도전하겠다는 거야?"

로건은 대답 대신 눈 뭉치를 만들어 내 가슴팍에 던지고, 워싱턴 가 끝자락에 있는 단풍나무 뒤에 숨는다. 그러고는 나무를 가운데에 두고 좌우로 몸을 움직이며 깔깔대고 웃는다.

"지금 일하러 가야 하는 거 아니야?" 로건에게 느릿느릿 걸어가며 내가 큰 소리로 묻는다. 난 허리를 숙여 야구공보다 조금 큰 뭉치를 만들 수 있을 정도의 눈을 푼 뒤, 꾹꾹 눌러 모양을 만들며 로건의 어디를 맞힐지 고민한다.

"삼십 분 정도 시간 있어. 너희 집까지 같이 걸어갔다가 다시 차 가지러 오려고 했지."

난 아직 로건에게 할머니에 관련된 이야기와 우리 집안의 유대인 혈통에 대해 한마디도 하지 않았다. 오늘 아침, 학교 갈 준비를 마쳤을 때 할머니는 주무시고 계셨다. 우리 집에서 제일 먼저 일어나는 사람은 언제나 할머니였다. 엄마는 어젯밤 마지막으로 봤던 접수 데스크에 그대로 있었다.

책상에는 빈 커피 주전자와 잔이 놓여 있었다. 컴퓨터 화면에는 유대교에 관련된 사이트가 열려 있었다. 엄마의 눈은 빨갛게 충혈돼 있었고, 눈 아래는 어둡게 그늘져 있었다. 옷차림은 어제와 같았다. 아빠는 기운을 북돋아 주려고 엄마 곁으로 갔다. 아빠는 자신이 종교를 중요하게 생각해 본 적은 없지만, 신의 존재는 믿는다고 말했다. "뭐든 마음 가는 대로 해. 꼭 해야 하는 일이라면." 아빠가 말했다.

"그게 뭔지도 모르겠어." 엄마가 말했다. "이제 어떻게 해야 하는 거지?" 엄마는 일어서서 아빠에게 안겼다. 아빠는 엄마를 데리고 내실로 들어갔다.

혼자 남은 나는 응접실에 들어갔다. 손님이 없을 때도 늘 아늑했던 우리 여관은 벽난로에서 불꽃이 활활 피어오르고 있음에도 싸늘한 흉가처럼 느껴졌다. 얼른 학교에 가고 싶다고 느낀 건 난생처음이었다.

로건이 또 한 차례 눈 뭉치를 만들어 나에게 던져 보지만 크게 빗나간다. 내가 로건의 어깨를 명중하자 눈송이들이 얼굴에 흩뿌려진다. 로건은 꺄악 소리를 지르며 선라이즈 공원을 향해 달려간다. "나 잡아 봐라!"

난 뒤따라가며 다음 동작을 위해 일부러 로건이 앞서가도록 거리를 유지한다. 로건이 공원에 들어가려는 찰나에 나는 살살 뭉친 눈 뭉치를 그 애의 머리 위로 높이 던진다. 눈 뭉치는 공중에서 분해돼 눈송이가 되어 로건의 머리에 흩날린다.

로건은 돌아서서 장갑 낀 양손을 비비며 오즈의 마법사에 나오는 서쪽의 사악한 마녀처럼 낄낄대고 웃는다. "이제 대가를 치를 차례란다, 예쁜아." 이번에는 양팔을 삽처럼 이용해 눈을 모은다. 그렇게 싱싱하고 촉촉한 눈을 퍼서 가슴 한가득 안고 나에게 다가온다. 그걸 본 나는 폭소를 터트린다.

난 눈 뭉치 세 개를 만든 다음, 양발을 단단히 고정하고 저글링을 한다. 로건이 팔 하나 거리에 다가왔을 때 그중 하나로 세수를 시켜 줘야지. 오, 사, 삼… 준비, 조준하고…

바로 그때, 로건이 몸을 낮추더니 힘찬 기합과 함께 내 다리를 붙들고 눈밭에 쓰러트린다. 그러고는 양팔을 치켜들어 내 얼굴을 눈으로 뒤덮으며, 나를 온몸으로 짓누른다. "내가 이겼어. 내가 이겼어!!!" 로건은 강아지처럼 헐떡거린다.

난 그 애의 허리를 붙잡고 눈밭 위를 굴러 뒤집는다. 다 녹아가는 눈 뭉치로 마구 문대니 쫄딱 젖은 모습이 꼭 털이 축 늘어진 세인트버나드 같다. 로건은 장갑으로 얼굴을 가린다. "다시 말해 봐. 누가 이겼다고?" 내가 묻는다.

"내가 이겼어!" 난 로건의 손목을 잡고 그 애의 머리 위로 치켜든다. 로건은 볼이 찢어질 정도로 크게 미소 짓는다. 굵고 짙은 속눈썹은 금빛 햇살을 받아 유난히 반짝인다. 미소는 서서히 사라지고 진지한 표정으로 바뀐다. 우리 둘 다 거칠게 숨을 몰아쉰다. 일으켜 줘야겠다고 생각하지만, 자꾸만 로건 곁으로 다가가게 된다. 너무 가까이 다가가서 입김이 느껴질 정도다.

"우리 내기했던 거 기억나?" 내가 속삭인다.

"응." 로건도 속삭인다.

"지금 그 기회를 쓸게. 지금 무슨 생각 하고 있니?"

"이거." 로건이 나에게 키스한다. 나도 키스한다. 그렇지만 이걸로는 충분하지 않다. 양팔이 내 등을 감싼다. 난 로건을 끌어안으며 이 키스에 내 모든 걸 쏟아붓는다. 한 번의 키스로는 충분하지 않다. 영원히 충분해질 수 없을 거다. 우리가 함께한 무수히 많은 일 분 일 초가 더해져 *이 순간*이 찾아왔는데, 허투루 흘려보낼 수는 없지 않은가.

자동차 경적이 울리자 우리는 떨어진다. 우린 깔깔대고 웃는다. 로건은 한쪽 팔을 들어 지나가던 차에 손을 흔들어 준다. 난 로건 옆으로 굴러가서 그 애에게 손을 내민다. 로건의 볼은 추위에, 그리고 공공장소에서 벌인 우리의 애정 행각에 분홍빛으로 물들었다.

"나쁘지 않네." 로건이 청바지에서 눈을 털며 말한다.

"*나쁘지* 않다고?" 내가 모욕당한 듯 장난치며 말한다.

"발전의 여지가 보여."

"난 별로 관심 없는데."

로건은 내 외투를 주먹으로 치고는 나를 끌어당긴다. "나도 별로 관심 없는데."

우리는 다시 키스한다. 이 순간은 우리의 모든 것이다. *모든 것*. 하지만 그래도 충분하지 않다. 난 이 이상을 원한다. 이 아이. 그리고 나. 우리. 함께하고 싶다.

"이 앞에 여관이 있던데. 방이 필요하면 가 봐요." 픽업트럭 조수석 창문을 열고 여자가 말한다. 운전석에 앉은 남자는 나를 향해 엄지를 치켜세우고는 출발한다.

로건이 눈을 반짝이며 깔깔대고는 여관을 향해 걷기 시작한다. "가자, 개선의 여지가 보이는 친구야. 배고파 죽겠어. 할머니가 오늘은 손자 주려고 뭘 구우셨으려나?"

로건을 뒤따라가며, 키스에 도취 돼 있던 나의 감정은 어느 정도 차분해졌다.

* * *

여관 주차장에 들어서는데 커다란 쓰레기 봉지를 끌고 쓰레기장으로 가는 엄마가 보인다. 이런! 쓰레기 버리는 걸 깜빡했었나? 난 재빨리 매일 오전에 해 놨어야 할 일들을 하나씩 체크 해 본다. 그런데 도통 기억이 나질 않는다.

난 엄마에게 달려가 말한다. "미안해요. 이리 주세요." 난 엄마의 손에서 봉지를 가져간 뒤, 바닥에서 들어 올린다. 못 보던 차가 눈에 띄어서 엄마에게 묻는다. "손님 왔어요?"

엄마가 고개를 끄덕인다. "예약 없이 왔어. 섀퍼 부부가 주말 동안 묵을 거야."

난 엄마가 무슨 생각을 하는지 안다. 나도 그 생각을 하고 있으니까. 난 빠르게 돈 계산을 한다.

엄마가 로건에게 말한다. "무슨 일 있었니? 왜 옷이 다 젖었어? 너희 둘 다 흠뻑 젖었잖아."

로건이 너털웃음을 짓는다. "눈싸움했어요. 제가 이겼어요." 그러고는 쓰레기를 버리는 나를 쳐다보며 미소 짓는다. 난 그 애를 곁눈질로 째려본다. *우리 둘 다 이겼잖아.*

"학교에선 별일 없었니?"

"예상했던 거 이상은 없었어요." 로건이 대답한다.

엄마는 설명하길 원하는 눈빛으로 나를 본다. 그런데 내가 입을 열기도 전에 실내복에 꽃무늬 앞치마를 맨 할머니가 재활용 쓰레기통을 들고 모퉁이에서 걸어 나오신다. 난 잽싸게 달려가서 쓰레기통을 받는다.

"로건을 데려왔구나!"

248

"안녕하세요, 할머니." 로건은 활짝 웃으며 달려가 할머니의 볼에 입을 맞춘다.

"내가 한다고 그랬잖아요, 엄마. 감기 걸리기 전에 얼른 들어가세요."

"가벼운 쓰레기통 정도는 거뜬히 들 수 있다. 나를 약골 취급하지 마, 미카일라. 난 아직 멀쩡해."

"엄마…"

할머니가 턱을 치켜들고 말씀하신다. "들어갈 거야. 네가 명령해서가 아니라 이 젊은이들한테 줄 핫초코 만들러 가는 거야." 할머니가 로건의 손을 잡으신다. "같이 가자, 우리 이쁜이. 젖은 거 말리고 따뜻하게 있어야지. 응접실 벽난로에 불이 아주 잘 타고 있어."

두 사람이 앞서가고 나와 엄마는 뒤따라간다. 내가 무언가를 말하려는 순간, 할머니의 비명에 난 그 자리에 얼어붙는다.

우린 달려간다. 엄마는 내 뒤에 바짝 붙어 따라온다.

할머니가 양팔을 부들부들 떨며 앞을 가리키신다. 내가 상황을 파악하기까지 일 초 정도의 시간이 걸린다. 내실 입구 위에 있는 돌에 누군가가 새빨간 스프레이 페인트로 글씨를 써 놨다. "유대인에게 죽음을!" *유대인*이라는 글자 옆에는 스와스티카가 그려져 있다.

"이런, 세상에!" 엄마가 울부짖는다.

할머니는 잔뜩 힘이 들어간 손으로 로건을 뿌리치며 말씀하신다. "이런 일이 또 생기다니!" 할머니의 짙은 폴란드 억양에서 극심한 공포감이 느껴진다.

50

조건

주머니에서 전화를 꺼내 911을 누른다. 내가 차량 배치 담당자에게 말하는 사이에 미카일라 아줌마는 할머니를 모시고 안으로 들어가려 하지만, 할머니는 꼼짝도 안 하신다. 할머니의 얼굴은 새하얗게 질려 있다.

케이드가 할머니의 손을 붙잡고 말한다. "아무 일 없을 거예요…."

사이렌이 소리와 함께 경찰차 한 대가 점멸등을 번쩍이며 여관 주차장에 멈춰 선다.

케이드의 속눈썹에 눈물방울이 맺혀 있다. 미카일라 아줌마는 떨리는 손으로 코트 자락을 여미신다.

우리 이웃에 사는 경찰인 숀 아저씨가 다른 경찰관 한 명과 함께 빠른 걸음으로 다가온다. 우리 머리 위에 그려진 스와스티카와 '유대인에게 죽음을!'이라고 쓰인 글씨를 본 숀 아저씨가 이렇게 말한다. "이쪽은 티스데일 경관입니다. 말씀드린 대로 저희는 이 지역을 꾸준히 순찰하고 있습니다. 마지막으로 둘러본 지가 사십 분도 채 안 됐네요." 숀 아저씨는 코트 안주머니에서 작은 수첩을 꺼낸다. "일단 안에 들어가서 진술 좀 받겠습니다."

케이드가 내실 문을 열고 할머니를 부축해 안으로 들어간다. "좀 누워야겠다." 할머니가 말씀하시더니 케이드의 팔에서 자신의 팔을 빼내고 발을 끌며 방으로 향하신다. 케이드는 망연자실한 눈으로 할머니를 바라본다.

"누가 이런 짓을 했을까요?" 부엌에 있는 식탁에 모두 앉자 미카일라 아줌마가 물으신다. "누가 이렇게 증오에 찬 행동을 했을까요?"

"최선을 다해 찾겠습니다. 혹시 감시 카메라가 있나요?"

케이드가 고개를 젓는다. "아뇨."

"그런 게 필요하다고 생각해 본 적이 없어요." 미카일라 아줌마가 충격에 빠진 표정으로 말씀하신다. "이 동네 사람들, 착하잖아요." 그 말은 공허하게 부엌 공기를 메운다.

케이드는 최근에 올라온 기사에 관해 설명하며, 레지 애시퍼드가 편집자에게 쓴 편지도 언급한다.

숀 아저씨가 인상을 찌푸린다. "지난 이십사 시간 동안 이것 말고 다른 사건들도 있었어요. 《레이크 타운스 저널》 기자의 차에 누군가가 스와스티카를 새겨 놨어요. 그리고…"

"베서니 베셋의 차예요?"

숀 아저씨가 고개를 끄덕인다. "유대인 공동묘지에 있는 묘비가 파손된 채 쓰러져 있었죠. 여기에서 사십오 분 거리에 있는 곳이에요."

"우리가 과제에 반대하는 발언을 해서 그렇게 됐다고요?" 케이드가 묻는다.

"사람들의 증오심 때문에 그렇게 됐지." 숀 아저씨가 말한다.

티스데일 경관은 우리를 조롱하고 협박하고 놀린 학생들의 명단을 모두 이메일로 보내 달라고 한다. "선생님도 적나요?"

"모두 다요." 숀 아저씨가 대답한다. "이 일대를 조사하고 사람들에게 수소문해 보겠습니다. 근처 개인 사업자들에게도 말해 볼 거예요."

"저희는 안전한 건가요?" 미카일라 아줌마가 작은 소리로 물으며 케이드의 손을 잡으신다.

"원하신다면 휴일 없이 이십사 시간 여관을 지켜볼 사람을 보내 드릴 수 있습니다."

할머니가 부엌으로 오신다. "우린 영원히 안전하지 못할 거예요." 그러고는 미카일라 아줌마를 바라보신다. "넌 손님 대접을 어떻게 하는 거니? 이 경찰분들한테 커피하고 쿠키 내드려야지."

51
케이드

경찰관들이 주변 가게에 탐문하러 가고 나자 로건은 아르바이트하러 도서관으로 출발하고, 엄마는 할머니와 이야기를 나누러 방으로 간다. 공포에 질린 할머니의 모습을 보니 겁도 나고 혼란이 밀려온다. 할머니의 목소리가 계속해서 귓전에 맴돈다. *우린 영원히 안전하지 못할 거예요.* 그 의미를 이해하는 사람은 나와 엄마뿐이다. 커피와 쿠키를 대접하며 우리는 냉담한 지역 사회의 반응에 관해 이야기했다. 설리번 경관님의 얼굴이 어두워졌다. 티스데일 경관은 듣기만 할 뿐, 아무런 반응도 보이지 않았다. 난 리비에르가 따뜻하고 호의적인 마을이라고 늘 생각해 왔다. 하지만 남부 연합기를 걸어 놓은 집들이 있다는 사실을 로건에게 들었을 때, 내가 꿈꿨던 목가적 삶에 대한 희망이 물거품처럼 사라졌다. 어떻게 난 그걸 못 보고 지나쳤지? 내가 무심히 지나쳤거나 놓친 것들로는 또 어떤 게 있을까?

부엌 바닥을 쓸고 있는데 엄마가 들어온다. "할머니는 쉬고 계셔."

"무서워요, 엄마. 우린 이제 어떻게 하죠?" 난 단지 기물 훼손 때문에 무서워하고 걱정하는 게 아니다. 할머니 때문에, 할머니의 과거 때문에, 우리의 역사 때문에, 우리의 정체성 때문에 이렇게 반응하는 거다. 엄마의 표정을 보니 나처럼 괴로워한다는 걸 알 수 있다.

"모르겠어." 엄마가 말한다. 생각해 보니 난 엄마에게 해결책을 기대했던 것 같다. 우리의 삶을 원래대로 되돌려 놓을 방법을 엄마가 알고 있길 희망했다. 우리는 물살을 저을 노도 없이 배를 타고 대양을 표류하고 있다.

접수 데스크에서 종이 울리자 우리는 다시 현실로 돌아온다. "네가 나가 볼래, 케이드? 난 네 아빠한테 전화해야겠어."

나가 보니 노부부가 데스크 앞에서 기다리고 있다. "안녕하세요." 난 최선을 다해 밝게 인사한다. 노부부 옆에는 짐가방 두 개가 놓여 있다. "투숙하시려고요?"

중년의 남자가 카운터에 열쇠를 내려놓는다. "아뇨. 체크아웃하려고요."

"섀퍼 부부시군요." 내 목소리에서 실망한 기색이 그대로 드러난다. "방은 마음에 드셨나요? 더 편하게 지내실 수 있게 저희가 해드릴 수 있는 게 있을까요?"

"방은 너무 좋았어요." 섀퍼 부인이 한쪽 발에서 다른 쪽 발로 무게 중심을 옮기며 남편과 시선을 교환한다. "아시다시피 저희는 경찰관들과 이야기를 나눴어요. 여관에 그런 일이 생긴 건 저희도 마음이 아프네요. 그런데 솔직히 말해서 이제 여기에 머무는 게 불편하게 느껴져요. 이해해 주시길 바랍니다."

섀퍼 씨가 덧붙인다. "일박 이일 숙박료로 계산해 주세요."

난 침을 삼킨다. "아닙니다, 선생님." 몇 푼 더 받으면 가계에 도움이 될 수도 있겠지만, 이 돈은 차마 받을 수 없다. "이 근방에 다시 오실 때 또 들러 주시면 정말 감사하겠습니다. 짐 들어 드릴까요?"

"괜찮습니다." 섀퍼 씨가 양손에 짐가방을 하나씩 든다. 섀퍼 부인이 핸드백에서 이십 달러짜리 지폐를 꺼내 카운터에 놓는다. "우린 낮잠만 조금 잤어요." 그렇게 말하더니 남편과 함께 여관 정문을 열고 나간다.

난 접수 의자에 털썩 주저앉아 데스크에 엎드린다. 울 수도 없고 소리를 지를 수도 없다. 내가 할 수 있는 건 숨을 쉬는 것뿐이다. 일 분만 더 이렇게 숨을 쉬어야겠다.

52
메이슨

케리앤을 보호하기 위해 메이슨은 비밀을 지켜야 한다. 메이슨은 둘의 관계가 끝났다고 케리앤에게 얘기했다. 삼 개월이 지나 졸업을 하면 리비에르 고등학교와도 끝이다.

그렇다고 해서 레지가 대가를 치르지 않고 넘어가게 놔둘 생각은 없다.

계획은 아주 단순하다. 레지는 자신의 관에 직접 못을 박게 될 것이다.

레지가 아이스하키팀 라커룸으로 돌아오자 메이슨은 바로 작전에 돌입한다. "야, 레지. 편집자한테 보낸 그 편지 있잖아, 댓글 읽어 봤어?"

레지는 갑자기 흥분하며 반유대주의적, 인종 차별적, 반동성애적 발언을 쏟아낸다.

너무 쉽다니까. 메이슨은 속으로 생각하며 미소를 짓는다.

용기를 내서 바틀리 선생님의 편을 들어 준 사람은 자기밖에 없다며 레지는 자랑스럽게 떠벌린다. "나 같은 사람이 진짜 영웅이지. 그 유대인 옹호자들은 잡아다 광견병 걸린 개 처리하듯 총으로 쏴 죽여야 해. 그럼 바틀리 선생님이 얼마나 좋아하시겠어."

"조용히 해." 메이슨이 말한다. 예상했던 대로 레지는 계속해서 떠든다.

레지가 로건과 케이드에 대해 하는 말을 들으며 메이슨은 등골이 오싹해진다. 당장에라도 주먹으로 레지의 얼굴 갈기고 싶지만 애써 억누른다. 메이슨은 그저 가만히 서서 한마디 한마디 듣고 있을 뿐이다.

53

뉴욕주 교육국장, 프랭크 먼로,
"리비에르 고등학교의 과제
다시는 학생들에게 주어지지 않을 것"

54

호건

케이드: 너희 집에 가도 돼?

나: 당연하지.

케이드: 지금 옆문 바깥에 있어.

난 전화기를 침대에 떨어트리고 뒤쪽 계단을 뛰어 내려가 부엌을 거쳐 옆문으로 가서 문을 활짝 연다. 센서가 작동되며 조명이 케이드를 환하게 비춘다. 케이드가 고개를 드는 순간, 난 크나큰 충격에 휩싸인다. 케이드의 상태가 말이 아니다.

"왜 그래? 무슨 일 있었어?"

케이드가 한 발짝 다가와 내 목덜미에 얼굴을 파묻고는 목멘 소리로 말한다. "할머니." 케이드의 양손은 내 등을 지나 어깨를 움켜쥔다. 떨고 있는 게 느껴진다. 난 무게를 지탱하려고 문틀에 기댄다. 무언가 뜻밖의 일이 할머니에게 일어났나 보다. 눈물이 고인다. 대답을 듣기가 너무 두려워서 감히 물어볼 엄두가 나지 않는다. 내가 상상할 수 있는 가장 슬픈 일이 일어난 건 아니겠지?

난 케이드의 허리를 바싹 끌어안는다. 따뜻한 눈물이 조지타운 대학교 로고가 들어간 내 잠옷을 적신다. 찬 바람이 불어와 내 맨살을 때린다. 팔과 다리에 난 솜털이 쭈뼛쭈뼛 선다. 하지만 난 버틴다. 그렇게 버티며 할머니가 안 계시는 세상에서 살아가는 게 어떨지를 상상해 본다.

케이드는 몇 차례 심호흡을 한 뒤 내 품에서 빠져나간다. "미안해."

"할머니한테… 무슨 일이 생겼어?"

"괜찮으셔. 지금 상황을 감안해서 괜찮다는 의미야." 잠시 침묵이 흐른 후, 케이드가 이어서 말한다. "미안해. 나 때문에 안 좋은 생각 했지? 난, 그냥 집에서 벗어나고 싶었어."

난 이해한다는 듯 고개를 끄덕인다. 하지만 이해가 안 된다. 케이드는 부엌에 들어와 코트를 벗어 의자 등받이에 걸어 놓는다.

"조금 헷갈려. 그럼 다른 일이 일어난 거야?"

케이드는 조리대에 기댄 채, 힘겹게 말을 꺼낸다. "네 노트북 어디에 있어?"

"위층에."

케이드가 고갯짓으로 계단을 가리킨다. 난 앞장서서 내 방으로 향한다.

케이드는 신발을 아무렇게나 벗어 놓고 침대 머리 쪽에 내가 세워 놓은 베개에 기대앉는다. "그로스-로젠 강제 수용소를 찾아봐 봐." 그렇게 말하더니 눈을 감는다. "다 읽으면 얘기해 줘."

난 책상에 노트북을 펼치고 앉는다. 제일 위에 나오는 검색 결과는 위키피디아 사이트다. 난 클릭한 뒤 읽기 시작한다. 나치가 수만 명을 노예처럼 강제로 일을 시키고 괴롭힌 이야기가 나온다. 그들은 화강암 채석장에서 채굴하고 102개에 달하는 하위 수용소를 짓는 데에 투입됐다. 1940년 여름부터 시작해서 붉은 군대에 의해 해방된 1945년 2월 14일까지, 125,000명이 그로스-로젠 강제 수용소를 비롯한 여타 수용소를 거쳐 갔고, 40,000명이 살해됐다. 이번엔 그로스-로젠 강제 수용소 박물관 웹사이트에 들어가 본다. 박물관은 폴란드의 로고제니차라는 도시에 있다. 왼쪽에 있는 메뉴에 '사망자들에 관한 자료'라는 항목이 있다. 이제 충분히 본 것 같다. 이제 왜 이걸 보라고 했는지를 알고 싶다.

"봤어. 그런데 왜?" 내가 속삭이듯 묻는다.

"할머니가 거기에 계셨어."

"*뭐라고?*"

"우리 할아버지가 유대인 남자아이를 살려 준 이야기 있잖아."

난 고개를 끄덕인다. "응."

"할아버지는 유대인 소년을 구출해 준 적 없어. 할아버지가 바로 그 유대인 소년이었어."

"세상에!" 난 양손으로 입을 틀어막는다.

케이드는 온 힘을 다해 울음을 참고 있다.

"케이드." 난 자리에서 일어난다. 그런데 케이드가 손바닥을 들어 보이며 나를 저지한다. 난 다시 앉아서 기다린다.

몇 분이 지나고서야 케이드는 할아버지의 이야기를 마저 들려준다. 이 부분은 할머니에게 듣기 전까지 자기도 몰랐다고 한다. "할아버지, 할머니의 가족 모두가 살해당했어. 모두 유대인이야." 케이드는 자기 손으로 머리카락을 한 번 훑고는 얼굴을 문지른다. "우리는…" 케이드는 스스로 자신의 말을 끊는다. "난 우리가 누군지 모르겠어."

케이드는 시선을 내려 자신의 손바닥을 들여다보며 손가락을 구부려 본다. "내가 누군지 모르겠어."

마음이 아프다. 난 울지 않으려고 안간힘을 쓴다. 내 눈물은 도움이 되지 않을 거다. "넌 케이드야. 아무것도 바뀌지 않아. 너희 할아버지, 할머니 과거에 다 얘기하지 않으신 무언가가 있다고 늘 생각했었잖아. 이제 다 알게 됐네."

케이드의 눈이 어두워진다. 고통이 가득한 눈이다. "내가 모르는 게 너무 많아! 그게 나일 수도 있었어! 나일 수도 있었다고, 로건." 케이드가 손바닥으로 자기 가슴을 때린다. "그놈들은 *나*를 죽였을 거야. 그 사악하고 더러운, 인간이라고 부를 수 없는 것들이 우리 가족을 죽였어! 왜 죽인 거지? 어제의 나와 지금의 내가 달라 보이니? 그저께, 저번 달이랑 다른 사람 같아 보여?"

"아니."

케이드는 팔로 자신의 눈을 가린다. "난 유대인이야, 로건. 그런데 뭐가 나를 유대인으로 만드는 걸까?"

난 의자에서 일어나 침대 발치에 앉는다. "뉴욕 주립대 레이크사이드 캠퍼스에 우리 아빠가 아는 랍비가 한 분 계셔. 연락해 보면 어떨까?"

케이드는 양 팔꿈치로 지탱해 몸을 일으킨다. "랍비한테 상담하고 싶진 않아. 그건⋯ 못 하겠어. 나중에." 케이드는 서둘러 침대에서 일어나더니 전화기를 확인한다. "가야겠다. 내가 나올 때 할머니와 부모님은 주무시고 계셨어. 깼을지도 모르겠네. 차를 가져왔는데 쪽지 하나 안 남겨 놓고 왔거든."

"집에 도착하면 전화해."

"그럴게."

난 케이드를 차까지 바래다주고 그 애가 멀어지는 걸 지켜본다.

난 침대에 누워, 비로소 케이드를 위한 눈물을 흘린다. 그 애의 가족과 나를 위해서도. 그러면서 지난 한 주 동안 있었던 일들을 돌이켜본다. 이 과제가 불러온 끔찍하고 고통스러웠던 순간들. 모든 걸 바틀리 선생님의 탓으로 돌리고 싶다. 전부 나 선생님 때문이다. 그런데 천정을 보고 있노라니 레인 선생님이 했던 말이 귓전에 맴돈다. *얼마든지 다른 방식으로도 대처할 수 있었어.*

과연 그랬을까?

진지하게 생각해 본다. 대답은 '아니오'다.

나는 수많은 밤을 뜬눈으로 보내며, 이 일 때문에 타격을 입었을 바틀리 선생님을 걱정했다. 충분해! 겉으로는 레인 선생님이 나와 케이드를 비난한 것에 화를 냈지만, 진짜 내 속마음은 어떤가? 난 그 비난을 받아들이고 내 어깨에 고스란히 짊어졌다. 끔찍한 짓을 한 건 우리가 아니라 그 사람이다. 레인 선생님의 말에서 의미를 찾아보려는 짓은 그만하고 싶다.

핸드폰이 진동한다. 케이드는 전화하는 대신 문자를 보냈다. "집이야."

55

미카일라 크로퍼드

케이드와 남편이 잠들고 한참이 지난 뒤, 미카일라는 침대에서 일어나 엄마의 방으로 걸어간다. 미카일라는 엄마가 잠에서 깨 자신을 찾을 것을 대비해 미리 문을 살짝 열어 뒀다. 미카일라가 어렸을 때 엄마가 한밤중에도 그녀를 수천 번이나 확인했던 것처럼, 그녀도 엄마를 들여다봐야 한다는 강박감을 느낀다.

한밤중의 희미한 불빛 속에서 미카일라는 엄마가 숨을 잘 쉬고 있는지 확인하기가 쉽지 않다. 그래서 까치발을 하고 방 안으로 들어가 엄마를 내려다본다. 엄마는 평화롭게 자고 있지만, 어딘가 연약함이 느껴진다. 여태껏 본 적 없는 엄마의 모습이다. 엄마는 연약한 모습을 보인 적이 없었다. 미카일라의 아빠가 세상을 떠났을 때도 예외는 아니었다. 엄마의 우는 모습을 본 기억은 없다. *어쩌면*··· 아주 어렸을 때 봤을지도 모른다.

부풀었다 꺼지기를 반복하는 엄마의 가슴을 보고 있노라니 어린 시절의 기억들이 파편처럼 떠오른다.

미카일라의 엄마는 큰 가족을 이루고 싶어 했다. 네 번의 유산 후, 엄마는 서른아홉이라는 늦은 나이에 기적처럼 미카일라를 낳았다. 가끔 미카일라는 부모님이 여관 손님들을 친척 맞이하듯 반긴다고 느꼈다. 미카일라는 조부모, 이모, 삼촌, 사촌도 없이 자랐다. 부모님은 낯선 여관 손님들에게 집처럼 편한 환경을 제공하려고 노력했다. 손님들에게 애정을 보였

263

고, 그들의 이야기를 들어줬고, 무엇보다도 음식을 차려 줬다. 하느님은 누구도 배고픈 걸 원치 않는다고 부모님은 말씀하셨다.

이제 그 모든 게 이해된다.

부모님은 거의 주무시지도 않았다. 짧게라도 잠을 잘 때는 늘 TV가 켜져 있었다. 미카일라는 한밤중에 들렸던 비명이 떠오른다. 엄마는 TV에서 여배우가 지르는 소리라고 했었는데, 실제론 엄마가 소리를 지른 게 아니었을까? 꿈에 그로스-로젠 강제 수용소가 나와서 그랬던 게 아니었을까?

미카일라는 궁금한 게 너무나도 많아졌다.

어릴 때 미카일라는 교리 반에 나갔었다. 엄마는 일요일 미사를 거의 빼놓지 않고 나갔지만, 아빠는 여관을 지켜야 한다는 핑계를 대며 *절대* 성당에 가지 않았다. 병원과 보호 시설에 있는 아이들에게 산타 할아버지가 나눠 줄 선물을 만드는 것이 본인의 역할이라고 아빠는 늘 말했다. 매해 크리스마스와 부활절이 되면 세 가족은 여관을 꾸미고 그날을 기념했다.

수년 동안 미카일라는 그런 행동들이 딱히 종교적이라고 느껴 보지 못했다.

부모님이 하느님이나 예수님에 관한 이야기를 하지 않아서 그랬던 걸까? 하지만 친절에 관한 이야기는 많이 하셨다. 다른 건 몰라도 친절에 대한 믿음은 확고하셨던 것 같다. 미카일라는 *진짜* 바르클라프라는 사람, 즉 아빠에게 자신의 신분과 성경책을 내준 사람이 문득 궁금하다. 그 사람은 어떻게 됐을까?

이제는 부모님을 더 잘 이해할 수 있게 됐다. 어린 시절, 아빠는 점심 식사를 종이봉투에 담아 소풍 나간 손님들에게 가져다주시곤 했고, 손님들이 제일 좋아하는 간식을 사서 방에 비치해 두셨다. 약국에서 약을 사다 주기도 하셨다. 미카일라는 그런 아빠를 이용해 먹는 손님들도 있다고 느꼈다. 그럴 땐 화가 났다. 하지만 작은 친절이 한 사람의 인생을 바꿀 수도, 심지어 그 사람의 목숨을 구할 수도 있다고 아빠는 말씀하셨다. 그때 그 말의 의미를 이해할 수 있었다면 얼마나 좋았을까.

미카일라의 시선이 이불 밖에 나와 있는 엄마의 팔에 머문다. 울퉁불퉁한 손가락들이 배 위에 놓여 있다. 딸은 엄마의 손을 잡고 싶지만, 혹시라도 엄마가 깰까 봐 엄두를 못 낸다. 아빠는 엄마의 손을 잡아 준 적이 있었을까? 기억이 나지 않는다. 그런 식으로 애정 표현을 하는 부부는 아니었다.

기억들이 계속해서 밀려온다. 한번은 학교에 간다고 엄마에게 말하지 않고 집을 나선 적이 있었다. 엄마는 눈길을 맨발로 달려 나오며 미친 듯이 딸의 이름을 외쳤다. 미카일라를 붙잡은 엄마는 딸을 흔들며 소리쳤다. "다시는, 다시는, *다시*는 간다는 말 없이 집에서 나가지 마!"

엄마는 딸이 어디에서 뭘 하고 있는지, 또 언제 돌아오는지 늘 알아야 했다. 집에 오기로 한 시간에서 일 분이라도 늦으면, 그날은 지옥이 기다리고 있었다. 미카일라는 요령이 생겼다. 영화 상영이 아홉 시에 끝나면 엄마에겐 아홉 시 반에 끝난다고 말해 놓고, 예정보다 일찍 집에 도착하는 식이었다. 엄마는 뜨개질, 바느질, 바닥 광내기, 빵 굽기, 청소 등으로 바쁘게 시간을 보내며 딸을 기다렸다.

"엄마, 나 왔어요." 미카일라가 말하면 엄마는 고개를 끄덕였다. 안녕히 주무세요, 라는 말을 들어야 비로소 엄마는 잠을 자러 방으로 갔다. 물론 잠을 길게 자지는 못했다. 온몸에 밀가루가 묻은 엄마의 모습을 보는 것, 갓 구운 빵 냄새를 맡는 것, 아침을 먹는 것으로 미카일라의 하루는 시작

됐다.

엄마의 별난 점과 습관들이 미카일라에겐 일상처럼 느껴졌었다.

미카일라는 자신의 엄마가 어린 시절을 강제 수용소에서 보내셨을 거라고는 꿈에도 몰랐다. 그걸 알고 나니 많은 것들이 설명됐다. 하지만 엄마가 낯설게 느껴지는 건 어쩔 수 없었다. 그런 생각을 하고 있는데 엄마가 몸을 움찔거린다.

"미카일라?"

"네, 엄마, 저예요."

"여기서 뭐 해? 별일 없는 거지?"

"깨우려고 한 건 아녜요."

"무슨 일이야? 앉아 봐. 나랑 얘기하자."

미카일라는 한동안 말을 꺼내지 못하다 힘겹게 입을 연다. "엄마가 대답해 줄 마음의 준비가 안 됐다고 말은 했지만… 난 이해가 안 돼요." 미카일라는 엄마와 눈이 마주친다. "왜 이렇게 오랫동안 나한테 비밀로 했어요? 왜 아빠는…" 미카일라는 목이 멘다. "우리가 유대인인 걸 말해 주지 않았어요?"

"아, 미카일라. 난 우리가 이곳에 섞여 사는 게 나을 거라고 생각했어. 유대인인 게 부끄럽진 않아. 겁이 났던 거지. 난 매일 두려움 속에 살아, 미카일라. 특히 악몽을 많이 꿔. 이제, 이렇게 아름다운 리비에르에도 증오심이 넘쳐나다니! 2차 대전이 끝난 지 수십 년이 지났지만, 악은 여전히 도사리고 있어." 엄마는 미카일라의 손을 잡는다. "폴란드에 살던 우리 가족의 명예를 지키지 못한 건 후회돼. 하지만 너를 보호하려고 한 행동들을 후회하지는 않아. 이해할 수 있겠니?"

"짐작할 수 있어요. 혹시 엄마의 막내 오빠 이름을 따서 내 이름을 지었어요? 나치가 목을 매달았다는 그 오빠요."

엄마는 천장을 바라본다. 딸은 엄마의 말을 들으려고 고개를 내민다. "고인의 이름을 따서 아이의 이름을 짓는 건 유대인 전통이야. 미코엘은 특별했지. 제일 착하고 낙천적인 아이였어. 너처럼 순하고 친절하고 똑똑했지. 갈색 고수머리도 너와 똑 닮았어. 녹갈색 눈동자는 늘 반짝이는 게 장난기가 가득했지. 네 아빠와 미코엘은 서로에게 장난도 많이 쳤어." 엄마의 입꼬리가 미세하게 올라간다. 볼에는 눈물이 흘러내린다. "미코엘은 네 아빠와 둘도 없는 친구였어. 한 깍지 안에 든 콩 두 조각 같았지."

미카일라는 궁금한 게 너무 많다. 하지만 이 정도 이야기에도 엄마는 큰 고통을 느끼고 있다. 딸은 허리를 숙여 엄마의 볼에 입을 맞추고는 속삭인다. "사랑해요, 엄마."

56

케이드

오늘은 할머니와 같이 시간을 보내려고 집에 있을 예정이다. 내가 학교에 안 가도 될 이유를 숀 설리번 경관님이 만들어 줬기 때문이다. 오늘 학교에 안 가면 긴긴 주말을 보낼 수 있게 된다. 설리번 경관님은 우리 가족이 일찍 일어나는 걸 알고 오전 여섯 시에 전화를 걸어 엄마와 이야기를 나눴다. 아직 이렇다 할 단서는 못 찾았지만, 리비에르 경찰서 소속 경찰관들과 리비에르 상점 주인들이 오전 아홉 시에 우리 여관에 있는 낙서를 지워주러 오겠다는 내용이었다. 모든 걸 주관하는 사람은 설리번 경관님이다.

아직 여섯 시 반이 채 안 됐는데 난 로건에게 전화를 건다.

"안녕. 무슨 일이야?" 잠이 다 깬 목소리로 로건이 묻는다.

"나 오늘 집에 있어." 난 엄마와 숀 아저씨 사이에 오간 이야기를 들려준다. "그토록 많은 일이 일어났고 부정적인 기사들도 났으니까, 우리 지역 사회의 좋은 면도 보여 줘야지."

"나도 갈게." 로건이 말한다.

당연히 그렇게 말할 줄 알았다. 하지만… "완벽한 고등학교 출석 기록을 망치겠다고?"

"그게 중요하다고 생각해?"

"조금은." 난 솔직히 말한다.

"네가 나를 너무 잘 안다는 증거가 또 나왔네. 하지만 무슨 일이 있어도 이걸 놓칠 수는 없지. 오늘 종일 같이 있는 거야."

"최대한 일찍 와. 뭘 만드는 중이거든."

"그래? 뭔지 살짝 얘기해 보지?"

"안 돼. 오면 보여 줄게."

* * *

할머니 방 창문 너머로 사람으로 가득 찬 주차장이 보인다. 가득 차 있는 정도가 아니라 발 디딜 틈도 없다! 이건 몇 명이 참관하러 온 수준이 아니라 *집회*라고 불러야 할 것 같다!

"같이 나가 봐요, 할머니. 이렇게 많은 사람이 우리를 응원하러 왔어요." 내가 애원하듯 말한다.

"사람 많은 건 질색이야. 호들갑 떠는 것도 싫고."

"할머니를 보고 싶어 할 거예요."

"그럼 나중에 여관에 와서 커피를 마시든 차를 마시든 케이크를 먹든 하라고 해. 이제 나가 봐라."

"알았어요. 갈게요. 혹시 생각이 바뀌시면…"

"안 바뀌어."

난 한숨을 쉬며 밖으로 나가 로건과 함께 내가 만든 포스터를 나눠 준다. 손 팻말로 쓰려고 내가 디자인해서 두꺼운 종이에 인쇄한 것이다. 로건의 주장대로 백 장을 뽑으면 너무 많을 것 같았다. 하지만 내 생각이 틀렸다. 좀 이따 로건의 아빠가 이백 장을 더 가져오시기로 했다.

사람들은 내실 입구 아래에 모였다가 주차장 전체로 퍼진다. 삼삼오오 모여 서서 엄마 아빠가 나눠 준 종이컵에 든 커피를 마시며 이야기를 나누고 있다. 몇 명은 낙서를 가리킨다. 낙서 오른쪽에는 나무로 만든 사다리가 돌벽에 기대어 있다.

현재 기온은 영상 칠 도. 2월 말치고는 따뜻한 날씨나. 난 외투 지퍼를 내리고 군중 속에서 로건을 찾는다. 한참을 둘러보다, 마침내 엄마 옆에 있는 걸 발견한다. 그 애 주변에는 리비에르 여성 단체에서 온 여자들이 있는데, 몇몇은 낯이 익다. 로건은 나를 발견하더니 손을 흔든다.

"할머니는 안 나오신대?" 내가 다가가자 엄마가 묻는다.

"네."

"그러실 만하지." 아빠가 마치 교수님과 함께 우리와 합류하며 말한다. "사람 많은 건 딱 질색하시잖아."

"정확히 그렇게 말씀하셨어요."

아빠가 내 어깨에 손을 얹으며 말한다. "케이드, 네가 사람들 앞에서 연설하는 게 좋겠어."

"뭐라고요? 제가 어떻게요."

"로건이랑 같이." 우리가 거부해서는 안 되는 기회라는 듯 엄마가 거든다.

"사람들 앞에서 말하는 거 싫어한단 말이에요." 내가 대답한다.

"모두에게 큰 의미가 될 거야." 아빠가 말한다.

체념한 채 내가 묻는다. "뭐라고 해야 하죠?"

"네 심장이 일러 주는 대로." 아빠가 답한다.

마치 교수님이 아빠에게 포스터 다발을 전달하며 말한다. "우린 빨리 이걸 나눠 줍시다. 참 잘 만들었어, 케이드. 오늘 이후에는 리비에르에 있는 모든 상점과 가정집에 이게 붙어 있을 거야. 우리 마을에 필요한 게 바로 이거니까."

엄마가 앞장서서 군중 사이를 지나가자 로건과 내가 뒤따른다. 엄마는 멈춰 서서 사람들과 인사하고 포옹한다. 로건과 나도 멈춰 선다. 사람들은 계속해서 우리의 행동이 용감하고 자랑스럽다고 말해 준다. 난 입가에 저절로 피어오른 미소로 지지에 감사를 표한다.

사람들 앞에 도달하자 난 주위를 둘러본다. 너무 긴장해서 속이 뒤집힐 것만 같다.

경찰복 차림의 설리번 경관님이 사다리를 오른다. 몇 칸을 올라가자 아빠가 옆에서 사다리가 흔들리지 않도록 붙든다. 설리번 경관님이 정면을 향해 손바닥을 펴 보이자 사람들은 조용해진다.

"안녕하십니까. 갑작스러운 요청에도 이렇게 와 주셔서 정말 감사합니다. 여러분들을 보니 가슴이 뭉클해지네요. 저도 이런데 크로퍼드 가족은 지금 어떻겠습니까?" 경관님은 잠시 말을 멈추고 엄마에게 미소를 보인 뒤 다시 정면을 바라본다. "여기는 *우리* 지역 사회입니다. 우리는 단합심을 보여 주기 위해 모였습니다. 크로퍼드 가족이 리비에르의 소중한 일원이라는 것을 알려 주려고 왔습니다. 이들이 있기에, 또 이들이 베푸는 관용 때문에 리비에르는 더 나은 곳이 됩니다. 우리에겐 증오와 편견에 맞설 권리가 있습니다."

설리번 경관님이 사다리를 타고 내려와서 로건과 나를 향해 고개를 끄덕인다.

공간은 비좁지만 우리는 사다리 같은 칸에 균형을 잡고 선다. 우린 사다리 옆을 꼭 붙들고 사람들을 바라본다.

난 반대편 손을 사람들에게 흔들어 보인다. "안녕하세요. 저는 케이드 크로퍼드입니다."

"그리고 저는 로건 마치입니다."

몇몇 사람들이 수군거린다. 저 사람들은 당연히 우리 이름을 알고 있다. 군중 사이에 티스데일 경관이 보인다. 그리고 놀랍게도 워서 선생님도 보인다. 선생님이 우리에게 손을 흔들어 주신다.

심장이 일러 주는 대로 말하라는 아빠의 조언대로 난 이야기를 시작한다. "가족을 대표해 이토록 열렬한 응원에 진심으로 감사드립니다." 난 잠시 말을 멈추고 스와스티카를 쳐다보고는 다시 우리를 둘러싼 사람들을 바라본다. "오늘 여러분이 이곳에 와 주신 것은, 우리가 공동체라는 것에 대한 긍정적인 면을 보여 줍니다. 우리는 편견, 인종 차별, 반유대주의, 그뿐만 아니라 이 증오의 상징이 나타내는 모든 것들이 이곳에서는 환영받지 못함을 주장합니다."

사람들이 박수를 친다.

"침묵하며 불의에 맞서 자기 의견을 내지 않는 것은 그 불의에 힘을 실어 주는 것이라고 역사는 우리에게 가르칩니다. 우리가 누구인지 세상에 보여 줍시다. 다들 손 팻말을 들어 주세요!"

삼백오십 명이 '인류애가 있는 당신을 환영합니다!'라고 적힌 종이를 들어 올린다. 빈손인 사람들도 많다. 손 팻말을 더 만들어야겠다.

"인류애가 있는 당신을 환영합니다!" 사람들은 계속해서 구호를 반복해 외친다. 거듭 소리칠수록 소리도 점점 더 커진다. 핸드폰을 꺼내 들고 있는 베서니 베샛이 눈에 들어온다. 그 옆에서 어떤 여자가 전문가용으로 보이는 카메라를 들고 사진을 찍고 있다.

구호 소리가 잦아들자 난 고개를 들어 로건에게 이어서 말하라는 신호를 보낸다. 로건은 사다리를 고쳐 잡고 더 많은 사람들을 향할 수 있게 몸을 살짝 튼다. "이미 아시는 분들도 계시겠지만, 뉴욕주 교육국장은 그 과제가 다시는 학생들에게 주어지지 않을 것이라고 공표했습니다. 우리는 비로소 안심할 수 있고, 그 토론을 하지 않아도 된다는 사실을 다행으로 생각합니다. 하지만 그것으로는 충분하지 않습니다." 로건은 낙서를 가리킨다. "우리는 오늘 이 증오의 상징을 제거할 겁니다. 나아가 이런 일이 다시는 생기지 않도록 계속해서 노력해야 합니다. 오늘은 수많은 날 중 하루에 불과합니다. 우리는 매일 매일 어떤 형태로든 증오가 행해지고 있지 않은지 잘 지켜봐야 합니다. 이 팻말을 여러분 가정집이나 상점 창문에 걸어 둠으로써 동참해 주시길 희망합니다."

로건이 '인류애가 있는 당신을 환영합니다!' 손 팻말을 높이 치켜들자, 사람들은 다시 구호를 외치기 시작한다. 로건은 다음과 같은 말로 마무리 짓는다. "여러분의 목소리를 실어 주셔서 감사합니다. 지지해 주셔서 감사합니다."

로건의 아빠가 고개를 끄덕이며 딸을 바라보더니 나에게로 시선을 옮긴다.

우리가 아래로 내려가자 박수가 터져 나온다. 설리번 경관님이 우리의 자리를 대신한다. "오늘 특별한 손님께서 함께해 주셨습니다. 우리 지역을 대표하는 로라 러디 상원 의원을 소개합니다!" 러디 의원은 화합과 공동체에 관한 진심 어린 이야기를 들려준 뒤, 이 근방에서 '아마겟돈'이라는 타투 시술소를 운영하는 조지 젠트너를 앞으로 나오도록 청한다. 할머니는 조지를 무척 좋아하신다. 조지가 가장 좋아하는 블루베리 파이를 만드실 때마다 들러서 먹고 가라고 전화하신다. 조지는 이 어려운 시기를 이겨내도록 우리 가족을 위해 모금을 한다고 발표하며, 사람들이 어떻게 도움을 줄 수 있는지에 관한 자세한 사항을 알려 준다. 그 얘기를 듣고 있던 엄마는 눈물을 훔친다.

조지는 한 손엔 양동이를, 다른 한 손엔 고무장갑을 낀 손으로 청소용 솔을 들고 오더니, 솔을 양동이에 푹 담근 뒤 스프레이 페인트로 한 낙서를 문지른다. 페인트는 순식간에 피눈물처럼 흘러 내린다. 설리번 경관님은 우리 정원에서 쓰는 호스를 가져온다. 겨울에는 지하에 보관하는데, 아빠가 연결한 모양이다. 앞줄에 선 사람들은 몇 걸음 물러선다. 조지가 돌에 물을 뿌리자 페인트가 씻겨 나간다.

사람들의 환호성이 커진다.

일부는 자리를 뜨지만, 아직도 많은 사람이 엄마, 아빠, 로건, 나를 둘러싸고 과제에 대한 자신들의 생각을 공유한다. 맥닐 교장 선생님에게 반감을 표하는 편지를 썼다는 사람도 여럿 있었다. 난 한 명 한 명에게 감사 인사를 한다. 로건과 함께 지지자들 사이에 서 있는 일은 내가 살면서 경험한 가장 놀라운 일인 것 같다.

저 멀리서 로건의 아빠가 딸의 시선을 끌려고 하는 것이 보인다. 난 팔꿈치로 로건을 쿡 찌르고는 마치 교수님을 바라본다. 교수님은 열쇠를 들어 보이며 먼저 가야 한다는 손짓을 하고는 우리를 향해 엄지손가락을 치켜세운다. 나도 엄지손가락을 보이며 답례한다.

워서 선생님이 우리에게 다가오신다. "정말 훌륭한 연설이었어." 우리의 손 팻말을 들고 선생님이 말씀하신다. 우리가 감사하다고 말하기도 전에 선생님이 덧붙여 말씀하신다. "아까 교육국장의 말을 인용하는 걸 들었는데, 앞으로는 그와 같은 과제를 안 내주긴 하겠지만 내가 알기로 토론은 그대로 진행될 거야. 바틀리 선생님은 예정대로 월요일에 토론 수업을 진행할 계획이셔."

57
메이슨

아이스하키팀 탈의실. 맥닐 교장 옆에 선 헤이스 감독은 화가 날 대로 나 있다. 메이슨은 팀 동료들 사이에 서서 자신이 결백해 보이길 바라며 의문에 찬 표정을 짓고 있다. 레지는 이를 악문 채 메이슨의 아빠 옆에 서서 팀원들 한 명 한 명을 노려본다.

"어젯밤에 음성 녹음 파일이 첨부된 익명의 이메일을 받았습니다. 우리 선수 중 한 사람이 인종 차별적, 반동성애적, 반유대주의적인 욕을 하는 내용이 담긴 파일이었죠. 이건 정말 심각한 문제예요. 이는 중대한 범죄이므로 우리 학교의 혐오 발언과 괴롭힘 방지 정책에 따라 퇴학 처리해야 마땅할 것입니다."

여기저기서 불만이 터져 나온다. 몇몇 팀원들은 말없이 레지, 제시, 스펜서를 노려본다. 제시와 스펜서는 뒤에 서 있다. 둘 다 긴장한 표정이다.

맥닐 교장이 소리친다. "조용!" 침묵이 흐른다. "고맙습니다. 그런데 헤이스 감독님과 이 혐오 발언을 한 팀원에 대해 토의해 본 결과, 우리는 이 익명의 오디오 파일이 가짜라고 결론 내렸습니다. 교묘하게 기술을 이용해 우리 학교 최우수 선수 중 한 명에게 누명을 씌워서 내일 오후에 있을 지역 예선 경기에서 지게 할 의도라고 판단한 거죠."

팀원 중 다수는 고개를 끄덕이며 그에 동의하는 말을 한다.

메이슨은 침을 꿀꺽 삼키며 애써 교장 선생님에게 시선을 유지하려고 노력하지만, 아버지의 불타는 듯한 시선을 마냥 외면하진 못한다. 결국 아들과 아버지는 눈이 마주친다. *내가 음성 파일을 보낸 걸 알고 있어.* 메이슨은 생각한다. 아버지는 불끈 주먹을 쥔다. 메이슨은 아버지가 그 주먹으로 자신을 때리고 싶어 하는 데에 그치지 않고 정말로 때릴 거라는 걸 잘 알고 있다. 메이슨은 겁먹지 않으려고 팔짱을 낀다.

맥닐 교장이 덧붙여 말한다. "당연한 얘기겠지만 난 걱정이 됩니다. 그리고 여러분 모두 조심하길 부탁합니다. 여러분은 우리 리비에르 고등학교의 진정성과 존경심을 대표하는 사람들입니다. 여러분이 직접 서명한 선수 행동 강령에 명시된 우리의 품격을 지켜 주길 바랍니다. 이 오디오를 보낸 사람이 직접 나오지 않는 한, 나는 이것을 전적으로 보류해 두겠습니다. 자! 이제 리비에르 고등학교를 위해 나가서 대승을 거둡시다!"

58

호건

토요일 아침이다. 케이드와 나는 바틀리 선생님의 빅토리아 양식 주택 앞에 서 있다. 우리는 '바틀리 선생님과 대화해서 월요일 토론을 취소시키자.'라는 일념하에 이곳에 왔다. 나는 교육청장의 발표가 우리 수업 토론에도 적용된다고 생각했다. 아마 내가 듣고 싶은 대로 들었던 모양이다. 워서 선생님은 내 생각이 틀렸음을 명백하게 짚어 주셨다.

"준비됐어?" 내가 케이드에게 묻는다.

케이드는 고개를 끄덕인다.

솜털 같은 눈송이들이 현관 계단과 난간을 덮고 있다. 현관까지 가는 길에 우리 발자국 외에 다른 사람의 흔적은 없다. 왼쪽에는 작은 유리 탁자가 있고, 그 위에는 빈 화병이 놓여 있다. 오른쪽에는 고리버들로 엮어 만든 의자 두 개가 창문 아래 놓여 있다. 그리고 창문 안쪽에는, 케이드의 팻말이 보인다! 인류애가 있는 당신을 환영합니다!

바틀리 선생님이 저걸 어떻게 구했지?

"케이드, 저거 보여?" 내가 묻는다. 팻말을 바라보는 케이드의 표정은 중립적이다. 그날 모임 이후, 리비에르에 있는 상점과 가정집 유리창에 저 팻말이 걸리기 시작했다. 난 케이드가 손 팻말을 들고 있는 사진을 인스타그램에 올렸다. 그 게시물과 베서니 베샛의 후속 기사에 손 팻말을 들고 있는 군중들의 사진을 보고는 포스터 복사본을 보내 달라는 요청이 수백 통이나 쇄도했다. 그런데 그동안 너무 많은 일이 일어나서 아직 답하지는 못했다.

케이드가 속삭인다. "내일 대니얼이랑 헤더가 합류할 수도 있잖아. 그때까지 기다릴까?"

"토론이 이틀밖에 안 남아서 모험을 걸 수는 없어." 난 우리가 함께 모은 자료가 들어 있는 서류철을 팔에 낀다.

케이드가 난간을 붙잡더니 말한다. "네 말이 맞아. 지금 해야 해. 할머니를 위해서."

"할머니를 위해서." 복창하고는 무늬가 들어간 간유리로 된 문 안을 들여다본다. 비좁은 복도가 있고 단단한 나무로 된 두 번째 문이 닫혀 있는 게 보인다. 왼쪽 모퉁이에는 화려한 철제 옷걸이가 있는데, 젖은 겨울옷을 거는 용도라기보다는 그냥 장식용 같다.

손을 들어 노크를 하려다 다시 손을 내린다. 속이 울렁거려서 심호흡을 해 본다. 고개를 돌려 케이드를 바라본다.

케이드가 끼어들어 벨을 누른다.

고리버들 나무 의자가 있는 쪽 창문 너머로 커튼이 열리더니 여자의 목소리가 들린다. "내가 열게."

바틀리 부인은 안쪽 문을 연 뒤, 그 문을 닫고는 현관 복도에 들어선다. 우리를 보자 미간에 깊게 주름이 파이는데, 다음 문을 열기까지 영겁의 시간이 걸리는 것만 같다.

"무슨 일이죠?" 날카로운 목소리에 난 일시적으로 말하는 능력을 상실한다.

케이드가 두 손을 주머니에 넣는다. 평상시 손님을 맞이할 때의 친근한

278

미소와 부드러운 목소리로 그가 말한다. 난 그 모습에 경외감을 느낀다.
"안녕하세요, 바틀리 부인. 혹시 바틀리 선생님을 만나 뵐 수 있을까 해서
왔습니다."

바틀리 부인은 잠시 망설인다. "조! 손님이 왔어." 그렇게 남편을 부르고
는 우리에게 들어오라고 손짓한다. "여기서 기다려요."

곧이어 안쪽 문이 쾅 하고 닫힌다. 바틀리 부인이 나무 바닥을 밟을 때마
다 탁탁탁 하고 소리가 들린다. 멀리 안쪽에서 스포츠 중계 소리가 새어 나
오다가 갑자기 꺼진다.

"괜찮겠어?" 바틀리 부인이 말한다.

"지금 괜찮은 건 아무것도 없어. 그래도 일단 애들 말을 들어보고 싶어."

바틀리 부인이 무슨 말을 하지만 자세히 들리진 않는다.

"내 학생들이야, 메리. 당신은 여기 있어. 난 걱정되지 않아. 잠깐만. 애
들을 데리고 들어올게."

옆에서 케이드의 손등이 내 손등에 닿는다. 손은 그 자리에 머문다.

인기척이 들린다. 이번엔 더 묵직한 소리다. 우리는 동시에 문을 향해 돌
아선다. 이어서 문이 활짝 열린다.

"로건. 케이드. 들어와. 외투는 저기다 걸면 돼." 바틀리 선생님이 현관
복도에 있는 옷걸이를 가리키지만 우리는 벗지 않는다. 선생님은 내가 옆
구리에 끼고 있는 서류철을 흘긋 바라본다. "식탁에서 얘기하자."

우리는 바틀리 선생님을 따라 작은 거실과 아치형 문을 지나간다. 여기
저기에 골동품들이 보인다. 과거에 치러진 대통령 선거를 위한 오래된 포
스터 액자가 벽난로 선반에 놓여 있다. 바닥에는 낡은 동양풍 깔개가 덮여
있고, 의자와 소파는 마치 1800년대부터 이 집에 있었던 것처럼 보인다.

식당에 들어오니 바닥부터 천장까지 벽면을 가득 채우는 맞춤식 장식장이 눈에 들어온다. 아름다운 원목 식탁에는 갈고리발톱 모양을 한 다리가 달려 있다. 바틀리 선생님이 상석에 앉고, 케이드와 나는 양옆에 앉는다. 선생님은 양손을 깍지낀 채로 두 팔을 식탁에 올려놓는다.

선생님은 아무 말이 없지만, 표정에서 궁금증이 드러난다. *얘들이 왜 왔을까?*

케이드는 나를 보며 아주 미세하게 고개를 끄덕인다.

나는 의자에 앉은 채 방향을 틀어 바틀리 선생님을 바라본다. "혐오적, 반유대인적 행동 사례를 모아 왔습니다. 과제의 직접적인 영향으로 일어난 일들이라고 생각합니다."

서류철을 바틀리 선생님 쪽으로 밀며 내가 말한다. 선생님이 서류철을 열어 본다.

난 첫 줄을 손가락으로 두들긴다. "우선 처음으로 과제에 대한 언급이 있었을 때, 저희 반 학생이 나치식 경례를 하는 것으로 시작됩니다. 그리고 이건 최근에 있었던 사건입니다." 난 케이드네 가족의 여관에 스프레이 페인트로 쓴 증오에 찬 메시지를 가리킨다. "온라인에서 일어난 공격까지 포함하면 규모가 훨씬 커지죠.

사람들이 선생님에 관해 온라인에 쓴 끔찍한 말들을 저희도 읽었습니다. 선생님께서 그런 폭언을 견디셔야 했던 걸 생각하면 저희도 마음이 아픕니다." 나는 눈물이 나오려는 걸 참으려고 손톱으로 손바닥을 꾹 누른다. "동시에 많은 이들이 선생님을 옹호한 것도 잘 알고 있습니다."

"너희들을 옹호하는 사람이 있는 것처럼." 선생님이 말한다.

바틀리 부인이 물병 세 개를 들고 와 각 자리에 놓고는 의자를 끌어 남편 옆에 앉는다. 바틀리 선생님은 부인의 손을 잡은 뒤 입을 연다. "너희 둘이 견뎌야 했던 증오에 찬 행동들에 대해 우리도 마음이 아팠어.

사과해야 할 사람은 너희가 아니라 나야. 교실에서 너희를 대한 방식에 대해 미안하게 생각한다. 부당했고, 전문적이지 못했어. 난 교사고 너희는 학생인데. 정말 *미안하다*. 그 즉시 과제를 취소했어야 했는데. 하지만 그걸로는 부족하다고 생각했어. 내 말을 믿어 줘. 월요일에 이 문제를 바로잡겠다고 약속할게."

케이드는 나처럼 놀람과 동시에 안도하는 표정을 짓는다. 그 애가 묻는다. "그래서, 토론을 취소하시겠다는 건가요?"

59

조 바틀리

조는 설명을 해야 한다. 그렇지만 이건 상상해 본 적도 없는 새로운 차원의 문제다. 이 재앙과도 같은 상황이 더 나빠지지 않길 바라며 더듬더듬 말을 꺼내 본다. "내 의도는 증오를 일반화하는 것, 엉뚱한 이들을 탓하는 것, 소외층을 희생양으로 삼는 것이 얼마나 쉬운 일인지 학생들이 개인적으로 이해하도록 하는 거였어. 그 생각은 지금도 변함없어. 최종 해결책은 거의 모든 문명 세계 사람들이 유대인들에게 등을 돌리게 했지."

"선생님의 좋은 의도가 그 과제를 정당화할 수 있는 건가요?" 로건은 물병 하나를 집어 뚜껑을 열고 절반을 마신다.

"내가 틀렸지."

"네, 선생님이 틀리셨어요." 케이드는 '이미 늦었다.'라고 말하는 듯 고개를 젓는다. 케이드의 말이 옳다.

"여러 차원에서 잘못 생각했지. 너희에게 해명하고 싶어." 바틀리 선생은 숨을 돌리며 생각을 정리한다. 옆에 앉은 메리는 남편의 무릎을 손으로 꼭 쥐며, 늘 그랬듯 바위처럼 버팀목이 되어 준다.

"처음에는 내가 낸 과제의 타당성에 너희들이 의문을 품어서 불쾌하다고 느꼈어. 그건 내 잘못이야. 내 관점에만 온통 집중해 있어서 내 의도를 이해하지 못하는 너희에게 불만을 느낀 거지. 그러고 나서 너희들은 교장 선생님을 찾아갔고, 난 더 화가 났어. 비평적인 시각을 열린 사고로 대하지 못한 점에 대해 부끄럽게 생각해."

로건이 자세를 바로잡는다. "저희한테 아무 말씀도 안 하셨어요. 더 나쁜 건 저희를 없는 사람 취급하셨죠."

"너희나 언론에 아무 말도 하지 말라는 학교 측의 지침이 있었어."

그 말에 대해 케이드와 로건은 아무 말도 하지 못한다.

"너희를 그렇게 대한 건 도가 지나쳤어. 너희를 없는 사람 취급했고. 나는 너무 방어적이고 또 화를 냈는데. 잘 해결하고 대처했어야 했는데. 나 자신이 부끄럽고, 너희에게 *미안해.* 변명하려는 게 아니라 사실을 이야기하는 거야."

케이드는 두 손을 모으고 앉아 있다. 케이드는 화가 났다. 이 상황은 바틀리 선생이 자초한 것이다. 표정으로 보아 로건은 일단 조의 말을 믿어 주려는 것으로 보인다.

"내가 저지른 가장 큰 실수는 과제를 만들어 놓고 거기에 타당한 이유가 있다고 믿은 거지. 반제 토론을 재연하는 건 나치의 행동을 정당화하는 것이 아니라 학생들을 매우 개인적인 차원에서 계몽하는 나만의 방법이었어. 세계 정치사에서 반제 토론은 돌이킬 수 없는 중요한 지점이야. 비열한 사건들은 그것 외에도 많지만, 최종 해결책은…" 조의 목소리는 차츰 잦아든다. "인류사를 통틀어 가장 냉혹하고, 비인간적이고, 악랄하고, 비열한 회의였다고 생각해. 학생들이 그런 결론에 도달하게 하는 것이 나의 목표였어. 나치의 관점에 동조하는 학생이 나오길 원한 건 절대 아니야. 나는 그들의 행동이 혐오스럽다고 반복해서 말했어. 그건 나에게 명백해 보였거든. 하지만 내 방식이 틀렸던 거지."

스펜서 데이비스, 제시 엘턴, 레지 애시퍼드가 떠오른다.

283

"몇몇 학생들이 이 과제를 앞세워 편견과 증오심을 정당화한 걸 아시나요?" 케이느가 묻는나.

조가 관자놀이를 문지르며 말한다. "알고 있어."

"애초에 어떻게 이런 과제를 내주겠다고 생각했는지 이해하기가 힘들어요. 어떻게 그런 생각이 든 거예요?" 로건이 묻는다.

"〈컨스피러시〉라는 영화를 봤어. 배우들이 테이블에 둘러앉아 최종 해결책을 놓고 토론하는 장면이 나오지. 그 사건을 재연하면 강력하고, 창의적이고, 재미있는 역사 수업이 될 거라고 생각했어. 그 한 차례의 토론이 역사를 바꿔 놨다는 점이 흥미롭게 느껴졌거든."

"하지만 솔직히 진짜 토론이라고 할 수도 없잖아요." 로건이 말한다. "반제 회의의 유일한 목적은 유대인을 말살하는 조직적인 방법을 찾는 거였어요."

"내 실수야."

"그러면 토론을 취소하세요." 케이드가 말한다.

"토론을 취소하세요." 로건이 반복한다. "다시는 같은 과제를 내주지 않는 것만으로는 부족해요."

"너희 주장도 이해해. 그래도 나를 한 번만 믿어 줄 수는 없겠니? 너희가 교장 선생님께 이야기한 직후에 대안 과제를 내줬잖아? 교장 선생님도 그렇게 바꾸는 거에 찬성하셨고. 그 후에 일어난 모든 일 때문에 조금 더 수정한 부분이 있어. 교육국장님과 통화했었는데, 그분도 내가 수정한 부분이 긍정적인 해결책이 될 거라고 하며 만족해하셨어. 너희 둘은 토론에 참여하지 않을 생각이었던 거 알아. 하지만 수업에 나와 줬으면 해. 나에게 바로잡을 기회를 주지 않겠니?"

케이드와 로건은 다시 한번 시선을 교환한다. 로건의 표정에서 조는 희망을 느낀다. 예전에 얻었던 신임을 되찾을 수 있을 것으로 보인다. 애석하게도 케이드는 회의적인 표정을 짓고 있다.

"네가 우려하는 상황은 뭐지, 케이드?"

"선생님이 바로잡으려 한다는 건 알겠…"

조가 말을 끊고 끼어든다. "*분명히* 바로잡을 거야. 토론 날 진행할 수업을 계획해 놨어. 그거면 이 모든 상황이 끝나게 될 거야."

케이드는 다리를 떨며 서류철을 응시한다. "로건과 저는…" 케이드는 평정심을 잃는다. 식탁 위에 얹은 손이 떨린다. 감정을 추스르느라 애쓰는 제자를 보자, 조의 가슴에 죄책감이 밀려온다. 메리는 떨리는 손으로 물병 뚜껑을 열어 건너편에 있는 케이드에게 준다. 케이드는 물을 한 모금 마시고는, 잠시 쉬었다가 한 모금을 더 마신다. 그런 다음, 몇 차례 심호흡을 하고는 병을 내려놓는다. "우리가 왜 선생님을 믿어야 하죠?"

"나는 책임감을 느껴. 지금까지 일어난 일뿐만 아니라, 나의 행동이 너희들에게, 우리 학교에, 우리 지역 사회에 부정적인 영향을 끼친 것에 책임을 느껴. 최소한 우리 반에서는 이런 내 마음을 보여 줄 기회가 있었으면 좋겠어. 최선을 다할 거라고 약속할게."

60
케이드

바틀리 선생의 집 현관 계단을 다 내려온 순간, 난 있는 힘껏 달린다. 주먹을 휘두르고 싶다. *무언가*를 부수고 싶다. 이 감정을 떨쳐낼 수 있다면 뭐든 부수고 싶다. 그 식탁에 앉는 순간부터 이런 기분이었다.

바틀리 선생님은 우리가 믿어 주길 원한다. 최선을 다하겠다고 했다. 그런데도 토론은 취소하지 않았다. 난 할머니에게 무슨 수를 동원해서라도 토론 수업을 막겠다고 약속했는데.

내가 전력을 다하지 않았던 걸까?

한 블록, 두 블록. 계속해서 달린다. 로건이 나를 따라잡는다. 그래도 난 멈추지 않는다. 나무가 줄지어 있는 눈 덮인 선라이즈 공원의 산책로를 따라 달리고 또 달리다가, 중앙 분수대에 도달해서야 비로소 멈춘다. 대리석으로 된 넓은 분수대 테두리에 올라 고개를 젖히고 있는 힘껏 소리친다.

"*으아아아아아아!*"

로건은 내 옆에 있다. 그리고 일전에 밤에 그랬던 것처럼 양팔을 넓게 벌린다.

이번에는 로건이 울고 있다.

"빨리 이 모든 게 끝났으면 좋겠어! 그 선생님도 그만 봤으면 좋겠어! 우리를 걱정한다고? 그 마음을 어떻게 보여 줬지? 우리를 걱정해서 투명 인간 취급했나? 그래서 우리한테 굴욕감을 줬나? 지난 한 주 동안 우리가 견

녀 낸 인신공격에 대해 단 한 번도 연민을 보이지 않았어. 적어도 내가 먼저 말을 꺼내기 전까지는! 게다가 우리한테 말하지 말라고 했다면서 교장 선생님 핑계까지 댔잖아. 아무리 그렇다고 해도 사람 사이에 최소한의 예의라는 게 있잖아. 이건 용납할 수 없어. 난 그 사람을 믿지 않아. 우리의 신임을 받을 자격이 없는 사람이야! 우리보고 수업에 나오라는데, 어떻게 해야 하지?"

난 로건의 손을 잡고 엄지손가락으로 손등을 문지른다. 두 눈을 보니 조금 전에 했던 질문에 대한 답을 갈구하고 있는 게 느껴진다. 난 내가 할 수 있는 유일한 대답을 한다. "나도 어떻게 해야 할지 도무지 모르겠어. 일단 월요일 수업 직전까지 기다려 보자. 막상 그때가 되면 우리가 어떤 느낌일지. 그때 가서 결정하면 되지."

61

대니얼

토론 수업에 극도의 혐오감을 느낀 대니얼은 즉시 행동을 취했다. 나치의 최종 해결책과 유대인 문제에 관한 자료를 찾아본 다음, 자신이 느낀 반감과 공포감을 바탕으로 과제를 작성한 것이다. 지난 월요일에 과제를 제출하면서, 자신이 토론에 참여할 수 없고, 참여하기 싫은 이유를 설명하는 별도의 메모를 첨부했다.

바틀리 선생님께.

이 과제에서 보시듯, 저는 나치의 위치를 이해하고자 반제 회의에 관해 광범위한 자료 조사를 했습니다. 하지만 저는 그들의 관점이 아닌 저, 대니얼의 관점으로 과제를 작성했습니다. 제가 공부한 바로는, 뉘른베르크 법, 나아가 나치 독일의 정치적 사상과 군사력에 관한 모든 것은 거짓 과학과 권력에 대한 갈망, 억압과 차별에 바탕을 두고 있었습니다. 증오에 대한 나치의 사고방식은 내가 공감할 수 있는 것도 아니고, 내가 절대 원하지도 않는 것입니다.

어떻게 인류 사회가 그런 거짓말을 믿도록 세뇌당했을까요? 인간의 품격은 어디로 사라졌던 걸까요?

이 과제는 유대인을 논의의 대상으로 가정하고 있습니다. 그러나 히틀러가 통치하는 독일에서는 장애가 있는 사람, 동성애적 성향이 있는 남자들, 유색 인종들, 롬인 등 수많은 이들이 살해당했습니다. 히틀러 통치하의 독일에 살았다면 저 또한 구속되어 강제 수용소로 보내졌을 것입니다. 저에게 분홍색 역삼각형 마크를 달고는 멸시하고, 생체 실험을 하고, 고문하고 죽였겠죠. 끔찍한 교통사고로 사지가 마비된 제 삼촌은 히틀러의 통치하에선 안락사의 대상이 됐을 겁니다. 인간이 아닌, 사회에 아무 쓸모가 없는 물건으로 치부됐겠죠.

선생님 덕분에 저는 눈을 떴습니다. 고문에 대한 섬뜩한 묘사를 읽은 이후 악몽에 시달리고 있습니다. 분홍색 역삼각형 마크를 달고 강제 수용소에 있는 저 자신을 발견할 때마다 식은땀을 흘리며 잠에서 깹니다.

한편, 이러한 지식은 저를 더욱 강하게 만들었습니다.

인간은 증오하기 위해 태어나지 않았습니다. 증오하도록 교육받을 뿐이죠. 저는 그 교육의 일부가 되지 않겠습니다. 저는 유대인들을 해치거나 살해하는 논제를 두고 언쟁하고 싶지 않습니다. 따라서 저는 이번 토론에 출석하지도, 참여하지도 않겠습니다. 부모님의 동의서, 결석 사유서 등 필요하신 게 있다면 반드시 제출하겠습니다.

대니얼

토론 수업이 취소되도록 케이드와 로건이 투쟁하는 동안, 대니얼은 한 발 물러서서 지켜보기만 했다. 그런데 로건에게 듣기로, 바틀리 선생님은 자신을 믿어 달라는 말과 함께 두 사람에게 내일 수업에 나와 달라고 했다 한다. 대니얼은 무슨 일이 있어도 자신은 그 수업에 참석하지 않으리라 다짐한다.

62

메이슨

월요일, 오전 7:08.

메이슨은 맥닐 교장 맞은 편에 앉아서 대답을 기다리고 있다. 교장의 책상에는 핸드폰이 덩그러니 놓여 있다. 메이슨은 그 핸드폰을 주머니에 도로 넣고 싶은 충동을 느낀다. 이미 레지의 폭언이 담긴 음성 녹음 파일을 세 번이나 재생했고, 그것이 조작된 게 아니라고 맹세까지 했다.

맥닐 교장은 두 손을 배에 가지런히 올려놓고 의자에 기대앉는다. "왜 지금이지?" 교장이 묻는다. "다음 주에 팀이 주 대회 준결승을 치르는데 왜 지금 이걸 문제 삼는 건가?"

그 질문 안에 많은 의미가 담겨 있음을 메이슨은 알고 있다. 레지는 지역 예선에서 두 개의 도움과 세 골을 기록하며 최고의 기량을 선보였다. 리비에르 로키츠는 레지의 활약 덕분에 승리했다. 지난 금요일에 있었던 팀 회의 이후, 메이슨은 다른 일이 통 손에 잡히질 않았다. 아버지의 기대에 부응하는 생활과 자신의 도덕적 기준 사이의 균형을 맞추려고 노력하며, 외줄 타기와도 같은 삶을 참 오래도 견뎌 왔다.

메이슨은 교장실 창밖을 보며 바깥에 있는 사람들이 자신을 볼 수 있다는 걸 깨닫는다.

"사물함을 훼손한 건 레지예요." 마침내 메이슨이 말한다. "주 대회가 끝날 때까지 이 사실을 숨길 수도 있었지만, 아이스하키가 진실 위에 있을 수는 없다는 것을 깨달았습니다. 레지는 비열한 언행을 했습니다." 메이슨은 앉은 채로 허리를 꼿꼿이 편다. "교장 선생님은 그 녹음 파일이 가짜라고 하셨죠? 제가 익명으로 보냈던 건 겁이 나서였어요. 어떤 결과가 뒤따를지를 생각하면 아직도 겁이 나요. 하지만 기꺼이 그에 따르는 대가를 받아들이겠습니다."

"헤이스 감독이 썩 좋아하지 않을 것 같은데."

메이슨은 맥닐 교장을 쳐다보며 간결하게 고개를 끄덕인다. 가슴이 답답하고 무겁다. "제가 말씀드렸다는 걸 저희 아버지께 얘기하셔도 좋습니다. 그건 교장 선생님의 선택이죠. 저는 증거를 제출했어요. 그걸 어떻게 할지는 교장 선생님이 정하세요. 주 대회가 끝날 때까지 기다리시고 싶으시면 그렇게 하셔도 좋습니다. 저는 제가 해야 할 일을 했으니 이제 마음의 짐을 조금 덜었네요."

63

케이드

남자 탈의실 문을 열고 나가 복도에 들어서니 세계 정치사 수업에 같이 가려고 나를 기다리는 로건이 보인다. 어두운 숲에서 햇살을 받은 것처럼 그 애의 얼굴이 밝아진다. 우리는 바틀리 선생님에게 기회를 주고 수업에 들어가기로 했다. 하지만 우리의 신임을 얻을 자격이 있는지는 두고 봐야 알 것 같다.

"안녕." 로건의 얼굴에 미소가 스친다. "블레어가 행운을 빈다며 문자를 보냈어." 로건은 행운의 부적처럼 여기는 은팔찌를 문지른다. 사촌이 지난번 생일 때 선물로 준 팔찌다.

"행운이 따르면 좋겠다." 난 주위를 둘러보며 중얼거린다. 벽이란 벽은 죄다 리비에르 로키츠의 지역 예선 우승을 축하하고, 주 대회에서 잘 싸우기를 응원하는 벽보로 도배돼 있다.

지금 아이스하키가 대수인가. 내 머릿속엔 토론 수업이 그대로 진행된다고 말했을 때 실망에 가득 찼던 할머니의 얼굴밖에 안 떠오른다. 로건의 목소리는 작고 차분하다. "꼭 수업에 안 가도 돼."

난 멈춰 서서 그 애의 손목을 잡고 복도 가장자리로 간다. 난 잡고 있던 손을 내려놓고 내 손을 안전한 주머니 속에 넣는다. 지금 난 트로피 진열대를 박살 내고 싶은 충동을 느낀다. 하지만 그런다고 토론 수업이 취소되는 건 아니다. "가기 싫지만 갈 거야. 너를 위해서가 아니라 나를 위해, 우리를 위해서야. 이걸 끝내자. 하지만 언제든 나가고 싶으면 나갈 생각이야."

"네가 가면 나도 가. 내가 가면 너도 가고." 나에게 필요했던 건 이처럼 사나우면서도 흔들리지 않는 로건의 눈빛이었음을 새삼 깨닫는다.

"그래." 단호한 미소를 보이며 손을 내밀자 로건이 내 손을 잡는다. "가서 해치우자."

두려운 마음에 걸음이 느려지지만 로건이 나를 잡아끈다. 계단을 다 오른 우리는 바틀리 선생님의 교실 쪽으로 방향을 튼다. 복도는 학생들로 가득 차 있다. 난 까치발을 들어 우리 머리 위에 있는 손 팻말들을 본다. 누군가가 외친다. "토론을 중단하라!"

로건의 손가락들이 내 손가락들 사이로 미끄러져 들어온다. 우리는 인파를 뚫고 복도 중앙까지 간다. 학생들 한가운데에는 대니얼, 메이슨, 헤더가 있고, 우리와 함께 수업을 듣지 않는 학생 세 명이 있다. 이들은 닫혀 있는 바틀리 선생님의 교실 문 앞에 원으로 둘러서서 구호를 외친다. "토론을 중단하라!" 아이들은 각기 다른 손 팻말을 들고 있다.

나치는 이곳뿐만 아니라 어디에서도 환영받지 못한다!

집단 학살을 정당화하지 마라!

인류애 O 혐오 X

학교는 증오지대가 아닌 안전지대가 돼야 한다!

토론 반대!

우리를 본 대니얼이 잔뜩 상기된 밝은 표정으로 원을 이탈한다. "케이드! 팻말 여분이 있으니까, 같이 하고 싶으면 줄게." 그러면서 교실 문 옆 사물함에 기대어 놓은 손 팻말들을 가리킨다. '인류애가 있는 당신을 환영합니다!' 손 팻말이 제일 바깥쪽에 나와 있다.

"나도 같이할래." 케리앤이 대니얼의 손에서 '토론 반대!' 손 팻말을 가져 가더니 높이 치켜든다. 원 내형으로 서 있음에도, 케리앤은 네이슨 앞으로 이동한다. 그리고 나니 꼭 저 애가 다른 애들을 이끄는 것처럼 보인다. 케리앤은 구호를 '토론을 중단하라!'에서 '토론 반대!'로 바꿔서 외친다.

로건은 헤더 주위를 서성이다가 내가 있는 쪽으로 온다. 우리가 온 이후 그 짧은 시간 안에 학생들의 숫자는 두 배 정도로 늘어났다. 대부분은 핸드 폰을 꺼내 들고 사진이나 동영상을 찍는다. 그 모습을 보니 온몸에 전율이 느껴진다.

헤더가 앨리 피츠패트릭에게 합류하라며 손짓한다. 제시가 자기 아리아 인 쌍둥이라고 별명 붙인 아이다. 하지만 앨리는 뒤로 물러선다. 학생들은 모래알처럼 그 주위에 모이더니, 애초에 그 자리에 앨리가 없었던 듯 자리 를 메운다. 헤더가 나를 보며 미소 짓는다. 표정으로 보아 우리가 합류하길 기대하는 것 같다.

"네가 주관한 거야?" 로건이 대니얼에게 묻는다.

"응. 점심시간에 애들을 모았어."

"왜 우리한텐 얘기 안 했어?"

"했어. 너희 둘에게 문자 보냈는데 답이 없더라고."

당연한 결과다. 사물함에 핸드폰을 넣어 뒀으니까. 하지만 로건은? 점심 시간에 블레어에게 문자가 와서 우리는 영상 통화를 했다. 로건이 주머니 에서 핸드폰을 꺼낸다. "이상하네." 나에게 핸드폰을 보여 주며 로건이 말 한다. 대니얼에게 문자가 와 있다. 수신 시간은 오전 11:21이다.

"손 팻말 하나 집어. 우린 이 토론을 막을 거야."

로건이 대꾸하려고 입을 여는 순간, 어딘가에서 웃음소리가 들려온다.

제시 엘턴이 행군하는 군인처럼 무릎을 높이 치켜들며 메이슨을 조롱한다. 그러면서 한 손에는 손 팻말을 들고 있는 척한다. 제시는 반대 손을 관자놀이에 대며 학생들에게 경례한다. 스펜서는 케리앤 옆으로 가서 제시의 동작을 따라 한다. 그런데 정말로 나에게 충격을 안긴 건 스펜서의 벨트에 달린 버클이다. 다름 아닌 남부 연합기다. 저런 식으로 증오를 유발하다니.

대니얼은 손 팻말을 집으며 다시 시위대에 합류한다. "토론 반대! 토론 반대!"

스펜서가 구호를 외치기 시작한다. "토론을 사수하라! 토론을 사수하라!" 그러면서 오케스트라 지휘자처럼 학생 무리에게 손짓하며 합류하길 부추긴다. 몇몇 아이들은 재미있는 놀이인 양 그 대열에 합류한다.

"그만해!" 내가 소리쳐 보지만, 구호 소리에 묻히고 만다. 이 모든 건 여기에서 멈춰야 한다. 난 양쪽 진영에서 대치하고 있는 스펜서와 케리앤 사이를 오가며 다시 소리쳐 본다.

대체 바틀리 선생님은 어디에 있는 거야?

누군가가 뒤에서 나를 민다. 난 사물함에 부딪히기 직전에 간신히 양팔을 들어 올린다. 헤더가 앞으로 한 걸음 나서자 손에 들고 있던 손 팻말이 떨어진다. 손 팻말은 대니얼의 머리를 스치듯 지나 바닥에 떨어진다. 헤더가 내 셔츠를 움켜쥔다. 손톱이 어깨를 짓누르는 게 느껴진다. 난 사물함에 부딪히고, 헤더는 나에게 부딪힌다.

점점 더 많은 학생들이 편을 갈라선다. 누가 "토론을 사수하라!"를 외치고 누가 "토론 반대!"를 외치는지 알 수가 없다.

아수라장 속에 잉그럼 선생님이 보인다. 팔을 휘저으며 손가락으로 어딘가를 가리키는 모습이 학생들더러 해산하라고 지시하는 것 같다. 난 로건의 자주색 컨버스 신발을 찾아 두리번거린다. 게리엔 옆에 서서 팔을 벌리고 있는 로건을 발견하는 순간, 제시가 메이슨을 바틀리 선생님의 교실 문으로 밀어붙인다. 둘 다 손 팻말 손잡이를 든 채 서로를 밀기 시작한다. 제시는 메이슨에게 팀을 망쳐 놓았다며 소리를 지른다. 난 생각지도, 기다리지도 않고 그사이에 뛰어든 뒤 양팔을 벌려 둘을 뜯어 놓는다. 그리고 목이 터져라 외친다. "그마아아아안!"

64

로건

대혼란. 양팔을 뻗는 순간 이 단어가 떠오른다. 스펜서가 케리앤을 미는 걸 보고 나는 그 애를 보호하기 위해 순간적으로 팔을 뻗었다. "개년들." 스펜서가 케리앤과 나에게 말한다. 난 마음을 단단히 먹고 무릎으로 스펜서의 소중한 부분을 가격한다. 블레어와 함께 유튜브에 있는 호신술 채널에서 보고 익힌 동작이다. 스펜서가 양손을 들어 올린다. 흡사 황소처럼 콧구멍을 벌름거리며 뒤로 물러난다.

난 케리앤에게 말한다. "괜찮아?" 고3 초반에 메이슨이 자기 거라며 이 애가 나를 화장실 벽에 밀친 이후 이렇게 길게 말해 본 건 처음이다.

"응. 고마워." 정확히는 안 들리지만 그렇게 말한 것 같다. 주변은 점점 시끄러워지고 몸싸움을 하는 애들도 점점 많아진다. 갑자기 귀를 찢는 듯한 비명에 모두가 조용해진다. "그마아아아안!"

케이드다.

놀랍게도 아이들은 케이드가 음 소거 버튼을 누르기라도 한 듯 조용해진다.

하지만 더 놀라운 일은 그다음에 일어난다. 헤더가 내 손을 잡고 일으키더니 〈할렐루야〉를 부르기 시작한다. 성탄절 콘서트 때 리비에르 고등학교 합창단에서 불렀던 노래다. 나는 케이드와 그 공연을 함께 봤다. 난 대니얼의 손을 잡고 높이 치켜든다. 그러자 갑자기 연쇄 반응처럼 다른 아이들도 동참한다.

불과 일 분 전, 복도는 비명으로 진동했다. 그런데 지금은 노랫소리로 진동한다. 점점 더 많은 아이들이 손을 잡고 함께 노래한다. '할렐루야' 한 단어로 이루어진 후렴구를 함께 부르는 순간, 등에 전율이 느껴진다. 아주 잠시, 난 헤더와 눈을 마주친다. 그 애의 입꼬리가 부드럽게 올라간다. 가사 한마디 한마디 영혼을 담아 부르는 게 느껴진다. 난 헤더와 음악의 힘에 경외감을 느낀다.

합창이 끝나자 헤더는 침묵을 깨며 이렇게 말한다. "이 노래는 레너드 코헨이 작사, 작곡했어. 모르는 사람들이 있을지도 모르니까 말할게. 레너드 코헨은 유대인이야!"

바틀리 선생님이 휠체어를 밀며 인파 사이에서 나타난다. 휠체어에는 나이가 지긋한 노인이 앉아 있다. 야구 모자에는 '2차 대전 참전 용사'라고 쓰여 있고 작은 배지들로 장식돼 있다. 바틀리 선생님은 교실 문을 열고 모두가 들어가도록 부추긴다.

난 옆으로 빠져 케이드를 기다린다.

혼란이 잦아들고 나니 비로소 바틀리 선생님이 또 한 번 우리에게 실망을 안겨 주었다는 생각이 든다. 왜 미리 와서 우리를 기다리지 않은 거지? 상황이 얼마나 과열됐는지도 잘 알 테고, 오늘이 토론하는 날이니까 먼저 와서 우리가 교실에 들어가도록 유도하는 게 논리적으로 맞지 않나? 참전 용사를 모시고 오는 건 워서 선생님이나 학생에게 부탁했어도 됐잖아? 선생님이 여기 있었다면 이 모든 일이 일어나지 않았을 거다. 이 과제 전체에서 논리와 상식이라곤 도무지 찾아볼 수가 없다.

바틀리 선생님은 우리를 배신했다. 선생님을 향한 존경심은 하루가 다르게 줄어들었다. 난 선생님의 핑곗거리와 진부한 이야기, 사과까지도 들어 줄 의향이 있지만 그렇다고 해서 진실이 바뀌는 건 아니다. 머지않아 이 과제는 나에게 과거의 일이 될 것이고, 언젠가 바틀리 선생님을 용서하게 될 지도 모를 일이지만, 모든 건 전과 같지 않을 것이다. 난 이 사건을 절대 잊지 않을 것이다. 선생님의 교실이든 그 어떤 교실이든 경계하지 않고는 들어가지 못할 것이다. 바틀리 선생님은 내 목구멍에 이런 쓰디쓴 알약을 쑤셔 넣었다.

케이드가 다가온다. 함께 교실에 두 걸음을 들어섰는데, 케이드는 그 자리에 얼어붙는다. 난 이 아이의 시선을 따라간다. 전자 칠판에 커다란 나치 깃발이 있다. 난 케이드를 바라본다. 목에 가느다란 핏대가 서 있다. 난 손가락으로 우리 사이를 가리키며 소리 없이 입 모양으로 말한다. *네가 가면 나도 가. 내가 가면 너도 가고.*

케이드가 단호한 표정으로 고개를 끄덕인다.

책상은 모두가 서로의 얼굴을 볼 수 있도록 원 대형으로 놓여 있다. 케이드와 나는 문에서 가장 가까운 자리에 앉는다. 교실 앞쪽에는 책상이 비어 있는 자리가 있다. 바틀리 선생님은 그곳에 휠체어를 세우고 고정한다.

난 선생님을 자세히 관찰한다. 한때는 내가 저 사람의 말 한마디 한마디에 귀 기울였다는 게 믿기지 않는다.

메이슨과 제시는 케이드와 내가 앉은 곳에서 몇 발짝 떨어진 곳에 나란히 서 있다. 둘은 낮고 성난 목소리로 중얼거린다. 메이슨은 금방이라도 폭발할 것 같다. 그때 바틀리 선생님이 끼어든다. "메이슨, 제시, 자리에 앉아. 너희 둘이 붙어 앉았으면 좋겠어."

"왜요?" 제시가 성을 내며 묻는다.

299

선생님은 양 손바닥이 거의 닿을 듯 들어 보인다. "내 인내심이 딱 이만큼 남았거든. 당장 교장실로 가서 퇴학당하고 싶지 않으면 그만 싸우고 자리에 앉아. 너희들이 신사답게 행동할 수 있다는 걸 증명하면 처벌은 면하게 해 줄게."

메이슨은 나를 쳐다보더니 자리에 앉는다. 혐오성 발언이 적힌 포스트잇 떼는 걸 메이슨이 도와준 이후, 우리는 말을 나눈 적이 없다. 메이슨과 대화를 해야겠다. 내가 사과하긴 했지만, 그걸로 충분하게 느껴지지 않는다. 케리앤과 헤어졌다는 소문이 돌던데, 옆에 앉은 걸 보니 사실인지는 잘 모르겠다. 제시는 마지못해 메이슨의 옆자리에 앉지만, 최대한 몸을 멀리 두려고 애쓴다.

참전 용사는 날카로운 눈으로 주위를 둘러본다. 학급의 분위기를 파악하려는 것으로 보인다. 왠지 훈련 교관 출신일 것 같은데, 우리에게 큰 감흥을 느끼지 못한 것으로 보인다. 별 감흥이 없는 건 나도 마찬가지다. 바틀리 선생님에 대한 나의 믿음은 마이너스로 떨어졌다. 케이드는 아예 문 쪽으로 몸을 튼 채 앉은 게, 여차하면 나가 버릴 기세다. 교실에 남아 있는 건 나 때문인 것 같다.

대니얼은 교실에 오지 않았다. 시위 이후에 어디로 갔는지는 모르겠다.

빈자리가 두 군데 보인다. 그 빈 자리 사이에는 스펜서가 앉아 있다. 교실에 오지 않은 또 한 명은 레지다. 정학이나 퇴학을 당했다는 소문이 돌던데 확실히 아는 사람은 아무도 없다.

바틀리 선생님이 스펜서 오른쪽에 서서 빈 의자 등받이에 손을 올려놓는다. 선생님은 마치 육군 지휘관처럼 권위에 찬 눈으로 우리 모두를 바라본다. 처음 수업에 들어왔을 땐 선생님이 화가 났다고 생각했다. 하지만 그건 지금 내뿜는 통제된 분노에 비하면 아무것도 아니었다.

더 이상의 침묵을 견디기 힘든 지경이 되자 바틀리 선생님이 말을 꺼낸다. "내가 중대한 판단 착오를 저질렀다. 반제 회의 토론 수업을 취소하겠다. 너희가 받은 과제 용지를 꺼내서 나에게 전달하도록."

난 잠시 눈을 감는다. 그 긴 시간이 지나고서야 마침내 우리의 주장대로 됐다. 이건 승리가 아니다. 당연히 일어났어야 할 일이 애석하게도 기한이 한참 지나고 나서야 일어난 것에 불과하다.

65

케이드

전화를 꺼내 토론이 취소됐다고 할머니한테 말씀드리고 싶다. 오늘 아침 등교하기 전에 할머니가 말씀하셨다. "아직 늦은 게 아니야. 아직 가능성이 있을 거야." 아까 있었던 시위는 그야말로 난장판이었지만, 이 상황에 대한 해결책이었던 것만은 확실하다.

책상 아래로 로건과 손을 잡고 깍지를 낀다. 로건은 책상을 조금 더 가까이 끌고 와서 자기 다리를 내 다리에 맞댄다. 시위는 정말 격했다. 싸우는 아이들. 호소력 짙은 '할렐루야'. 이렇게 로건과 맞닿으니 시위 때문에 복잡해졌던 감정이 진정된다. 아까 소리를 질러서 목이 아프다. 마음도 아프다. 침을 삼키기가 힘들다.

바틀리 선생님은 빈 책상 하나를 벽으로 밀어 버린다. 몇 초가 지나서야 난 대니얼과 레지가 수업에 안 왔다는 걸 알아챈다. 대니얼에게 오늘 수업에 올 건지 물어볼 생각을 왜 못 했을까. 레지는 정학당했다고 들었다. 어째서 그 이유를 아는 사람이 단 한 명도 없는 걸까?

비밀들.

자꾸만 이런저런 생각이 든다. 지난 며칠 동안은 할머니와 할아버지의 비밀에 관련된 것 외에 다른 생각은 하지 않았다. 두 분이 견뎌 낸 것을 온전히 이해하는 것은 영원히 불가능할 것이다. 두 분의 아픈 과거를 그려 보려고 아무리 노력해도, 굶주리고, 노예가 되고, 구타당하고, 사랑하는 사

302

람들이 살해되는 것을 지켜보는 것이 어떤 기분인지는 절대 알 수 없을 것 같다. 이 모든 게 나에게 어떤 의미를 띄는지 이해하는 것도, 유대인의 정체성을 받아들이는 것도 쉽지 않지만, 그렇다고 해서 할머니를 원망하는 건 아니다. 내 평생 할머니 할아버지에게 받은 건 무한한 사랑뿐이다. 할머니는 우리를 보호하기 위해 안전한 쪽을 선택하신 거다. 난 할아버지가 유대인의 정체성을 숨기고 사시느라 얼마나 힘드셨을지를 생각해 봤다.

지난 일요일에 우리 식구 중에 성당에 간 사람은 없었다. 대신 할머니는 빵을 구우셨고, 난 엄마 아빠와 함께 여관 앞 백사장에 가서 대화를 나눴다. 아빠는 우리가 유대인이라고 해서 가족이라는 사실이 변하는 건 아니라고 말했다. 삶이 우리를 어디로 데려가든, 우리는 함께할 것이라고 말했다. 엄마는 조금 훌쩍거렸다. 몇 분이 흐르고 엄마가 나에게 물었다. "우리 부모님의 가족사를 처음부터 알고 있었다면, 그 과제에 대해서 그 즉시 얘기했을 것 같아?"

난 손으로 잡을 수 있는 제일 큰 돌을 집어 들어 온타리오 호수에 던진다. 내가 맥닐 교장 선생님한테 했던 이야기에 대해 생각해 봤었다. *우리 학교에 유대인 학생이 있었다고 쳐요. 그래도 저희한테 그 학생들의 눈을 똑바로 보면서 그들을 죽여야 하는 이유를 대라고 하셨을까요?* "네." 난 고개를 끄덕이며 말한다. "말했을 거예요."

엄마는 팔을 벌려 나를 끌어안는다. "넌 그게 옳은 일이라고 생각해서 목소리를 높였지. 엄마는 너에게 자부심을 느낀다, 케이드." 엄마가 포옹을 풀며 덧붙인다. "네 아빠와 너에 관한 얘기를 많이 나눴어. 우린 너의 신념과 진정성에 감탄했어. 네가 원하면 여길 떠나도 좋아. 어디든 가도 돼. 네가 우리 여관을 많이 아끼는 걸 알지만, 꼭 너의 일생을 여기에서 보내야

303

하는 건 아니야. 우린 네가 너의 꿈을 좇아가길 원해."

여기를 떠난다. 어디로든 갈 수 있다.

설레는 동시에 겁이 난다. 리비에르를 떠나는 것. 우리 가족. 우리 여관. 여관의 벽들과 그 역사, 가업. 우리 가족이 일구어 온 유산은 언제나 단단하고 안전하게 느껴졌다. 경제적으로 어려움이 있지만, 우리는 살아남았다. 한편으론 과제, 할머니, 스프레이 페인트로 쓰인 증오의 메시지를 떠올려 본다. 난 안전이라는 것이 허울뿐이며 한순간에 무너질 수 있다는 것을 배웠다.

난 리비에르에 머물고 싶어 하는가?

답을 내릴 수 없다.

바틀리 선생님의 교실을 둘러본다. 메이슨은 케리앤 쪽으로 책상을 최대한 바싹 붙여 앉았지만, 신체 접촉을 하고 있진 않다. 메이슨과 제시는 둘 다 정면을 응시하고 있다. 반 아이들 중 유독 저 둘만 의자 사이가 널찍이 벌어져 있다.

스펜서 옆에 있는 빈자리에 바틀리 선생님이 앉자 원 대형이 완성된다. "너희에게 할 얘기가 있어. 아주 중요한 얘기야. 단지 귀로 듣는 데서 멈추지 말고 이해하길 바란다."

난 마음을 다잡는다. *올 게 왔구나.* 난 속으로 생각한다. *이제 이판사판이다.* 바틀리 선생님은 자기가 초래한 문제를 바로 잡겠다고 말했다. 솔직히 정말 바로 잡을 수 있을 거라는 확신이 들지는 않는다. 그런데 희망이란 건 참 묘한 구석이 있다. 희망은 실오라기가 풀리는 것을 보면서도 계속 실끝을 붙잡고 있게 만드는 힘이 있다.

바틀리 선생님은 주위를 둘러보며 학생들이 모두 주목하고 있는지 확인한다. 2차 대전 참전 용사를 포함한 열여섯 쌍의 눈이 모두 선생님을 향하고 있다.

"반제 회의의 논쟁은 도덕적으로 비난받아 마땅합니다. 저는 뒤늦게 이 과제가 잘못됐음을 깨달았습니다. 이 과제는 무감각할 뿐만 아니라 대단히 부적절합니다. 제가 여러분에게 과제를 내준 이후 발생한 일들은 전적으로 제 책임입니다. 여러분 한 명 한 명에게 사과하며 용서를 구합니다."

와. 이건 정말 예상 못 했다.

바틀리 선생님이 로건과 나를 바라본다.

교실 여기저기에서 웅성대는 소리가 들린다.

다행히도 선생님은 우리를 오래 쳐다보진 않는다. 선생님은 우리에게 너무 많은 걸 바라는 것 같다. 이 시점에서 내가 선생님을 용서했다고 하면 그건 거짓말일 것이다.

66

피터 프랭클린 중위

이제 피터 프랭클린 중위는 말할 준비가 되었다. 중위는 바틀리 선생의 수업을 꼼꼼히 살펴봤다. 과제 때문에 젊은이들이 분열되는 모습을 보는 건 무척 괴로운 일이었다. 파란 머리를 한 여학생이 힘차게 노래할 때 예비역 중위는 크게 감동했고, 자신이 작게나마 변화를 일으킬 수도 있겠다는 희망을 보았다. 피터 프랭클린 중위가 조 바틀리에게 손짓하며 말한다. "모든 학생이 펜과 종이를 꺼냈으면 좋겠습니다."

바틀리 선생이 대답한다. "그렇게 할게요."

바틀리는 자기 책상으로 가서 인쇄용지 한 다발을 집어 들고는, 남부 연합기 버클을 단 남학생에게 종이를 나눠 주라고 한다. 피터의 시선이 그 벨트 버클에 머물다 남학생의 얼굴로 이동한다. 표정에서 반항심이 잔뜩 느껴지지만, 피터는 동요하지 않고 쉽게 신경전에서 승리한다. 그러는 동안 여학생 한 명이 학생들에게 펜을 나눠 준다.

두 학생 모두 자리에 앉자 바틀리 선생이 말한다. "군대에서 복무한 사람을 개인적으로 아는 사람이 있으면 손들어 봅시다."

두 명을 제외하고 모두 손을 든다. 좋은 징조네, 예비역 중위는 속으로 생각한다. 학교에서 강연을 해 보니 지인 중에 군 종사자가 있는 학생들이 국가에 봉사한다는 것이 어떤 의미인지를 더 깊이 있게 이해한다는 것을 알 수 있었다.

바틀리 선생이 나치 깃발을 가리키며 말한다. "이것은 증오의 상징이며, 동시에 인류를 대상으로 저지른 가장 악랄한 범죄의 상징입니다." 스크린이 다음 페이지로 넘어간다. 군복을 입은 피터의 사진이 스크린 절반을 채운다. 나머지 절반에는 올이 다 해진 긴 팔 셔츠에 추레한 바지를 입은 피터의 또 다른 사진이 있다. 오랜 세월이 지났건만, 피터는 지금도 그 사진을 보자마자 화들짝 놀란다.

"오늘 특별히 제2차 세계 대전 참전 용사 및 홀로코스트 생존자 연대에서 오신 강연자를 이 자리에 모실 수 있어서 영광으로 생각합니다. 피터 프랭클린 중위님은 제2차 세계 대전의 참전 용사로서 훈장을 수여 받으셨으며, 적진에 침투해 비밀 교란 작전을 이끈 지휘관이었습니다. 여러분은 지금 미국의 영웅을 보고 계십니다."

'영웅'이라는 말에 피터는 몸을 움찔거린다.

프랭클린 중위는 아주 조심스럽게 자리에서 일어나 바틀리 선생 옆에 앉아 있는 여학생이 있는 곳으로 걸어간다. 남부 연합기 버클을 찬 남학생과 마지막으로 인사할 생각에서였다. 피터는 여학생에게 이름을 물은 뒤 악수를 하고 다음 학생으로 넘어간다. 파란 머리 여학생 앞에 서서는 이렇게 이야기한다. "내가 정말 좋아하는 노래예요. 언젠가 꼭 녹음했으면 좋겠네요. 내가 들어본 것 중 최고였어요."

여학생은 쑥스러운지 얼굴이 빨개진 채 감사하다고 말한다.

피터는 신문에 나온 사진에서 케이드와 로건을 본 적이 있다. 다른 학생들과 달리 두 학생은 일어나서 자기소개를 한다. "이렇게 만나게 돼서 영광이에요." 프랭클린 중위가 말한다. 악수하는 중위의 손은 부드럽지만 묵직하다. 목소리는 크지 않으면서도 존중하는 마음이 담겨 있다. "끝까지 물러서지 않은 두 학생의 용기를 칭찬해 주고 싶어요. 오늘 이 자리에 와 줘서 정말 고마워요." 케이드와 로건은 송구한 마음으로 작게 대답한다. "감사합니다."

제시가 중위에게 거수경례한다. 그러나 중위는 경례로 응답하지 않는다. 대신 제시가 입고 있는 아이스하키팀 유니폼과 앞으로의 계획에 관해 대화 나누고는, 입대할 생각이 없는지 묻는다. "혈기 왕성한 친구들이 가기에 좋은 곳이거든." 중위가 제시를 바라보며 말한다. 내면 깊숙한 곳의 비밀들을 꿰뚫어 보는 듯한 눈빛이다.

메이슨은 자리에서 일어나 자신을 소개하며 손을 내민다. 중위의 손은 힘이 있고 거침없다. 중위의 눈가에 잔주름이 잡힌다. "감동했어요. 고마워요." 중위의 말에 메이슨은 당황한다.

메이슨이 말을 더듬으며 묻는다. "무슨 말씀이신지… 잘 모르겠습니다."

중위가 몸을 앞으로 숙이며 속삭인다. "용기는 여러 형태로 드러날 수 있어요. 본인이 옳다고 생각하는 것을 위해 목소리를 내는 것도 그중 하나죠."

프랭클린 중위는 메이슨의 손을 놔준 뒤 원 대형으로 서 있는 나머지 학생들과 일일이 인사를 나누고는, 마지막으로 벨트 버클을 드러낸 남학생 앞에 선다.

남학생은 일어서지 않은 채 손을 내민다. 중위는 그 학생만 들을 수 있도록 작은 소리로 말한다. "일어서게, 젊은이."

스펜서는 자리에서 일어선다.

"이름이?"

"스펜서요."

중위는 버클을 내려다보더니 시선을 들어 스펜서의 눈을 직시한다. "스펜서." 중위는 시선을 고정한 채 손을 내밀고 단호하게 악수한다. 그의 눈은 스펜서의 영혼 깊은 곳을 들여다보는 것 같다. 그 순간, 교실에는 오직 그 두 사람만 존재하는 듯하다. 마침내 중위가 고개를 끄덕인다. 그런데 이번엔 두 사람 사이에 무언의 이야기가 오간 듯한 느낌이다. 스펜서는 자리에 앉아 가지런히 모은 두 손으로 벨트 버클을 가린다.

프랭클린 중위가 자리로 돌아간다.

"여러분에게 제 이야기를 들려줄 수 있어서 영광으로 생각합니다." 그렇게 예비역 중위는 이야기를 시작한다. "1945년에 저는 스물네 살이었는데, 이미 국가를 위해 오 년 동안 복무한 군인이었습니다. 저는 독일어, 이탈리아어, 러시아어를 유창하게 구사할 수 있었죠. OSS, 풀어서 말하면 '전략 사무국'에서 특별한 보직을 맡았었는데, 지금으로 치면 CIA와 비슷한 곳이에요. 제가 맡은 임무는 나치에 맞서 싸우는 오스트리아 파르티잔을 도와 첩보 활동 및 비밀 작전을 진행하고, 적진을 우회해 보급품을 들여오는 것이었습니다. 저의 스파이 활동명은 뮐러였어요. 강하고 우직한 독일식 이름이죠."

중위가 자신의 어깨를 두드리며 말을 이어간다. "제힘으로는 어찌할 수 없는 사정으로 저는 게슈타포의 의심을 사게 됐습니다. 내가 위장하고 있다는 것을 누군가가 알아낸 거죠. 저는 큰 위험에 처했습니다. 하지만 탈영하지 않고 맞섰죠. 몇 달 동안 생포되지 않고 피해 다녔어요. 한번은 오스트리아에서의 낙하산 침투 임무가 실패로 돌아갔는데 게슈타포가 나를 기다리고 있었습니다."

중위는 한쪽 소매를 걷어붙인다. "이 상처 말고도 여러 개가 있어요." 팔에는 해시태그 모양의 하얀 줄이 손목에서부터 팔꿈치까지 그어져 있다.

"심문당한 경험이나 빈 감옥에서 잔혹하게 구타당한 이야기를 들려줄 수도 있겠지만, 게슈타포가 저를 독일 최악의 말살 수용소 중 하나로 꼽히는 마우트하우젠으로 옮긴 후 일어난 일에 이야기의 초점을 맞추고 싶네요."

중위는 잠시 말을 멈추고 학생 한 명 한 명과 눈을 맞춘다.

"제가 살아 있는 건 기적입니다. 수용소에서 다른 이들과 함께 강제 노역을 하며 견디어 낸 나날들이 아직도 생생합니다." 중위가 관자놀이를 손가락으로 톡톡 친다. "요즘 젊은 친구들이 좀비라고 부르는 거 있죠? 제가 처음 그곳에서 본 사람들 모습이 딱 그랬습니다. 너무 말라서 도대체 저 사람들이 어떻게 서 있을 수 있을까 궁금할 지경이었죠. 너무 무서웠어요.

우린 쉴 새 없이 떠밀리고 뺨을 맞고 구타를 당했어요. 탈출을 시도하면 발각 즉시 발포하겠다고 했죠. 점호에 참석하지 않은 사람은 찾아내서 총으로 쏴 죽였습니다. 주저앉아도 총으로 쐈죠. 그런 식으로 위반해서는 안 되는 것들의 목록이 한도 끝도 없었어요. 그들은 빈말이 아님을 직접 보여 줬죠. 친위대 장교 한 명이 영국 포로에게 다가가더니 아무 이유 없이 머리에 총을 쐈어요.

그들은 내 옷과 군화를 가져갔습니다. 난 세상에 태어났을 때의 모습처럼 발가벗겨졌죠. 내 머리도 밀었어요. 수용소에 새로 끌려온 사람들에겐 모두 그렇게 했죠. 많은 이들이 선별되어 가스실로 끌려갔어요. 저를 포함한 나머지 사람들은 찬물이 나오는 샤워기 아래에 서 있게 했어요. 그러고는 몇 시간이나 추위 속에 맨발로 서 있게 했죠. 누더기를 주며 입으라고 했는데, 가슴에는 번호와 빨간 역삼각형이 있었습니다. 정치범들을 식별

하는 상징이었어요. 우린 막사까지 걸어서 갔죠. 세 명이 널빤지 침상 하나를 함께 썼어요. 저 외에 둘은 전쟁 포로였는데, 각각 프랑스와 영국 출신의 공군이었어요. 우린 공간 안에 몸을 맞추려고 옆으로 누워서 새우잠을 잤죠. 잠시 여러분들이 잠자는 침대를 생각해 봐요. 편안할 것 같은데, 그렇죠?

수용소에서 이틀이 지난 후에야 처음으로 음식을 먹을 수 있었어요. 요만한 감자 껍질 조각들이 들어 있는 묽은 국이었죠." 중위는 손을 들고 엄지와 검지가 거의 닿을 듯 보여 준다.

"나치는 우리의 인간성과 정체성을 말살하려고 했어요. 그 일주일 동안, 난 그 두 가지를 지키는 것이 정말 어렵다는 걸 깨달았습니다."

프랭클린 중위는 바틀리 선생을 바라보더니 스펜서에게로 시선을 옮긴다.

"저는 다른 포로 몇 명과 함께 화장터를 새로 짓는 작업에 투입됐어요. 시체가 어찌나 많이 쌓여 있던지. 친위대는 자신들이 저지른 잔혹함과 증오의 증거를 빠르고 효과적으로 인멸하고 싶어 했죠. 우린 물, 모래, 시멘트를 운반했어요. 화장터를 완공하는 게 싫어서 달팽이처럼 느리게 움직이는 등, 모든 수단을 동원해서 작업 속도를 늦추려고 했습니다. 그게 다 지어지면 더 많은 사람을 죽일 거라는 걸 알았으니까요. 우린 모두 구타를 당했어요. 몽둥이로 두들겨 맞고, 개머리판으로 머리 옆쪽을 맞기도 했죠. 기한 내에 화장터를 완공하지 못하면, 우리를 제일 먼저 태워 버리겠다고 놈들은 우리를 협박했어요. 어쩔 수 없이 우린 기한 안에 공사를 마쳤죠. 다음 날, 삼백이십칠 명의 남자와 사십 명의 여자가 가스실에서 죽었고, 우리가 지은 오븐에서 재가 됐어요."

중위는 평정심을 잃지 않으려고 또 한 차례 말을 멈춘다. "침상을 함께 쓰던 영국 포로는 탈출을 시도하다 머리에 총을 맞았어요. 같이 침상을 쓰는 프랑스 공군은 그들이 빵이라고 부르는 톱밥 덩어리를 훔치려다 발각 됐죠. 나치는 그 친구를 폴란드, 러시아 포로와 함께 발가벗기고 물을 뿌린 뒤, 눈이 오는 벌판에 사십팔 시간 동안 서 있게 했어요. 세 사람 모두 얼어 죽었죠. 유대계 네덜란드인들은 삼십 미터 절벽 아래로 떠밀렸어요. 개들한테 찢겨 죽은 이들도 있었죠. 이 얘기를 하는 이유는, 증오라는 것이 인간을 자신의 행동에 부끄러움을 느낄 수 없을 지경으로 만들 수 있다는 걸 아는 게 중요하다고 생각해서입니다." 프랭클린 중위가 이번에는 제시를 쳐다본다.

"수용소 생활에서 가장 힘들었던 순간은 내 이름이 사형 집행 명단에 올랐다는 것을 나와 친해진 한 포로가 알려 줬을 때였어요. 행정실에서 일하는 친구였는데, 내가 다음 날 가스실에 갈 예정이라는 거예요. 난 부탁한 적도 없고, 어떻게 그게 가능했는지도 모르지만, 내 이름 대신 다른 사람 이름을 써넣을 수 있다고 그 친구가 말했어요. 난 단박에 거절했죠. 나 때문에 다른 사람이 죽는다는 건 있을 수 없는 일이었어요."

바틀리 선생은 눈을 감은 채 눈썹을 씰룩거린다.

"그런데 기적이 일어났습니다. 다음 날, 1945년 5월 6일, 미 3군 제11 기갑사단의 일개 소대 규모의 병력이 우리를 구하러 온 거예요. 지금도 난 5월 6일을 내 생일처럼 기념합니다."

프랭클린 중위가 바틀리 선생을 보며 고개를 끄덕인다. 바틀리 선생이 리모컨을 집어 들자 모두의 시선이 전자 칠판으로 향한다. 바틀리 선생이 말한다. "해방 이후의 마우트하우젠 교도소에 관한 짧은 다큐멘터리를 보겠습니다. 증오, 편견, 반유대주의, 천백만 명이 살해될 때까지 방관한 세상의 무관심이 어떤 결과를 낳았는지를 보여 주죠. 그중 육백만 명은 유럽 전역에서 온 유대인들이었습니다."

학생들이 짧은 영상을 시청하는 동안 프랭클린 중위는 자신의 손바닥을 바라보며 손가락을 구부렸다 폈다 하는 케이드에게 주목한다.

교실 안의 정적을 깨는 건 몇몇 학생들의 훌쩍이는 소리와 이따금 의자가 삐걱대는 소리뿐이다.

다큐멘터리 재생이 끝난 뒤, 바틀리 선생은 그대로 일 분이 흘러가도록 둔다. 그렇게 이 분, 삼 분이 흐른다.

침묵을 깨는 건 프랭클린 중위의 목소리다. "나는 독일 다하우에서 열린 미군 재판소에서 증언을 했고, 그 증언은 육십 명 이상의 친위대 장교가 유죄 판결을 받는 데 도움이 되었습니다. 다수는 사형 선고를 받고 교수형에 처해졌습니다. 그런데 반인륜적인 범죄를 저지르고도, 전쟁이 끝난 후에 아무런 처벌 없이 풀려난 나치 출신이 많다고 전해집니다. 그래서 나치 전범 사냥꾼들은 정의 구현을 위해 악명높은 살인자들을 추적했습니다. 그들이 쫓는 이들 중 하나는 아돌프 아이히만이었죠. 반제 회의에도 참여했고 최종 해결책을 내리는 데에도 핵심 역할을 한 인물이기 때문에 여러분도 그 이름을 들어봤을 겁니다. 아이히만은 1962년에 이스라엘에서 처형됐어요."

중위는 잠시 말을 멈추고 심호흡을 한다.

"나는 일 분 일 초를 버틴 끝에 마우트하우젠이라는 지옥에서 빠져나왔습니다. 잠들어 있는 순간을 제외하고는 매 순간을 기도하며 보낸 날들도 있었죠. 살아남을 힘을 달라고 신께 기도드렸어요. 나치놈들을 몽땅 죽이고 포로들을 탈주시키고 싶은 순간들도 있었습니다. 희망을 부여잡고 산다는 건 쉬운 일이 아니었어요. 희망은 물처럼 내 손가락 사이를 빠져나갔죠. 하지만 난 운이 좋았습니다. 그렇게 흘러내려 가던 물 중에서 몇 방울이 내 손에 남은 거예요. 그렇게 난 살아남았습니다.

바틀리 선생님은 나를 영웅이라고 불렀지만, 난 그렇게 생각하지 않습니다. 생존했다고 해서 영웅이 되는 건 아니라고 봐요. 옳은 행동, 도덕적인 행동, 책임감 있는 행동을 한다고 해서 내가 영웅이 되는 건 아니죠. 그저 품격 있는 보통의 사람일 뿐입니다."

중위가 자리에서 일어선다. "여러분 앞에 종이 한 장과 펜이 있죠. 이제 여러분이 생각하는 답을 적길 바랍니다.

여러분이 사랑하는 사람, 혹은 중요하다고 생각하는 사람과 잊지 못할, 최고의 하루를 보낼 수 있다고 상상해 봅시다. 그 사람은 누구인가요? 당신은 무엇을 하고 있을까요? 적어 봅시다."

중위는 기다린다.

"이제 당신이 사랑하는 사람에게 일어날 수 있는 최악의, 가장 끔찍한 일을 상상해 보세요. 그리고 적어 보세요."

중위는 기다린다.

"이번엔 여러분에게 일어날 수 있는 최악의, 가장 끔찍한 일을 상상해 봐요."

중위는 기다린다.

"그걸 막을 수 있는 능력이 여러분에게 있다고 상상해 보세요. 당신과 당신이 사랑하는 사람에게 최악의, 가장 끔찍한 일이 일어나는 걸 예방할 수 있습니다."

중위는 기다린다.

"이번엔 그럴 능력이 *없다*고 상상해 봅시다. 무엇을 하든, 무슨 말을 하든, 아무리 노력해도 그 일이 일어나는 걸 막을 수는 없습니다."

중위는 기다린다.

"친애하는 학생 여러분. 홀로코스트 피해자들에게 일어난 일이 바로 그런 거예요. 증오의 피해자 모두에게 일어나는 일이죠."

67

조 바틀리

학교에서의 마지막 날:

맥닐 교장이 조에게 책상 건너에 있는 의자에 앉으라며 손짓한다. 교장이 다시 의자에 앉으며 말한다. "단도직입적으로 얘기할게요, 조. 미안하지만 오늘이 리비에르 고등학교에서 가르치는 마지막 날이 될 겁니다."

워서 선생에게 받은 사탕을 물고 있던 조는 사탕이 목에 걸려 기침을 한다. 숨을 쉬려고 애쓰며 계속해서 기침한다. 눈에는 눈물을 흘린 듯 물기가 고였다. 아서는 교장실에 있는 소형 냉장고에서 물병을 꺼내 뚜껑을 돌려 따서 조에게 건넨다.

"저 해고당한 건가요? 왜죠?"

"왜 이러세요, 조. 당연히 과제 때문이죠. 부정적인 여론 때문이고요. 학생들이 시위하다 싸우는 영상의 조회 수가 이십오만에 달해요. 댓글도 엄청나고요. 평화적인 해결책을 찾았다면서 학생들을 칭찬하는 분위기이긴 하지만, 애초에 그런 일이 일어나서는 안 됐어요."

"하지만 제가 사과했잖아요. 프랭클린 중위의 강연은 큰 울림을 줬어요. 학생들이 작성한 평가서 보셨잖아요. 그 과제는 다시는 내주는 일이 없을 거고요. 어떻게 할 수 있는 게 없을까요?"

"한 해를 마칠 수 있었던 걸 다행이라고 생각하세요. 교육국장은 즉시 해고하라고 했어요. 하지만 저는 선생님이 일자리를 지킬 수 있도록 최선

316

을 다해 변호했어요. 선생님의 경력이 종신 재직권에서 일 년이 모자라니 우리가 손쓸 방법은 없어요. 그 과제 때문에 우린 곤란한 입장이 됐습니다. 지금도 여기저기서 전화가 걸려와요."

조는 사방 벽이 자신을 옥죄어 옴을 느낀다. 눈앞에 작은 점들이 맴도는 듯하다. 조는 물 한 병을 단숨에 들이켠다. 해고. 실직. 속이 뒤집히는 느낌이다. 눈을 감고 메스꺼움을 억누르려 해 보지만 어지러움만 더할 뿐이다.

눈을 뜨고 조가 말한다. "저는 좋은 교사예요."

"압니다."

"그러니까…"

"미안해요. 이미 결정된 거라서."

조는 말이 나오지 않는다. 생각해 보니 학생들이 시위 영상이 급속도로 퍼졌을 때 해고될 거란 걸 직감하긴 했다. 학교에 불미스러운 일이 하나 더 생긴 것이지만 상황은 해결되었다. 조가 남긴 사과의 말도 인터넷에 퍼졌다. 녹음해 두지 않아서 실제로 한 말과 정확하게 일치하지는 않았지만 거의 비슷했다. 물론 사과가 충분하지 않다, 너무 늦었다는 반응이 주를 이뤘지만, 학생들은 조를 지지했다. 조는 교장도 자신을 지지한다고 생각했지만, 그건 착각이었는지도 모르겠다. 어떤 기자는 케이드와 로건에게 선생님이 해고되길 원하냐고 물었다. 로건은 이렇게 대답했다. "이건 우리 모두가 배울 수 있는 기회였습니다."

조는 자신이 한참 동안 생각에 잠겨 있었다는 것을 자각하고는 고개를 든다. 아서의 얼굴이 근심에 차 있다. 조는 더 언쟁해 봤자 아무 소용 없음을 잘 알고 있다.

이제 해고라는 게 현실로 다가온다. 어떻게 이런 일이 일어난 거지? 조는 아직 충격에서 빠져나오지 못했다. 교장실 조명이 어두워지는 건지 눈앞이 캄캄해지는 건시 잘 구분이 되지 않는다. 교사로서의 그동안의 노력이 검고 텅 빈 허공으로 날아가 사라진다. 교사가 아닌 조 바틀리는 도대체 누구인가? 그는 가르치는 일을 사랑하고 학생들을 사랑한다.

얼굴에서 핏기가 싹 가신 채 조는 짧고 얕은 숨을 내뱉는다. 이마에는 땀방울이 맺혀 있다. 아서는 물병을 하나 더 꺼내 책상 반대편으로 밀고는, 가능한 한 앞으로 몸을 기울인 채 조의 시선을 끌기 위해 손가락으로 책상을 톡톡 친다.

"조?" 대답이 없다. 아서는 자리에서 일어나 책상 주위를 돌아가서 책상 모서리에 앉는다. 그러고는 조의 어깨에 손을 얹는다. "부인에게 전화해 줄까요? 학교에 와서 교실에 있는 짐 정리하는 걸 도와달라고 해 볼게요."

조는 천천히 아서와 시선을 마주친다. "아뇨. 괜찮습니다." 그는 자리에서 일어난다.

"극복하고 일어날 수 있을 거예요. 그럴 거라고 확신해요." 아서가 손을 내민다.

심장이 두세 차례 뛰는 동안 조는 교장의 손을 쳐다본 뒤, 그대로 돌아서서 문밖으로 나간다.

* * *

조는 자신에게 변함없는 지지를 보내는 많은 학생들의 설득에 못 이겨 졸업식에 참석했다. 약 오 분 동안, 조는 자신의 주위에 모여들어 응원의 말을 건네는 아이들 덕분에 좋은 기분을 만끽한다. 그러고는 한때 동료 교사였던 이들과 어색하고 무의미한 대화들을 짧게 나눈다. 개중에는 대놓고 등을 돌리는 교사도 있다.

조는 고개를 꼿꼿이 들고 측면 출구에서 가장 가까운 자리에 앉는다.

졸업식에 늘 있는 식순이 진행되다가 워서 선생님의 퇴임식 차례가 된다. 졸업반 학생들은 사전에 준비한 영상물을 재생한다. 리비에르 고등학교에서 워서 선생님이 보낸 해들이 펼쳐진다. 조가 있는 사진은 단 한 장도 없다.

합창단이 워서 선생님 주위에 둘러서서 신디 로퍼의 〈트루 컬러스〉를 부른다. 노래를 마친 학생들은 워서 선생님을 단상으로 안내한다. 합창단원 한 명 한 명이 꽃을 준다. 꽃이 너무 많아 나중엔 양팔에 안고 있을 수 없는 지경이 된다. 머리를 분홍색으로 물들인 헤더가 마지막으로 꽃을 선사한 뒤 단상에 올라간다. 헤더는 피크닉 벤치가 있는 야외 정원이 워서 선생님의 이름으로 헌정될 것이라고 발표한다. 최우수 학생에게 수여되는 장학금의 주인공인 메이슨이 단상에 올라 워서 선생님에게 아름다운 명판과 여행권을 내민다. 그다음은 맥닐 교장이 마이크를 이어받는다. "언제든 들르세요. 캔디 봉지를 들고 오시면 더욱 감사하겠습니다." 청중들이 웃는 가운데, 워서 선생님도 눈물을 흘리며 소리 내어 웃는다.

졸업생 대표로 선출된 로건이 강단에 올라 마이크 앞에 선다. 학생을 대표하는 연설은 다음과 같은 말로 마무리된다. "우린 모두 두려움과 부끄러움을 느끼는 것이 어떤 기분인지 압니다. 농락당하고 모욕당하고 미움받는다는 것이 어떤지도 잘 압니다. 우리는 다른 이들이 그런 경험을 하는 것을 목격했습니다. 증오에 대응하고, 어둠 속에서 빛을 밝히는 방법은 하나, 우리 안에 있는 친절의 등불을 밝히는 것입니다. 우리 모두는 내면에 등불을 지니고 있습니다. 성냥에 불만 붙이면 어둠을 밝힐 수 있습니다. 그러려면 어떻게 해야 할까요? 침묵하지 맙시다. 세상 밖으로 나가 부당함에 맞서자고 여러분 모두에게 제안합니다. 우리가 어디에서 무슨 일을 하든, 변화를 꾀하는 사람이 됩시다. 눈을 감지 맙시다. 등을 돌리지 맙시다. 과거를 모른 체하지 맙시다. 과거로부터 배웁시다. 과거를 이용합시다. 긍정적인 변화를 만듭시다!"

관중석에서 박수갈채가 터져 나온다. 조 바틀리도 박수를 보낸다. 조는 저 여학생이 눈물겹도록 자랑스럽다. 하지만 동시에 마음이 찢어질 것만 같다. 본인을 위한 퇴임식은 절대 없을 거라는 걸 조는 알고 있다. 훗날 조 바틀리를 기억하는 학생들이 있을까? 그들의 기억 속에 조는 어떤 사람으로 남아 있을까?

졸업장을 받는 학생들을 바라보던 조는 문득 한 학생이 보이지 않음을 깨닫는다. 바로 레지널드 애시퍼드다. 레지가 인종 차별적, 반동성애적, 반유대주의적 발언을 하는 녹음 파일이 맥닐 교장의 손에 들어가자, 레지는 자신이 케이드와 로건의 사물함을 파손했음을 자백했다. 고등학교 생활을 두 달 남겨 놓고 레지는 퇴학당했다. 제보자가 보복당할 것을 우려한 맥닐 교장은 그 학생의 이름을 밝히지 않았다. 레지가 아이스하키부에서 이룬 성과로 획득한 대학 장학금은 취소됐다. 메이슨의 놀라운 방어로 리비에르 로키츠는 주 대회 준결승에서 승리했으나 결승전에서는 패하고 말았다. 조는 팀을 응원하려고 경기장을 찾았었다.

얼음처럼 차가운 슬픔이 밀려와 조는 그 자리에 얼어붙는다. 리비에르 고등학교 학생들을 응원하는 건 이 졸업식이 마지막이 될 것이다.

졸업식이 끝나자마자 바틀리 선생은 학교를 떠난다.

조는 반경 백 킬로미터 내에 있는 모든 교사직에 지원서를 보냈다. 하지만 연락이 온 곳은 한 군데도 없다. 새로운 직업에 관한 아이디어를 얻으려고 인터넷도 뒤져 보고, 인성 검사도 받아 보고, 뉴욕 주립대 온라인 학교에서 제공하는 여러 박사 학위 프로그램도 살펴본다. 무슨 수를 써서라도 다시 교단에 서겠다고 마음을 다잡아 보지만 그럴 때마다 깊은 절망감을 느낀다.

메리가 남편을 감싸 안는다. 하지만 무엇을 해야 할지, 어떻게 도울 수 있을지는 도무지 알 수 없다. 모르겠는 건 조도 마찬가지다. 주류 판매점에 위스키 한 병을 사러 갔을 뿐인데 알코올 중독자가 됐다는 소문이 돌기 시작했다. 조는 취미로 나가던 야구팀도 그만두고, 단골 커피숍에도 발길을 끊었고, 이제 아예 외식 자체를 하지 않는다. 같은 운동복을 며칠씩 입으며, 아무 생각 없이 TV 앞에 앉아 채널만 돌리고 있다.

그러던 어느 날, 조는 편지 한 통을 받는다. 받는 사람은 '바틀리 선생님'으로 되어 있고, 보내는 사람의 주소나 이름은 적혀 있지 않다. 그저 프린터로 인쇄한 편지 한 장이 있을 뿐이다.

바틀리 선생님께.
저는 살면서 부끄러운 행동을 많이 했습니다. 다른 사람들에게 상처를 주고 아무런 처벌도 받지 않았습니다. 솔직히 저는 그런 점을 자랑스럽게 생각했었습니다.
선생님이 과제를 내주셨던 게 벌써 오 개월 가까이 지났네요. 저는 그때 있었던 일을 지금도 매일 생각합니다. 선생님께서는 본인의 잘못을 인정하셨죠. 그 용기는 저에게 큰 변화를 일으켰습니다.
저는 저의 행동이 무고한 사람들에게 피해를 준 것에 대해 저 자신이 정말 쓰레기 같다고 느낍니다.

앞으로 나서서 제 잘못을 인정할 마음의 준비는 아직 안 됐습니다. 그건 영원히 못 할지도 모르겠습니다. 하지만 저는 변했습니다. 선생님께 그 말씀을 드리고 싶었어요.

그 후에 참 많은 말들이 있었죠. 선생님은 퇴직을 강요받으셨나요? 소설가가 되려고 교단을 떠나신 건가요? 대부분 사람들은 선생님이 해고됐다고 생각합니다. 진실이 무엇이든, 저는 선생님이 다시 교단에 서실 수 있기를 기원합니다.

진심을 담아
선생님의 학생이었던 사람이

편지를 읽은 조는 생각에 잠긴다.

그동안 모아 놓은 돈과 메리의 수입이면 빚지지 않고 살 정도는 될 것 같다. 하지만 조는 다시 아이들을 만나 일할 방법을 찾기로 한다. 그러던 중 어느 노숙자 가족 보호소와 연락이 닿아, 그곳에 있는 아이들에게 무료 봉사로 개인 지도 교사가 되길 자처한다. 이제 새로운 출발이다. 조는 자신이 잃어버린 기쁨과 열정을 되찾길 희망한다.

68
케이드, 로건

로건이 조지타운 대학교로 떠나기까지 앞으로 5일 남았다.

공동묘지. 데이트 장소로 뉴욕주 오스위고에 있는 리버사이드 역사 지구 공동묘지를 선택할 사람은 로건밖에 없을 것이다. 케이드는 몇 걸음 뒤에서 따라오며 고개를 젓더니 너털웃음을 짓는다. 로건은 마치 뉴욕 메트로폴리탄 미술관에서 유물들을 살펴보듯 비석 하나하나를 세심하게 관찰한다.

로건이 케이드에게 말한다. "정말 많은 영감이 떠오르는 곳이지 않니?" 질문의 형태를 띠고는 있으나, 딱히 대답을 기대하는 질문은 아닌 것이 명백하기에 케이드는 대꾸하지 않는다. 기온은 섭씨 이십육 도를 웃돌건만, 케이드는 팔에 소름이 돋는 것을 느낀다. 이제 두 사람이 함께 보낼 수 있는 날은 며칠 남지 않았다. 케이드는 이렇게 으스스한 장소에 오는 대신, 로건과 함께 할 수 있는 *더* 멋진 일을 수천 개는 생각해 낼 수 있을 것 같다. 하지만 로건은 대학으로 떠나기 전에 꼭 보여 주고 싶은 게 있다고 했다. 그런데 막상 따라와 보니 어찌 된 영문인지 데이트 장소는 공동묘지였다. 로건이 케이드를 바라보며 한쪽 눈썹을 치켜세운다. "아니야?" 알고 보니 대답을 원하는 질문이었다.

"영감이 떠오르냐고? 아니. 우울해. 슬퍼. 소름 끼쳐. 귀신 나올 것 같아. 대답은 여기까지만 할게."

로건은 코웃음을 치며 장난스럽게 케이드를 떠민다. "여기에 얼마나 많은 역사가 깃들어 있는지 알아? 미국 국립 사적지에도 나와 있다고." 로건이 말한다. "유명한 사람들이 이곳에 묻혀 있어." 로건은 이름들을 줄줄이 나열하며 그들의 정치적 업적을 읊는다. 케이드는 한 번도 들어본 적이 없는 이름들이다.

평소 같으면 따분했겠지만, 상대는 로건이다. 여관에 처음 걸어 들어왔을 때처럼, 케이드는 이 아이에게 매료됐다. 그리고 환한 얼굴을 한 채 쏟아내는 그 열정에 또 한 번 반하고 말았다. 이 친구가 너무 그리울 것이다. 이런 순간들이 사무치도록 그리울 것이다.

로건이 묘지의 역사에 관해 이야기하는 동안, 케이드의 머릿속은 다른 생각으로 차 있다. 바틀리 선생님이 그 과제를 내준 이후 너무나 많은 변화가 있었다.

리비에르 어느 곳을 가도 '인류애가 있는 당신을 환영합니다!' 팻말이 눈에 들어온다. 이 문구는 인류애를 상기시키는 말이면서, 동시에 다짐을 나타내는 말이 됐다. 전 세계에서 사람들이 이 손 팻말을 들고 사진을 찍어 보내왔다. 남부 연합기를 걸던 집들은 지역 사회의 압박 때문에 단 한 채를 남겨 놓고 모두 깃발을 내렸다. 빈도는 점점 줄고 있지만, 동네에서 케이드와 로건을 알아보는 사람들은 여전히 많다. 사람들이 '저 애들이 그 애들이 잖아…'라고 수군거리면 케이드와 로건은 짐짓 못 들은 척한다.

"주위를 봐 봐." 로건이 양팔을 벌리고 말한다. "아름다움으로 가득한 이 0.5제곱킬로미터를."

케이드에게 아름다운 것은 로건 하나로 족하다. 물론 그렇게 말하진 않는다. 케이드는 로건의 관점으로 지평선 주위를 보려고 노력한다. 구불구

324

불한 언덕들, 오래된 오크나무, 사탕단풍나무, 잘 정돈된 잔디밭. 숨을 깊게 들이켜 갓 깎은 잔디 냄새와 뒤엎어진 흙냄새를 맡으려 해 본다.

아니다. 이건 영 취향에 안 맞다.

이건 더도 덜도 아닌 그저 수많은 사람이 묻힌 묘지일 뿐이다.

로건은 그런 케이드의 생각을 읽은 눈치다. 갑자기 허리춤의 칼집에서 긴 칼을 뽑는 시늉을 하며 말한다. "약속할게. 너를 붙잡는 게 있으면 내가 물리쳐 주기로."

케이드가 너털웃음을 짓는다.

"이리 와 봐. 보여 줄 게 있어. 중요한 거야." 로건은 단단히 다져진 비포장도로를 달리기 시작한다. 그렇게 한참을 달리다 돌아서서 뒤로 걸으며 케이드에게 손짓한다. "빨리 와!"

로건은 약간 높은 곳에 있는, 울타리가 쳐진 지역으로 통하는 문을 연다. 문 위에는 다윗의 별이 걸려 있다. 그 표시가 왜 있는지 케이드가 궁금해하는 찰나에 로건이 나란히 서 있는 비석 여덟 개를 가리킨다. "이것 때문에 여기에 온 거야."

'온타리오 요새에서 사망'이라고 적힌 묘비가 여럿 보인다. "자유를 누려 보지 못하고 일찍 세상을 떠난 난민들의 묘야." 단풍나무 그늘로 케이드를 이끌며 로건이 말한다. 로건은 무릎을 꿇고 땅에 납작하게 누워 있는 묘비에서 흙먼지를 문질러 닦는다.

묘비에는 이렇게 적혀 있다. '레이첼 몬틸조. 1944년 1월 11일 이탈리아 바리 태생. 1944년 8월 2일, 미국으로 오던 배에서 사망.'

"이 여자아이의 엄마는 강제 수용소에서 이 아이를 낳았어." 로건이 말한다. "아이의 부모는 탈출했고, 이탈리아의 나폴리로 아이를 데리고 갔지.

그 사람들도 헨리 기빈스 호에 탔던 난민들이야."

로선은 케이드 옆으로 다가가 흙먼지가 묻은 손으로 케이드의 손을 잡고는 어깨에 머리를 기댄다. 둘은 각자의 생각에 잠긴 채 작은 무덤을 응시한다. 케이드는 묘비에 적힌 히브리어에 주목한다. 무슨 뜻인지 알았으면, 언젠가 읽을 수 있는 날이 왔으면, 하고 생각한다. 케이드는 문득 조부모님의 가족을 떠올린다. 그들에 대해, 유대교에 대해 더 알고 싶은 마음이 과거와 현재를 잇는 보이지 않는 밧줄처럼 케이드를 잡아당긴다. 몇 주 후에 수업을 듣기 시작하면, 언젠가 뉴욕 주립대에 있는 랍비를 찾아가 대화할 수도 있을까?

그럴 수도 있겠다. 마음의 준비가 되면.

로건이 손을 꼭 잡으며 묻는다. "무슨 생각 해?" 케이드는 지난번에 자신이 똑같은 질문을 했던 걸 떠올린다. 그 질문 덕에 첫 키스를 하게 됐다. 케이드가 한숨을 내쉰다. "우리가 과제를 받은 이후에 얼마나 많은 게 바뀌었는지 생각하고 있어. 지금으로부터 오 년, 십 년, 이십 년이 지나도, 우리가 한 행동이 의미가 있을까? 사람들은 다 잊으려나?"

"그래서 너를 여기에 데려온 거야." 로건이 맞잡은 손을 위로 들어 레이첼의 묘비를 가리킨다. "우리에겐 의미가 있을 거야. 우린 잊지 않을 거야, 케이드. 레이첼이란 아기를 위해서. 너희 할아버지를 위해서, 할머니를 위해서, 너희 가족을 위해서. 증오의 희생자 한 명 한 명을 위해서. 어디에서 무엇을 하든, 우리는 기억할 거야."

* * *

로체스터 국제공항. 로건이 조지타운 대학으로 떠나기까지 두 시간이 남았다.

보안 검색대로 들어가는 통행 제한선 앞에서 로건은 케이드의 허리를 세게 감싸 안고 있다. 어젯밤, 로건은 아빠와 여관을 찾아가 송별회 식사를 했다. 케이드의 가족과 함께 만난 건 몇 주 만에 있는 일이었다. 로건의 아빠는 졸업 선물로 열흘 동안 딸과의 밀워키 여행을 추진했다. 로건은 사촌인 블레어와 등산을 하고, 여기저기 놀러 다니고, 컬버스 레스토랑에 가서 배가 터지도록 커스터드를 먹어 치웠다. 그 후 블레어는 위스콘신대학교 신입생 오리엔테이션을 위해 매디슨으로 떠났다. 로건은 리비에르로 돌아오는 대신 아빠와 뉴욕시를 여행했다. 케이드가 공항까지 태워 줄 거라는 말을 했을 때, 아빠는 흔쾌히 이해해 줬다. 두 사람은 마지막으로 작별의 인사를 나눌 시간이 필요했다.

로건은 깊게 숨을 들이마시며 여관의 잔향들을 느껴 본다. 로즈메리 민트향 샴푸, 벽난로, 방향제, 할머니의 요리들. 그 모든 걸 작은 병에 담아 갈 수 있다면, 고향을 담아 갈 수 있다면, 케이드를 데려갈 수만 있다면 얼마나 좋을까. 하지만 지금은 불가능하다. 케이드와 로건, 로건과 케이드는 각자의 길을 갈 것이고, 언제나처럼 단짝 친구로 남을 것이다.

두 사람은 이 일에 관해 대화를 나눴었다. 워싱턴 DC에 있는 조지타운대학교와 리비에르에 있는 뉴욕 주립대 레이크사이드 캠퍼스. 차로 운전해서 일곱 시간. 사 년이라는 긴 시간. 문화, 정치 전공으로 학위를 받고 싶다는 로건의 새로운 목표. 케이드는 가족 여관에 변화를 주기 위해 일단 리비에르에 남아 경영을 공부하기로 정했다. 하지만 단지 여관 때문에 머물기로 한 것은 아니다. 할머니가 앞으로 며칠, 몇 주, 몇 년을 더 사실지는 알 수 없다. 최근 들어 할머니는 폴란드에서 있었던 가족과의 일화를 많이 이야기하셨다. 그 역사는 케이드에게 모든 것을 의미하고, 그는 그 역사의 모든 부분을 기록하기 위해 그곳에 있기를 원했다. 할머니는 손자에게 빵 굽는 법도 가르쳐 주고 있다. 할머니의 비법은 오직 할머니의 머릿속에만 있기에, 케이드는 그 모든 걸 글로 옮기는 중이다.

"벌써 보고 싶네." 케이드가 포옹을 풀며 말한다.

"내가 더 보고 싶네." 로건은 잠시 주저하더니 말을 꺼낸다. "바틀리 선생님과 있었던 일들… 우리가 함께해서 정말 다행이야. 우리가 정확히 어떤 일들을 겪었는지 이해할 수 있는 사람은 아무도 없을 거야. 그치?"

"맞아. 앞으로 다시는 선생님하고 싸우고 싶지 않아."

로건이 소리 내어 웃는다. "당연하지." 그러더니 갑자기 진지한 표정으로 변한다. "그런데 어쩔 수 없이 그래야 하는 상황이 오면…"

"싸워야지. 부정에 맞닥뜨린 사람을 도울 수 있다면 우리가 할 수 있는 최선을 다해 목소리를 낼 거야." 케이드가 마무리 짓는다.

"바로 그거야."

둘은 서로를 보며 미소 지으며 그 순간을 만끽한다. 잠시 후, 케이드는 안고 있던 팔을 내리며 뒤로 한 걸음 물러선다. 직사각형으로 각이 져 있는 카고바지 주머니가 로건의 눈에 들어온다. "저건 뭐야? 나 주려고 가져온 거야?" 케이드가 말 대신 표정으로 대답하자 로건은 곧바로 주머니에 손을 넣는다. 하지만 선물을 꺼내기 직전에 케이드는 주머니를 움켜쥐어 로건의 손목이 빠져나가지 못하게 한다.

"헤어지기 직전에 주고 싶었어. 내 앞에서 열어 보는 건 싫어."

"지금 여기가 보안 검색대 앞이야. 보고 마음에 안 들면 새 룸메이트한테 선물로 줄게."

"마음에 안 들 수 없을 텐데."

"당연하지. *네가* 준 건데!"

케이드는 마지 못해 선물을 꺼낸다. 로건은 선물을 집자마자 포장을 뜯더니 신이 나서 말한다. "와, 케이드!" 사랑이 가득한 눈으로 로건이 바라보자 케이드는 그 여파로 뒤로 한 걸음 물러선다. "이렇게 멋진 선물은 처음 받아 봐."

로건의 손에는 여관에 꽂혀 있던 앤 브론테의 《와일드펠 홀의 소작인》이 쥐어져 있다. 케이드의 삶에 로건이 나타난 이후 줄 곳 그의 머리맡에 있던 바로 그 책이다. 로건이 책장을 훑어보며 말한다. "나 주려고 이렇게 주석을 단 거야?"

케이드가 고개를 끄덕인다.

로건은 짐가방 앞주머니에 책을 넣고는 케이드의 목을 감싸 안고 빠르게 입을 맞춘 뒤 제자리로 돌아온다. 로건은 케이드에게 자신의 자동차 열쇠고리를 건넨다. "잘 돌봐 줘." 보안 검색대로 가는 줄에 합류하며 로건이 말한다.

둘은 서로를 바라본다. 줄을 따라 모퉁이를 돌기 직전, 로건이 외친다. "팔십육."

케이드가 어리둥절한 채 되묻는다. "팔십육이 뭔데?"

로건이 웃으며 말한다. "주머니 안을 봐 봐."

카고바지 양쪽 주머니는 비어 있다. 뒷주머니에서 손을 넣은 케이드는 접혀 있는 종이를 발견한다. 여관의 노트패드에서 뜯은 종이이다. 케이드가 종이를 펴는 순간, 로건은 시야에서 사라진다.

'추수감사절 방학까지 팔십육 일 남았어. 보고 싶어서 어쩌지! 사랑을 담아, 로건.'

케이드는 그 말들이 자신의 심장을 쥐어짜듯, 종이를 든 채 주먹을 움켜쥔다. 케이드는 자신의 미래에 대한 계획을 다 세워 놨었다. 과제와 그 십여 일의 시간이 그의 인생이 뒤바꿔 놓기 전까지는.

네가 원하면 여길 떠나도 좋아. 어디든 가도 돼. 부모님은 그렇게 말씀하셨다.

케이드는 로건이 준 쪽지를 손바닥 위에 놓고 문질러 편 뒤, 다시 읽어 보고는 접어서 도로 뒷주머니에 넣는다. 팔십육 일. 케이드는 여관 접수 데스크 뒤에 앉아 매일 매일 달력에 적힌 날짜에 줄을 그어 지워 나가는 자신의 모습을 상상해 본다. 할머니와 함께 빵을 굽는 모습을, 그리고 언젠가는 할머니 없이 혼자 빵을 굽고 있을 자신의 모습을 차례차례 상상해 본다. 부모님이 지금 할머니의 연세가 됐을 때 여관의 모습이 어떨지도 상상해 본다. 케이드는 생각을 멈추고 고개를 들어 비행기 출발 안내 전광판을 본다. 눈앞에는 수많은 가능성이 줄줄이 나열되고 있다. 그는 이미 로건을 그리워하고 있지만, 가능성은 무궁무진하다. 팔십육 일 후에 두 사람은 어디에서 어떤 모습이 되어 있을지, *어떤 사람*이 되어 있을지는 아무도 모르니까.

작가의 말

독자들에게.

"당신은 당신이 물려받은 것, 당신의 신념, 정체성을 자랑스러워하는 동시에, '외부 세계'로부터 자신을 보호하거나 감추어야 할 강력한 필요성을 느끼게 된다면?" 이것은 저에게 중요한 질문이었습니다. 이러한 이중성은 유대인으로서 살아가며 종종 부딪히는 문제이면서 힘들어했던 부분이고, 부끄럽게도 너무나도 고통스러웠던 부분입니다.

아처 셔틀리프와 조던 에이프릴은 소설에 나오는 것과 유사한 반유대인적 성향을 띤 과제를 제출하기 거부했던 용감한 청소년들입니다. 그 둘을 만나 본 이후, 저는 이 이중성이 제 존재를 깊게 물들여 왔음을 깨달았습니다. 이 주제를 직시해야겠다는 의무감을 느꼈고, 그 마음은 《바틀리 선생님의 아주 특별한 과제》라는 소설을 쓰게 된 이유 중 하나가 됐죠.

처음 본, 여든 살쯤 된 여성이 대뜸 저에게 물었던 게 생각납니다. "넌 어떻게 분류되니?"

"여자인데요?" 제가 대답했습니다.

"아니. 그 말이 아니고." 그 여자가 말했습니다. "이탈리아계야? 그리스? 스페인?" 당시 저는 그 질문에 깔린 편견과 인종 차별적 사고를 파악하지 못했습니다. 아버지 쪽 남자들로부터 물려받은 올리브색 피부, 큰 갈색 눈, 매부리코를 보고는 처음 만난 사람들이 그와 비슷한 질문을 종종 하곤 했죠.

"미국 사람인데요."

그 여자는 고개를 젓더니 물었습니다. "이름이 뭐야?"

"라이자 골드버그요."

"아, 유대인이네." 그 여자는 업신여기는 투로 말하며, 혐오에 찬 표정으로 자기 딸을 나에게서 멀리 떼어놓았습니다. 난 우리 가족을 사랑했지만, 한편으로는 성을 바꾸고 싶었습니다. 그 순간은 내 삶에서 큰 상처로 남았습니다. 그 사건을 계기로 저는 유색 인종과 여타 멸시당하는 집단의 사람들이 매일 겪는 엄청난 콤플렉스, 적대감, 증오에 눈뜨게 됐습니다.

제가 자란 곳은 밀워키 교외입니다. 유대인이 많지 않은 지역이었죠. 초등학교에 다닐 때 제 책상에는 칼로 스와스티카가 새겨져 있었습니다. 꼬리와 뿔을 보여 달라는 말도 들어봤고, '더러운 유대인', '유대인들을 다 죽여 버려.'와 같은 말은 일상적으로 들었습니다.

반유대주의를 빼놓고는 저의 유년기를 이야기하기 힘듭니다. 최근 몇 년 동안, 우리 가족은 폭력적인 반유대주의적 행동을 견뎌야 했습니다. 이 소설을 쓰면서 그때의 끔찍한 기억들이 되살아났고, 덕분에 그 시기를 돌아볼 기회를 가질 수 있었습니다.

아처와 조던은 인생에 큰 변화를 불러올 수도 있는 용감한 결정을 내렸습니다. 둘은 반유대주의적 과제를 받고는 그 과제가 끼칠 수 있는 영향을 생각해 봤습니다. 단지 선생님이 내주신 과제라는 이유로 맹목적으로 그것을 받아들이지 않았습니다. 자신들의 도덕적 기준에 따라 판단하고, 절대 흔들리지 않았습니다. 그 과제는 잘못된 것이다. 가만히 있어서는 안 된다. 두 사람의 용기는 나에게 기폭제 역할을 했죠. 두 학생과의 만남 후, 저는 사회 운동가들을 만나 인터뷰를 시작했고, 다른 비도덕적인 과제들과 학교에서 일어나는 증오에서 비롯된 사건들을 접하게 됐습니다. 지금 나열하는 과제들은 실제로 있었던 것들입니다. 교사들은 생동감 있는 역사수업을 하겠다는 명목으로 다음과 같은 과제들을 정당화했습니다. 위스콘신의 한 교사는 학생들에게 '노예 제도의 좋은 점과 나쁜 점'을 세 가지씩 쓰라고 했고, 뉴욕의 한 교사는 흑인 학생들을 세워 놓고 백인 학생들에게 노예 경매를 재연하도록 했습니다. 테네시의 한 역사 교사는 어느 학생에게 히틀러 역할을 부여했는데, 발표를 마칠 땐 '지크 하일'이라고 말하게 했습니다. 그 수업으로 인해 대담해진 학생들은 교실 밖에서도 나치식 경례를 했다고 합니다. 노스캐롤라이나의 5학년 학생들은 교사의 지시에 따라 변형된 틱택토 게임을 했는데, 이 놀이에는 강제 수용소의 모형을 짓거나 그리는 행위가 포함됐습니다. 또한 이 교사는 학생들에게 본인들이 강제 수용소에 수감된 아이라고 가정한 뒤 부모님께 편지를 쓰게 했습니다. 교육자들이 이러한 과제를 내줬다고 상상하기는 어렵죠. 다행히도 이를 용인하지 않고 목소리를 내는 용감한 이들이 있었죠. 그 학생들은 변화를 이끌었습니다. 아처와 조던을 비롯한 이 용감한 학생들의 성공적 사례에서 저는 소설을 쓸 영감을 받았습니다.

확인되거나 보도되지 않은, 비난받아 마땅한 과제들이 이 세상에는 얼마나 많을까요?

오늘날의 복잡한 글로벌 환경 속에서, 우린 종종 도덕적 딜레마에 처하곤 합니다. 무엇을 해야 하나? 군중을 따라가야 하나? 변명의 여지가 없는 것을 옹호할 방법을 찾아야 하나? 목소리를 내야 하나? 제가 쓴 소설 속 인물인 케이드와 로건은 증오, 편협한 사고, 인종주의에 강경하게 대응하는 젊은 층을 대변합니다. 제 소설은 각색된 허구의 이야기이지만, 오늘날의 사회에 뿌리를 두고 있습니다.

부당함에 맞서 자신의 목소리를 내는 학생들은 난관에 부딪힐 수 있습니다. 특히나 어른이 개입된 문제라면 학생이 체감하는 부담은 더욱 커지겠죠. 하지만 불의에 맞서는 것은 분명 매우 중요한 행동입니다. 누군가의 인생을 바꿔 놓을 수도 있고, 목숨을 구하는 행위가 될 수도 있죠.

친애하는 독자 여러분. 저는 여러분이 이 말을 기억해 주셨으면 합니다. '어둠 속의 빛이 되자.' 당신의 불빛이 세상을 비추길 바랍니다. 확고한 도덕적 나침반이 당신의 길잡이가 되어 주길 바랍니다. 용기, 연민, 사랑이 당신을 이끌어 주길 바랍니다. 당신의 가정, 학교, 공동체가 '인류애를 가진 자를 환영하는' 곳이 되길 진심으로 바랍니다.

늘 용기를 잃지 않기를.

라이자

저자: 라이자 위머(Liza Wiemer)

라이자 위머는 작가인 동시에 교사상을 받은 바 있는 25년 경력의 교육자이다. 저서 중엔 성인 독자를 대상으로 한 논픽션이 두 권 있으며, 청소년 독자층을 위해 쓴 책도 있다. 글을 쓰지 않을 땐 밀워키 공동체, 가족, 손님들과 나눠 먹을 음식을 요리한다.

LizaWiemer.com

역자: 최영열

한양대학교 연극영화학과를 졸업한 후 연극 및 다원예술 분야에서 활동하고 있으며, 번역 에이전시 엔터스코리아에서 번역가로 일하고 있다. 옮긴 책으로는 《테넷 TEN-ET 메이킹 필름 북》, 《콜드 플레이》, 《얼티밋 마블: 마블 유니버스에 대한 완전한 안내서(공역)》, 《엘레멘티아 연대기. 1: 정의를 위한 퀘스트》, 《엘레멘티아 연대기. 2: 새로운 체제》, 《엘레멘티아 연대기. 3-1: 사라져가는 희망》, 《엘레멘티아 연대기. 3-2: 히로브린의 메시지》, 《해저 세계 1, 2》, 《스피드 페인팅 마스터하기》, 《스트리트 워크아웃》 등이 있다.